신이 내린
필력은
없지만

잘 쓰고
싶습니다

* 이 도서의 국립중앙도서관 출판예정도서목록(CIP)은 서지정보유통지원시스템
홈페이지(http://seoji.nl.go.kr)와 국가자료종합목록시스템(http://www.nl.go.kr/kolisnet)에서
이용하실 수 있습니다. (CIP제어번호 : CIP2019007166)

신이 내린
필력은
없지만

잘 쓰고
싶습니다

심원 지음

은행나무

善, 允, 賢에게

차례

한글도 모르는 양옥순 할머니는
어떻게 글쓰기로 사람들을 감동시켰을까?

어느 날, 유치원에 다니던 딸이 아빠는 직업이 뭐냐고 물었다.

"마법사."

딸의 눈이 휘둥그레졌다.

"진짜? 무슨 마법?"

나는 웃으며 말했다.

"사람의 마음을 움직일 수 있지."

좋은 글은 마음을 움직인다. 작가들은 모두 "Movēre animo!(마음을 움직여라!)"라는 주문이 통하길 바란다. 마법이 통한다면 무지와 편견으로 가득 찬 우리의 마음은 움직이기 시작한다. 그러나 오직 소수의 대마법사만이 문장을 자유자재로 구사하여 사람의 마음을 움직이는 궁극의 마법을 펼칠 수 있다. 어떻게 그런 글을 쓸 수 있을까? 사람들은 글쓰기의 비밀을 알고 싶어서 글쓰기 책을 찾는다. 나는 직업 때문에 글쓰기 책을 읽었다.

나는 13년 차 논술 강사다. 그간 나는 초등학생부터 직장인까지 숱한 이들에게 글쓰기를 가르쳤다. 사람들은 논술 강사라고 하면, 학교에서는 가르치지 않는 배경지식을 외우게 하거나 판에 박힌 답안을 쓰게 만들 거라고 생각한다. 그러든 말든 내 관심은 오직 내 앞에 있는 수강생들이 더 좋은 글을 쓰도록 돕는 것뿐이었다.

글쓰기 책들을 섭렵하기 시작했을 때만 해도 글쓰기를 도와줄 좋은 책이 어마어마하게 많을 거라고 생각했지만 순진한 기대였다. 글쓰기 책을 읽으면 읽을수록 '뭔가 이상한데?' 하는 생각을 지울 수 없었다. '이런 걸 안다고 해서 글을 잘 쓸 수 있을까?' '이 많은 규칙을 언제 익히지?' '이런 규칙을 언제 사용해야 한다는 거야?'라는 질문은 해결되지 않았다. 게다가 날마다 시간을 정해놓고 써야 한다거나 고치려 하지 말고 무작정 써야 한다는 등의 충고는 지금 당장 글쓰기 능력을 향상해야 하는 사람들에게 적용하기 어려웠다.

결국 어떤 글쓰기 책도 내가 알고 싶은 것을 시원하게 설명해주지 못했다. 그럴듯한 제목과 목차, 홍보 문구로 독자를 유혹하는 글쓰기 책들은 하나같이 '그럴듯한' 소리만 반복했다. 스티븐 킹은 《유혹하는 글쓰기》 머리말에 "글쓰기에 대한 책에는 대개 헛소리가 가득하다"라고 썼는데 아마도 비슷한 이유가 아닐까 짐작한다.

글쓰기에 관한 대표적인 헛소리는 "많이 읽고, 많이 쓰고, 많이 생각하라"다. 살려면 숨 쉬어야 한다는 수준의 조언에서는 아무것도 배울 수 없다.

"마음으로 쓰고 머리로 고쳐라"도 내가 싫어하는 헛소리 중 하나다. 연필로 쓰고 지우개로 고치라는 조언보다 나을 것 없어 보이는 이 말은, 영화 〈파인딩 포레스터〉에서 은둔형 천재 작가 포레스터가 글쓰기 재능을 보이는 소년, 자말에게 한 것이다. 마음으로 쓴다는 게 대체 무슨 말인가? 마음대로 쓰라는 말일까? 마음을 쓰라는 말일까? 그것도 아니면 정성을 다해 쓰라는 말일까? 구체적인 글쓰기 방법을 알고 싶은 사람들에게 이런 모호한 말들은 쓸모가 없을 뿐 아니라 해를 끼친다. 차라리 "시상하부로 쓰고 전두엽으로 고쳐라"가 낫겠다.

글쓰기를 신비화하는 조언인 듯 조언 아닌 조언 같은 조언은 셀 수 없이 많다. 이런 책들은 글쓰기를 신비화하는 데 그치지 않고 글쓰기를 숭배하게 만든다. 구원을 얻으려면 기도하거나 참선하거나 선행을 해야지, 왜 글을 쓰라고 하는가.

글쓰기를 신비화하는 책의 정반대 쪽에는 글쓰기를 세속화하는 책이 있다. 이런 책은 표지만 봐도 금방 구별할 수 있는데, 글쓰기를 잘하는 사람이 성공한다는 류의 자기계발서다. 사기도 이런 사기가 없다. 세속적인 의미에서 성공을 원한다면 글쓰기 같은 것에 관심을 두면 안 된다. 글쓰기를 업으로 삼는 사람들은 예외로 하더라도, 글쓰기는 시간이 남아도는 '루저'의 취미다. 세속적인 성공을 바라는 이들에게 루저looser는 곧 루저loser다. 얼마나 할 일이 없으면 글쓰기를 하고 앉았겠는가.

이 책은 글쓰기를 신비화하지도, 세속화하지도 않을 것이다. 글쓰기가 인생을 바꾼다거나, 글쓰기가 경쟁력이라거나, 글쓰기로 돈을 벌 수 있다는 식의 허무맹랑하고 천박한 이야기도 하지 않는다. 또한 '글쓰기를 할 때 꼭 지켜야 할 ○○가지 규칙' 따위를 아무 맥락 없이 나열하지도 않는다. 그렇다고 해서 띄어쓰기나 맞춤법을 따져가며 문장을 고치는 세부 방법을 알려주는 것도 아니다. 그런 책은 아주 많고, 앞으로도 쉬지 않고 나올 것이다. 그렇다면 이 책은 무엇을 위한 것인가?

마르크스는 다음과 같이 말했다. "지금까지 철학은 세계를 해석하는 데 그쳤다. 이제부터 철학이 할 일은 세계를 바꾸는 것이다." 나는 이렇게 말하겠다. "지금까지 글쓰기 책은 글쓰기를 해석하는 데 그쳤다. 이제부터 글쓰기 책이 할 일은 글쓰기 자체를 바꾸는 것이다."

양옥순 호강하네

평생글몰라도잘살라따
그런대이장이공부하라니시발
ㅁ-미음이외이리안됴샤시브랄거
……

양옥순내이름쓸수이따

나혼자전화하니

아들이깜짝놀란다

공부를하니자식들도조하합니다

욕안한다고조하합니다

한글을 처음 깨우친 양옥순 씨가 쓴 〈양옥순 호강하네〉라는 글이다. 맞춤법과 띄어쓰기를 파괴하고 과감한 줄임과 욕설을 섞어 전위적인 느낌마저 들지만, 감동적이다. 마음이 움직인다. 늦게 시작한 공부가 잘 안 되는 답답함, 그런데도 자식들이 좋아하는 모습에 흡족해하는 어머니의 마음을 충분히 느낄 수 있기 때문이다.

윗글을 보여주면 대부분 재밌다거나 감동적이라는 반응을 보인다. 그러나 글쓰기를 가르치는 입장에서 보자면, 양옥순 씨의 글은 하나의 미스터리이자 해명해야 할 신비로운 현상이다. 이 책은 바로 이 미스터리, 즉 문장을 이용하여 온전한 자신의 이야기를 끌어내는 신비한 현상을 해명하고, 독자들이 실제로 그런 글을 쓰게 만들 것이다.

만약 내가 독자들에게 "짧게 한 문장을 쓰세요. 그리고 거침없이 계속 쓰세요"라고 말한다면, 대부분 "한 문장도 못 쓰겠어요" 혹은 "어떻게든 한 문장은 쓰겠지만 거침없이 계속은 못 쓰겠어요"라고 불평을 늘어놓을 것이다. 안다. 거침없이 쓸 수 있는 독자가 뭐 하러 이런 책을 보며 시간 낭비를 하겠는가. 그런데 놀랍게도 양옥순 씨는 그 일을 해냈다. 그녀는 어떻게 저런 거침없는 글을 쓸 수 있었을까? 그녀는 시대를 잘못 만난 비운의 천재였을까?

　'양옥순 미스터리'의 진실은 이렇다. 인간은 누구나 문장을 만들고 연결하는 능력을 타고난다. 양옥순 씨를 보라. 그녀는 맞춤법에 맞는 문장을 쓸 줄 몰랐고, 심지어 'ㅁ'자조차 정확히 쓸 줄 몰라 "시브랄"이라 욕하며 스트레스를 받고 있다. 하지만 문장을 만들었고 거침없이 연결했다. 이 능력은 양옥순 씨뿐만 아니라, 이 책을 읽는 독자뿐만 아니라, 인간이라면 누구나 지닌 보편적 능력이다.

　문장을 만들어내는 능력 자체는 배우는 게 아니라 타고난다. 그러나 그 능력의 계발 상태는 사람마다 다르다. 양옥순 씨를 보라. 그녀는 이제야 글쓰기 능력을 계발하기 시작했으므로 당분간은 저런 식으로밖에 쓸 수 없을 것이다. 만약 그녀가 글쓰기에 좀 더 많은 시간을 투자할 수 있다면 분명 더 나은 글을 쓰고 싶을 것이고, 더 나은 글을 쓰는 방법을 알고 싶을 것이다. 그리고 이번에는 철자나 맞춤법이 아니라 자기가 쓴 글이 마음에 들지 않아 "시브랄"이라고 욕할 것이다.

　나는 독자들이 양옥순 씨 못지않은 능력을 타고났다고 믿는다. 그러나 독자들은 양옥순 씨처럼 'ㅁ'자를 쓰지 못해 욕할 정도로 국문법의 기초를 모르지는 않을 것이다. 또한 나는 독자들이 양옥순 씨보다는 훨씬 많은 글을 읽고 써왔으며, 앞으로도 글쓰기 능력을 향상하겠다는 의지를 잃지 않을 것이라고 믿는다. 그렇다면 나는 독자들이 양옥순 씨 못지않은 글을 쓰도록 도울 수 있다.

　문학평론가 신형철은 《몰락의 에티카》에서 "(소설은) 거울이 아니라 위장胃腸"이라고 썼다. 소설은 현실을 단순히 반영하는 게 아니라 소화해야 한다는 뜻이다. 나는 이 말이 소설을 비롯한 모든 글쓰기에 적용될 수 있다고 생각한다. 그런데 위장만으로는 소화할 수 없다. 대장도 있어야 하고 소장도 있어야 한다. 더 나아가 소화만으로는 안 된다. 소화만 하고 못 싸면 장폐색으로 죽는다. 소화가 끝났다면 괄약근에 힘을 줘 싸야 한다.

　모든 글쓰기는 현실을 베어 물고, 소화하여, 배설하는 세 단계를 거친다. 이 책은 이 과정을 도울 것이다. 일종의 소화제이자 변비약인 셈이다. 우리는 앞으로 자신의 경험을 정확하게 기록하고(현실을 베어 물고), 그 속에서 좋은 질문을 발굴하여(소화하여), 그에 관한 견해를 다른 사람이 알아듣기 쉽게 쓰는(배설하는) 방법을 살펴볼 것이다. 내 딴에는 글쓰기 경험이 부족한 독자를 위해 쉽게 쓰려고 노력했다. 솔직히 말하자면, 나는 아직 초등학교 2학년인 첫째 딸과 유치원도 다니지 않는 둘째 딸도 언젠가는 이 책으로 글쓰기를 배울 수 있기를 바라는 마음으로 썼다.

　본격적으로 글쓰기 방법을 설명하기 전에 하나만 당부한다. 글을 잘 쓰고 싶다면 자기 손으로 한 문장씩 써가는 수밖에 없다. 글쓰기는 글쓰기 책이 아니라 오직 글쓰기를 통해서만 배울 수 있다. 자신의 글쓰기 재능을 믿고 꾸역꾸역 쓰라. 당신은 이미 충분한 재능을 가지고 있다. 그 재능을 발견하고 꾸준히 연습하면 당신도 양옥순이 될 수 있다!

그러나 아무리 해도 잘 안 된다면 속 편히 글쓰기를 포기하라. 글쓰기를 하지 않는다고 해서 크게 잃을 것도 없지만, 한다고 해서 크게 얻을 것도 없다. 글쓰기가 어렵다면 다른 취미를 찾는 게 나을지도 모른다. 어차피 우리는 계속 무엇인가를 시도하고 실패할 운명이므로 인생의 실패 목록에 글쓰기를 추가하더라도 그리 부끄러운 일이 아니다. 그러나 실패를 하려면 일단 시도부터 해야 할 테니, 이 책을 마지막 시도로 생각하고 열심히 시도하고 실패하길 바란다.

이 책을 쓰는 과정에서 동료 강사들의 조언과 격려는 큰 힘이 되었다. 특히 예문으로 사용할 글을 써달라는 부탁을 흔쾌히 들어준 김광순과 책 전체의 구조를 꼼꼼히 살펴 조언해준 이명기 선생님에게 감사한다. 마지막으로 그간 놀라운 글들로 나를 자극하고 영감을 불러일으킨 다수의 수강생에게 고마운 마음을 전한다. 당신들이 없었다면 이 책은 나올 수 없었을 것이다. 어디서 무엇을 하든 행복하길 빈다.

2019년 봄, 대치동에서
심원

1장

첫 문장을 만드는 주문
'이런 일이 있었다'

: 사건과 경험

글쓰기는 '현실을 베어 무는' 것으로 시작한다. 어디서부터 먹어치울 것인가? 달리 말해 첫 문장을 어떻게 시작할까? 우리는 양옥순 씨와 같은 천재가 아니므로 이런 고민도 해볼 만하다. 수업 시간에 글을 못 쓰는 학생들을 보면 쓰고 지우기를 끊임없이 반복한다. 지우려고 쓰는 건지, 쓰려고 지우는 건지 헷갈린다. 처음부터 완벽하고 훌륭한 글을 쓰겠다는 욕심 때문이다.

많은 글쓰기 책이 마음 가는 대로 쓰라거나, 생각하지 말고 그냥 쓰라고 조언한다. 심지어는 문법을 무시하고 쓰라고도 한다. 무엇인가를 써보기 전까지는 뭘 말하고 싶은지 불분명할 때가 많으므로 일단 쓰라는 조언은 일리가 있다. 그러나 솔직히 말해 아무 생각 없이 무엇인가 토해내듯 쓸 수 있는 사람이 얼마나 되겠는가. 어쩌면 이미 글을 잘 쓰는 사람만이 그런 방식으로 쓸 수 있는 것일지도 모른다. 자기들이 그렇게 할 수 있으니까, 그게 당연한 것처럼 보이겠지만 글쓰기 경험이 없는 사람에게는 맨땅에 헤딩하라는 소리처럼 들릴 것이다. 김연아 선수도 이렇게 말하지 않을까? "전 아무 생각 없이 점프해요." 뭘 써야 할지 모르는 사람에게 일단 쓰라니. "뭘 먹어야 해요?"라는 질문에 "일단 아무거나 처먹어"라고 답하는 꼴이다.

초고는 부담 없이 쓰는 게 좋지만 아무 규칙도 필요 없다는 식의 설명은 왠지 과장처럼 느껴진다. 나도 글쓰기 책의 조언대로 아무 생각 없이 초고를 써보려고 여러 번 시도했지만, 잘 안 됐다. 애초에 생각 없이 글을 쓴다는 말을 이해할 수도 없었다. 비록 내게는 쓸모없는 조언이었지만 누군가에게는 도움이 될지도 모른다. 그러니 독자들은 여기서 읽기를 멈추고, 지금 당장 아무 생각 없이 무엇인가를 써보기 바란다. 자신도 모르던 글쓰기 재능을 발견할지도 모른다. 그러나 나처럼 아무 생각 없이 글을 쓰기 어렵다면, 앞으로 설명할 간단한 규칙들을 활용해보자.

첫 문장 쓰기는 글쓰기에 능숙한 사람에게도 쉽지 않지만, 그리 중요한 문제는 아니다. 공들여 쓴 첫 문장이라도 글을 고치는 과정에서 대부분 사라지기 때문이다. 작가는 기껏 써놓은 문장을 무자비하게 학살해야만 한다. 그러므로 "첫 문장으로 마음을 사로잡아라!" 따위의 말은 귓등으로 흘려도 된다. 우리는 광고 문구를 쓰려는 게 아니다. 단박에 사람의 마음을 사로잡을 첫 문장을 궁리하느라 시간을 허비할 필요는 없다.

그날 한 명이 다치고 여섯 명이 죽었다. 먼저 엄마와 할멈. 다음으로 남자를 말리러 온 대학생, 그 후에는 구세군 행진의 선두에 섰던 50대 아저씨 둘과 경찰 한 명이었다. 그리고 끝으로는, 그 남자 자신이었다.

손원평의 소설《아몬드》도입부다. 첫 문장부터 독자를 사로잡으려고 애쓴 흔적이 보인다. 한 명이 다치고 여섯 명이 죽은 참사가 일어났을 뿐만 아니라 죽은 사람이 엄마와 할멈이다. 독자들은 도대체 무슨 일이 일어났는지 궁금할 것이다. 작가는 첫 문장을 언제 썼을까? 작품을 시작할 때였을까, 아니면 작품을 마무리할 때였을까? 오직 작가만 알겠지만, 나는 첫 문장을 마지막에 결정했다는 쪽에 손목까지는 아니더라도 500원 정도는 걸 수 있다. 작가는 작품이 어느 정도 완성된 후에도 첫 문장을 두고 계속 고심했을 것이고, 이렇게 저렇게 고치고 다듬은 후에야 독자에게 내놓을 첫 문장을 결정했을 것이다.

영감 어린 첫 문장이 끝까지 살아남을 수도 있지만, 글을 쓰다 보면 첫 문장은 계속 바뀐다. 특히 엉성한 초고로 시작한 글은 그렇다. 첫 문장은 글의 첫인상을 결정하므로 작가는 마지막까지 첫 문장을 붙들고 고심해야 한다. 달리 말해 초고를 작성할 때는 첫 문장이 뭐가 되든 상관없다.

이렇게 말해도 독자들은 "그러니까 첫 문장을 어떻게 시작하라는 건가요?" 하고 물을 것이다. 어떤 문장으로 시작할지 막막할 때 언제나 성공하는 방법이 있다. 수도꼭지를 틀면 물이 나오듯, 이 문장을 쓰기만 하면 계속해서 글을 써나갈 수 있다. 일단 노트에 다음과 같이 써보자.

이런 일이 있었다.

아무리 평범한 문장이라도 글로 쓰면 힘이 생긴다. 문장은 생각을 유도한다. "이런 일이 있었다"라고 쓰면 반드시 '무슨 일이 있었지?' 묻고 생각하게 된다. "이런 일이 있었다"라는 문장은 경험과 기억을 소환하는 짧은 주문呪文이며, 무엇을 베어 물지를 결정하는 주문注文이다.

글쓰기 소재는 **경험**에서 나온다. 글쓰기를 하려면 먼저 '무슨 일이 있었지?' 하고 물을 수밖에 없고, "이런 일이 있었다" 하고 운을 떼면 글쓰기가 시작된다. 특별하고 충격적인 일을 떠올리려고 애쓸 필요는 없다. 우리 삶에 그런 일이 자주 일어날 리 없지 않은가. 대부분의 글쓰기는 아무것도 아닌 일을 기록하면서 시작한다.

가만히 살펴보니
냉이꽃이 피어 있네
울타리 밑에!

일본의 하이쿠 작가, 바쇼의 글이다. 그는 평소에 보이지 않던 꽃을 우연히 발견한 일을 기록했다. 나라면, 울타리 밑은 쳐다보지도 않았겠지만, 설령 거기서 냉이꽃을 발견했더라도 그냥 지나쳤을 것이다. 그러나 바쇼는 그 사소한 일에서 무엇인가를 배웠다. 자연의 경이로운 생명력에 감탄했을 수도 있고, 자신의 부주의함을 반성했을지도 모른다. 그의 성찰은 평범한 현실을 베어 물었기 때문에 가능했다. 우리 삶에도 충분히 많은 일이 일어나고 있다. 주의를 기울인다면 분명 무슨 일이든 떠오를 것이다. 바쇼의 표현을 빌려보자. "가만히 살펴보니, 많은 일이 일어났네, 등잔 밑에서."

 쓰기 연습

글쓰기 소재는 경험에서 나온다. "이런 일이 있었다"로 시작하는 글을 쓰라.

2장

무엇이든 쓰세요.
기록이 기억을 지배합니다

: 기록과 사건

"기록이 기억을 지배한다." 어느 카메라 광고의 홍보 문구였던 걸로 기억한다. 우리는 호르헤의 소설 속 주인공, 기억의 천재 푸네스처럼 모든 것을 기억할 수 없으므로 기록해야 한다. 글감이 부족하면 '이런 일이 있었다'라는 주문도 소용이 없다.

역설적으로 들리겠지만, 글쓰기는 글을 쓰는 시간보다 쓰지 않는 시간이 더 중요하다. 글을 쓰지 않는 모든 시간은 글쓰기를 준비하는 시간이기 때문이다. 책상에 앉아 고민만 한다고 없던 글감이 하늘에서 떨어지는 기적 따위 일어나지 않는다. 글쓰기를 10년 이상 가르친 나 역시 글을 쓰려면 며칠 동안 글감을 찾고, 그것에 관해 생각하고, 예전에 써둔 글이나 메모를 찾아보아야 한다.

나는 포켓 사이즈 몰스킨 노트를 애용한다. 입력 도구와의 일체

감은 종이와 연필을 따라올 게 없지만, 종이와 펜은 번거롭다. 쓸 만한 생각이 획 떠올랐다가 사라지는 경험을 누구나 한번은 했을 것이다. 영감은 어디서든 나타나고, 금방 사라진다. 종이와 펜을 찾을 시간이 없다. 그러므로 휴대폰이 답이다. 사람들은 휴대폰으로 영화를 보고 게임을 하지만, 작가는 글을 쓴다. 작가에게, 언제 어디서든 글을 쓸 수 있는 스마트폰의 등장은 인류 문명 최대의 성과이자 축복이다. 좋은 글쓰기 애플리케이션도 셀 수 없이 많다. 글쓰기로 치자면, 좋은 작가든 그저 그런 작가든 연장 탓을 할 수 없는 세상이 되었다. 그러나 가끔은 종이 위에 사각거리는 연필이나 만년필로 쓰고 싶을 때도 있으므로, 나는 아직 노트와 펜을 포기하지 않았다.

글쓰기를 하려면 사건 수집가 혹은 사건 기록자가 되어야 한다. 좀 더 그럴듯하게 말해서, 우리는 모두 '기억 전달자'가 될 수 있다. 우리의 기록은 누군가에게 전달될 것이다. 요새 자서전 쓰기가 유행이라고 하는데, 자손들에게 돈이나 부동산이 아닌 '나의 인생'을 물려줄 수 있다는 것은 멋진 일이라고 생각한다. '혼란의 21세기, 삶을 위해 분투하던 ○○○, 이렇게 살았노라.' 혹시 아는가, 인류 문명이 멸망한 후 지구를 방문한 외계인 역사학자가 당신의 메모를 토대로 지구사地球史의 한 장을 쓰게 될지. 후손에게 남길 목적이든 우주 역사학 발전에 기여할 목적이든, 일단 기록을 해야 가능하다.

기록하는 습관과 관련해서 개인적으로 매우 중요한 계기가 있었다. 나는 군 복무 시절, 우연히 내무반에서 굴러다니던 책 한 권을 읽었다. 《시간을 지배한 사나이》였다(지금은 《시간을 정복한 남자 류비셰프》로 제목이 바뀌었다). 이 책은 구소련 과학자 류비셰프 (1890~1972)가 시간을 어떻게 관리했는지 추적한다. 놀랍게도 그는 56년간 매일 자신이 어떤 일에 얼마큼의 시간을 썼는지 모조리 기록했다.

나는 전역 후 류비셰프 흉내 내기를 시작했다. 먼저, 스톱워치와 메모용 노트를 샀다. 그리고 시간 활용을 기록했다. 주 단위, 월 단위로 통계도 냈다. 예상대로 시간은 줄줄 새고 있었다. 시간 통계를 기록한 지 석 달쯤 되었을 때, 무슨 대단한 인생을 살겠다고 이 짓을 하고 있나, 하는 회의감이 들었다. 더군다나 군대를 갓 제대한 복학생의 삶에는 특별히 기록할 게 없었다. 그러던 어느 날, 수업도 없고 돈도 없었던 나는 온종일 하숙집에 틀어박혀 빈둥거렸고, 그날 기록지에 쓸 게 없다는 사실을 깨달았다. "빈둥거림 6시간"이라고 차마 쓸 수는 없었고, 이 일을 계기로 더 이상 시간 기록을 하지 않았다.

시간 기록으로 삶이 달라졌다는 뻔한 교훈을 기대한 독자에게는 미안하지만, 내 삶은 다시 느슨하고 게으른 쪽으로 흘러갔다. 그러나 애써 기록해둔 것들을 그냥 버리기는 아까웠다. 석 달간 모은 기록은 어지간한 책보다 두꺼워졌다. 비록 석 달로 끝나긴 했지만 그 기록들은 박제된 시간 혹은 물화物化된 시간이었다. 나는 그간 기록했던 일지들을 모아서 한 권으로 묶었다.

나는 요새도 가끔 그 기록들을 들춰본다. 벌써 15년 가까운 시간이 흘렀지만 일지를 펼치기만 하면 그때 내가 무얼 했는지는 물론 무슨 생각을 했는지도 어렴풋이 기억해낼 수 있고, 그 기억들은 늘 새롭다. 그 기록들은 내가 살아 있었음을 증명할 수 있는 가장 정확한 증거다. 나는 내 인생에서 가장 잘한 일 중 하나가 시간 기록을 시도했던 일이라고 생각한다.

그 이후로 줄곧, 나는 날마다 무엇인가를 기록한다. 어떤 거창한 목적 때문이 아니라 그냥 그렇게 하게 되었다. 길을 가다가 문득, 음악을 듣다가 문득, 영화를 보다가 문득, 밥을 먹다가 문득 어떤 생각이 떠오르면 적고 잊어버린다. 한참 지난 후에 다시 보면 글감이 되는 것도 있고 아닌 것도 있다. 그리고 또 한참 지난 후 다시 보면 글감이 아니었던 것이 글감이 되기도 한다.

기록 습관은 적당한 긴장을 유지하게 해준다. 기록을 하려면 자신의 현재 상태와 자기 주변에서 일어나는 사건들에 관심을 가질 수밖에 없다. 쓸 만한 사건을 찾아 경찰서나 법원 등을 기웃거리는 기자들처럼 우리는 기록할 만한 게 뭐 없나 삶을 기웃거리는 관찰자가 되어야 한다.

기록은 자기 삶을 객관화할 기회를 줄 뿐만 아니라 작가들이 애타게 찾아 헤매는 영감을 불러오기도 한다. 로또를 사지 않으면 로또에 당첨될 수 없다. 계속해서 뭔가를 쓰지 않으면 점점 쓸 말이 없어진다. 거꾸로, 특별한 일이 아니더라도 계속 기록하다 보면 반드시 쓸 거리가 생긴다. 많은 작가가 이구동성으로 영감이 떠올라 쓰는 게 아니라, 쓰다 보니 영감이 떠오른다고 말한다. 영감은 일상에 작은 파문을 일으키지만 잠시 머물다 가는 바람처럼 곧 사라진다. 영감을 붙잡아두는 유일한 방법은 영감의 안테나가 작동하는 그 순간 기록하는 것뿐이다.

전업 작가들은 우리가 일하듯 글을 쓴다. 작가마다 조금씩 다르지만, 뛰어난 작가들은 작업 시간과 분량을 정해두고 쓴다. 글쓰기 강사라는 특수한 직업 때문이겠지만, 전업 작가가 아닌 나 같은 사람도 특별한 일이 없는 한 오전에는 글을 쓰거나 읽고, 가능하면 하루에 500자 이상은 쓰려고 노력한다.

글쓰기를 평생 취미로 삼으려면 대단한 글을 쓰겠다는 욕심을 버리고, 일단 글을 쓰는 습관부터 길러야 한다. 그러려면 책상에 앉아 머리를 쥐어뜯기보다 생각이 떠오를 때마다 짧은 메모를 쓰는 습관이 몸에 배야 한다. 모든 글은 짧은 기록에서 시작한다. 무엇이든 기록하라. 언젠가는 쓰게 될 것이다.

> ✍️ **쓰기 연습**
>
> 기록에 사용할 노트를 장만하고, 의식적으로 무엇인가를 계속 쓰려고 노력하라. 노트에 기록하는 것이 귀찮다면 휴대폰을 이용해도 좋다.

3장

아홉 살 아이에게
그건 중요한 일이 아니에요

: 실제와 허구

우리가 경험하는 사건 중에는 현실 세계에서 진짜로 일어난 것도 있지만 상상으로 만들어진 허구의 세계 속에서 일어난 사건도 있다. 글쓰기 소재가 될 수 있다면 진짜 사건이든 가짜 사건이든 중요하지 않다. 때로는 가짜 사건이 진짜 사건보다 더 좋은 소재가 될 수 있다.

(ㄱ) 2016년 12월 9일, 박근혜 대통령은 탄핵당했다.

(ㄴ) 1980년 7월 31일, 해리 포터는 고드릭 골짜기에서 태어났다.

(ㄱ)은 진짜 사건이고, (ㄴ)은 '해리포터 시리즈'에 등장하는 가짜 사건이다. 한국인에게는 탄핵 사건이 더 중요하겠지만, 영국에 사는

아홉 살 꼬마도 그럴까? 중요한 것은 진짜냐 가짜냐가 아니라, 그 사건이 삶에 어떤 영향과 영감을 주느냐다. 사건 자체가 아니라 **사건의 효과**가 중요하다.

조지 R. R. 마틴의 《왕좌의 게임》은 드라마로도 제작되었는데, 시즌 5의 마지막 장면은 충격적이다. 유튜브에는 이 장면을 본 전 세계 시청자들의 격앙된 반응을 모아놓은 동영상이 있다. 시청자들은 충격에 빠져 분노하거나 울고, 욕을 하기도 한다. 어떤 사람들은 한낱 드라마 따위에 그런 격한 반응을 보이는 것이 이해되지 않겠지만, '사건의 효과'라는 관점에서 볼 때 당연한 일이다. 욕설이 나오게 만드는 사건이라면, 영화, 드라마, 소설 속의 허구적 사건이라도 소재로 삼지 못할 이유가 없다. 그러므로 '이런 일이 있었다' 다음에 반드시 실제로 일어났거나 직접 경험한 사건만 써야 한다고 생각하지 않아도 된다. 진짜든 가짜든 마음을 움직인다면, 그것을 소재로 글을 쓰라. 예를 들어 아래처럼 시작할 수도 있다.

(이런 일이 있었다.)
- 소설 《채식주의자》에서 아내는 어느 날 갑자기 채식을 선언한다.
- 영화 〈인생은 아름다워〉에서 귀도는 아들 조슈아를 위해 거짓말을 한다.
- 소설 《반지의 제왕》에서 프로도는 삼촌 빌보에게서 절대 반지를 물려받는다.

허구가 실제를 모방하기도 하지만, 때로는 실제가 허구를 모방한다. 현실이 허구처럼 느껴질 때도 있고, 허구가 현실보다 더 현실적일 때도 있다. 과장처럼 들리겠지만 우리가 사는 현실은 사실과 허구가 교차하는 중간계다. 〈스타워즈〉에서 다스베이더와 스카이워커의 부자 관계, 〈해리 포터와 마법사의 돌〉에서 해리를 학대하는 친척의 이야기는 모두 현실의 반복이자 반영이다. 중간계에 사는 우리는 두 세계 모두에서 영감을 얻으면 그만이다.

지뢰 근처에서 울리는 탐지기처럼 우리 마음은 진실에 반응한다. 진짜 사건이든 가짜 사건이든 마음이 움직인다면, 거기에 진실이 똬리를 틀고 우리를 기다릴 가능성이 크다. 진실은 사실에 기초하지만 사실만을 나열한다고 진실이 드러나지는 않는다. 우리는 경험을 해석하여 그 속에 숨은 진실을 드러내야 한다. 무엇을 쓰든 그것은 어떤 식으로든 삶의 진실과 관련되어 있으며, 이런 점에서 글쓰기는 진실을 드러내는(혹은 은폐하는) 한 방식이다. 보석세공사가 다이아몬드를 세공하듯 작가가 진실을 드러낼 때, 독자는 거기에 반응한다. 진실이 담겨 있기만 한다면, 우리는 르포르타주reportage뿐만 아니라 소설과 시, 영화와 드라마, 심지어는 '짤방'과 '움짤'에도 감동한다. 나는 딸과 함께 애니메이션 〈겨울왕국〉을 보고 아래와 같은 글을 쓴 적이 있다.

● 〈겨울왕국〉에서 아렌델 왕국의 둘째 공주인 안나는 다른 동화 속 공주들처럼 왕자와 행복한 결혼을 꿈꾸지만, 한스 왕자에게 배신당한다. 나는 왕자가 공주를 배신한다는 설정이 흥미로웠다. 백설공주, 신데렐라, 잠자는 숲

속의 미녀, 인어공주 등 전통적인 디즈니 애니메이션에서 반복되던 공주와 왕자의 낭만적 사랑이라는 규범이 파괴되었기 때문이다.

영화는 여기서 한 걸음 더 나간다. 영화에는 한스 왕자와 달리 안나를 진정으로 위하고 사랑하는 얼음 장수 청년 크리스토퍼가 등장한다. 만약 안나가 크리스토퍼와의 사랑에 안주했다면, 이 영화는 낭만적 '이성애'라는 규범을 변주하는 데 그쳤을 것이다. 그러나 마지막 장면에서 안나는 크리스토퍼를 선택하는 대신 자기 힘으로 언니 엘사를 구한다. 이 상징적 행위로 안나는 이성 간의 낭만적 사랑이 아니라 자매애를 통해 성장하는 최초의 디즈니 캐릭터가 되었다.

"Girls don't need a prince"라고 적힌 티셔츠를 입었다는 이유로 여성 성우가 퇴출당하는 황당한 사건이 버젓이 일어나는 한국 사회에서, 이 영화는 남성에 의해 구원받고 보호받아야 하며, 남성에 의해 완전해지는 전통적 여성상을 폐기한다. '겨울왕국 데이'를 정해놓고 해마다 두 딸과 함께 〈렛잇고〉를 부르며 보고 싶은 영화다.

〈겨울왕국〉에 나오는 사건들은 당연히 모두 가짜다. 아렌델 왕국이라는 곳도, 엘사, 안나, 크리스토퍼, 한스와 같은 인물도 실존하지 않는다. 그러나 이 영화는 나에게 매우 깊은 인상을 남겼는데, 여성에게 왕자 따윈 필요 없다는 메시지를 전달하기 때문이었다. 이 메시지 안에는 현실이 응축되어 있고 현실을 돌파할 대안도 들어 있다. 안나와 엘사를 닮은, 두 딸을 둔 아빠 처지에서 이 영화는 분명한 진실을 담고 있다. 그러므로 뭐라 쓰지 않을 수 없었다.

쓰기 연습

소설, 만화, 영화, 드라마 중에서 인상 깊었던 사건으로 시작하는
글을 쓰라.

4장

자신의 비밀에서 보물을 발견하세요
: 보편과 개별

우리가 어떤 사건을 글로 기록하고, 그것을 굳이 다른 사람에게 보여주려는 이유는 공감을 얻고 싶어서다. 모든 글은 독자에게 '내가 경험하고 느끼고 생각한 것을 당신도 똑같이 경험하고 느끼고 생각해보았으면 좋겠습니다'라고 속삭인다. 이 속삭임에 독자가 반응할 때, 즉 마음이 움직일 때 좋은 글이라는 평가를 받는다.

독자의 마음을 움직이려면 개별 경험과 사건 안에 보편성이 담겨 있어야 한다. 한 편의 글을 단팥빵에 비유하자면, 개별 경험이나 사건은 단팥빵의 외피이고, 보편성은 단팥이다. 단팥빵을 먹을 때 우리가 기대하는 것은 단팥의 달콤함이다. 그러나 이런 비유는 보편성이 개별성보다 중요하다는 오해를 불러올 수 있다. 보편성은 구체적으로 표현되고 형상화되어야 한다. 사랑과 우정, 부와 명예, 질투와 배신, 삶과 죽음, 부조리와 정의 등의 보편성 목록을 나열한다고 해서 좋은 글이 될 수는 없다. 보편적 가치는 반드시 개별적 사건과 상황 속에서 구체화해야 한다. 보편적인 것을 구체화하는 작업에 성공한 글은 보편적인 가치를 직접 언급하지 않고도 보편적인 것을 말할 수 있다.

나는 CT 정밀검사 결과를 휙휙 넘겼다. 진단은 명확했다. 무수한 종양이 폐를 덮고 있었다. 척추는 변형되었고, 간엽 전체가 없어졌다. 암이 넓게 전이되어 있었다. 나는 신경외과 레지던트로서 마지막 해를 보내는 중이었다. 그리고 지난 6년 동안 이런 정밀검사 결과를 수없이 검토했다. 혹시나 환자에게 도움이 될 방법이 있지 않을까 하는 마음에서. 하지만 이번 검사 결과는 이전과는 다른 의미를 지녔다. 그 사진은 내 것이었다.

폴 칼라니티의 《숨결이 바람 될 때》의 도입부다. 일류 대학으로부터 교수 자리 제안을 받으며 전도유망한 레지던트 마지막 해를 보내던 저자는 어느 날 자신이 암에 걸렸다는 사실을 알게 된다. 그는 그 후 2년여 동안 투병 생활을 하다가 2015년 3월 세상을 떠난다. 눈물샘을 자극하려는 드라마 내용이 아니라 실제로 일어난 일이다.

윗글에서 저자는 감정을 전혀 드러내지 않은 채 병이 진행된 상태를 담담하게 기록한다. 암을 치료하던 의사가 자신이 암에 걸렸음을 깨달은 순간을 기록하는 것만으로도 독자의 마음은 움직이기 시작한다. 이 장면은 인간은 모두 언젠가 죽는다는 피할 수 없는 진실을 상기시킨다. 저자의 직업이 늘 죽음을 다루는 의사라는 점도 효과를 극대화한다. 독자들은 "그 사진은 내 것이었다"라는 문장에서 죽음의 의외성과 필연성, 더불어 삶의 아이러니를 깨닫는다. "우리는 모두 죽을 수밖에 없고, 그래서 삶은 소중하다"는 문장은 얼마나 진부한가. 이와 달리 암에 걸린 자신의 CT 결과를 확인하는 저자의 담담한 진술은 죽음과 삶에 관해 직접 말하지는 않지만, 죽음에 관한 모든 진술이 사실 삶에 관한 것이라는 평범한 진실을 자기 경험을 통해 보여준다.

개별 사례를 통해 보편적인 것을 말한다는 원칙은 글감을 선택할 때 매우 중요한 기준이 된다. "이런 일이 있었다"로 시작하는 글은 자신이 경험한 구체적 사건을 기록한다. 그런데 왜 꼭 그 사건, 그 일이어야만 하는가? 일기처럼 자기 혼자만 보는 글이라면 무엇을 쓰든 상관없다. 그러나 다른 사람에게 보여주기 위한 글이라면 반드시 독자와 공유할 수 있는 내용을 담아야 한다. 독자는 자기가 모르는 세계를 들여다보기를 좋아하지만, 동시에 그 세계 안에서 자신이 알고 있는 것을 발견하려고 한다.

기괴한 설정과 별세계에서 온 것 같은 등장인물이 잔뜩 나오는 이야기는 처음에는 흥미로울 수 있겠지만, 계속 기괴하기만 한 이야기를 좋아하는 독자는 없다. 사람들은 낯설고 기괴한 이야기 속에서 조금씩 다른 방식으로 반복되는 익숙한 차이를 좋아한다. 뻔하디 뻔한 주말 연속극을 욕하면서 보는 것도 그 때문이다. 그러나 우리가 쓰려는 글은 소설이나 드라마 대본이 아니라 자신의 삶을 담아야 한다. 모든 장면이 특별한 소설이나 드라마와 달리, 우리 삶에서 특별한 일은 가뭄에 콩 나듯 일어난다. 따라서 우리는 특별한 일 대신 자기만이 알 수 있는 가장 사적인 경험을 정확하게 기록해야 한다. 그 과정에서 독자와 공감할 수 있는 보편성을 발견할 수 있다. 그렇지 않다면 언어도, 문화도, 종교도, 성별도, 인종도 다른 작가가 쓴 에세이에 무슨 수로 감동하며 공감할 수 있겠는가.

만약 개별성이니 보편성이니 하는 말이 무슨 뜻인지 도통 모르겠다면, 마지막으로 아주 위험하지만 효과는 확실한 극약 처방을 사용해볼 수도 있다. 이마저 통하지 않는다면 당분간 글쓰기는 포기하는 게 나을지도 모른다.

자신의 비밀을 쓰라. 누구에게나 비밀은 있다. 잊어버리고 싶지만 잊히지 않는 일들. 그것이 우리가 먹어치워야 할 현실의 마지막 조각이다. 어쩌면 모든 글쓰기의 궁극적 목표는 절대로 다시 떠올리고 싶지 않은 일을 대면하고, 그것을 먹어치우는 것일지도 모른다. 잠들기 전, 허공에 발길질하게 만드는 그 일에 관해 써보자. 꿈에라도 나올까 봐 두려운 일에 관해 써보자. 자신의 콤플렉스, 쪼잔함, 더러움, 비열함, 사악함 등에 관해, 자신의 흑역사를 기술하라. 그것이 이 세상에서 오직 당신만이 쓸 수 있는 글을 쓰게 해줄 것이다.

비밀은 나만의 것이므로 개별적이고 사적이지만, 그 사건이 비밀로 남아야 하는 이유를 곰곰이 생각해보면, 거기에는 반드시 보편적인 것이 담겨 있다.

그러나 자신의 비밀에 관한 글은 내면이 강한 사람만이 쓸 수 있다. 비밀을 대면하고, 자기 자신에 관한 진실을 드러내는 일은 힘들기 때문이다. 나 역시 쓰려다 여러 번 포기했고, 아직도 그 일에 관한 글을 완성하지 못했다. 어쩌면 영원히 쓰지 못할지도 모른다. 그러나 그 일을 빼놓고는 '나'라는 인간을 설명할 수 없어서 자꾸 생각하게 된다. 나에게 "이런 일이 있었다"라는 문장은 때론 악령을 소환하는 주문처럼 느껴지기도 한다. 나는 독자들이 이런 극약 처방을 쓰지 않더라도 쓸 만한 일을 떠올릴 수 있기를 바라지만, 언젠가 한 번은 이 극약 처방을 사용하기를 권한다.

 쓰기 연습

"나에게는 아무도 모르는 비밀이 있다"로 시작하는 글을 써보라.

5장

주어는 건물주입니다.
주어부터 결정하세요

: 문장과 문법

많은 글쓰기 책들은 독자들이 한 문장 정도는 우습게 쓸 수 있을 거라 생각하지만, 한 문장도 제대로 못 쓰는 사람이 생각보다 많다. 아마도 상당히 많은 독자가 의욕적으로 "이런 일이 있었다"라고 써놓고는 눈만 껌뻑이고 있을 것이다. 한 문장도 못 쓰는 사람에게 글쓰기 방법을 설명하는 게 무슨 소용이 있겠는가.

그러나 "이런 일이 있었다"가 첫 문장이자 마지막 문장이 될 상황이라도 걱정하지 말자. 위기를 극복할 방법이 있다. 시동을 걸 수만 있다면 첫 문장은 뭐가 되든 상관없다. 문장을 어떻게 시작해야 할지 모르겠다면 무조건 **'나는 무엇을 어찌했다'**의 구조로 된 한 문장을 써보자.

(이런 일이 있었다.)

- **나는** 퇴근길에 **길고양이를 보았다.**
- **나는** "넌 왜 부탁을 거절하지 못하니?"라는 **충고를 들었다.**
- **나는** 며칠 전, 유학을 떠나는 **후배를 만났다.**
- **나는** 오랫동안 벼르던 **펠리칸 M800을 샀다.**

우주의 기원이나 인공지능의 미래에 관해 글을 쓰긴 어렵지만 점심으로 먹은 쌀국수나 어젯밤 꾸었던 꿈에 관해서라면 뭐든 쓸 수 있다. 이런 글의 주어는 당연히 '나'가 되고, 서술어는 '나'의 경험을 드러낸다(보았다, 들었다, 만났다, 샀다).

첫 문장이 뭐가 되든 상관없다면 주어 역시 '나'만 고집할 이유는 없다. 나 아닌 다른 사람이나 사물에 관한 글을 쓰려면 주어만 바꿔주면 된다.

(이런 일이 있었다.)

- **아내는** 출산 때문에 직장에서 **불이익을 받았다.**
- 구의역에서 **20대 청년이** 열차에 치어 **숨졌다.**
- **첫째가** 내게 **생일 축하 카드를 주었다.**

실제 사건이 아니라 가짜 사건을 기록할 때도 마찬가지다.

(이런 일이 있었다.)

- 영화 〈겨울왕국〉에서 **한스 왕자는 안나를 배신한다.**
- 소설 《죄와 벌》에서 **라스콜리니코프는 전당포 노파와 그녀의 여동생을 도끼로 살해한다.**
- 소설 《어스시의 마법사》에서 **게드는** 금지된 **마법을 사용한다.**

주어를 먼저 쓰라고 하면 어떤 이들은 그런 건 이미 알고 있으니 뭔가 더 대단한 글쓰기 원칙을 알려달라고 한다. 혹시 그런 생각이 드는 독자가 있다면 지금까지 자신이 썼던 글 중 하나를 택해서 각 문장의 주어에 표시해보라. 주어를 아무렇게나 쓰고 있다는 사실을 발견하게 될 것이다. 장담하건대, 주어부터 결정하라는 원칙의 중요함을 모르는 사람은 절대로 좋은 글을 쓸 수 없다. 더군다나 한국어는 주어나 목적어 같은 핵심 문장 성분을 생략해도 대충 의미가 통하기 때문에 더욱더 그렇다.

(ㄱ) 나는 그녀를 보며 말했다.
"알라뷰."

(ㄴ) 나는 그녀에게 말했다.
"사랑해."

(ㄱ)에서 "알라뷰"는 "I love you"를 앙증맞게 줄여서 말했지만, 주

어(I)와 목적어(you)와 서술어(love)가 모두 들어 있다. 이와 달리 (ㄴ)의 "사랑해"에는 주어도 목적어도 없다. 내가 그녀에게 말하고 있으니까 굳이 주어와 목적어를 쓰지 않아도 말이 된다. 오히려 "나는 너를 사랑해"라고 말하면 상대방은 "왜 그렇게 사무적이야?"라고 되받아치며 서운해할지도 모른다. 한국어는 문맥상 이해가 되면 주어나 목적어 같은 핵심 문장 성분도 생략할 수 있다. 한국어는 동사 중심의 언어이기 때문이다. 그래서 한국어는 끝까지 들어야 하고 맥락을 잘 살펴야 한다. 그러나 문맥에 따라 적당히 주어를 생략하는 특징은 독이 될 수도 있다. 주어를 생략한 문장에 익숙해진 사람들은 글도 그렇게 쓴다. 지금까지 내가 만났던 글 못 쓰는 사람들은 대체로 주어에 신경 쓰지 않는 사람들이었다.

언어는 문화를 반영할 수밖에 없고, 언어 역시 문화에 영향을 준다. 그러므로 주어를 생략하는 언어적 특성은 관계나 맥락 중심적인 한국 문화를 반영하며, 동시에 그런 문화를 강화한다. 가끔 "~라고 생각되어진다"라고 쓰는 학생들이 있다. 만약 프랑스 철학자 데카르트가 한국인이었다면 "나는 생각한다. 그러므로 나는 존재한다" 대신 "생각이 되어진다. 그러므로 생각이 존재한다"라고 썼을지도 모른다. 주어를 생략하는 습관이 문장에서 '나'를 숨기게 만들고, 자기 생각을 주장하기보다는 "그런 생각이 든다" 혹은 "그렇게 생각되어진다"라고 말하게 만든다.

주어, 목적어 같은 핵심 문장 성분을 정확히 쓰지 않으면 정확한 문장을 쓸 수 없고, 정확하게 생각할 수도 없다. 그간 나는 한 문장도 제대로 쓰지 못하는 학생들을 무수히 봐왔다. 초등학교 때부터 학교와 학원에서 국어를 배웠을 텐데, 400~500자 분량의 짧은 글은 고사하고 문법에 맞는 한 문장도 못 쓰는 학생들이 넘쳐나는 상황은 황당하다 못해 절망적이다. 이 상황이 더욱 절망적인 이유는 그런 학생들도 두어 달만 배우면 꽤 그럴듯한 글을 써내기 때문이다.

현재 한국의 교육은 학생들에게 글쓰기를 가르칠 의지도 없고 능력도 없다. 뭔가 비판하고 대안을 제시하고 싶어도 "많이 읽고 많이 쓰고 많이 생각하라"는 주문이나 외우고들 있으니 어쩌지도 못하겠다.

아무튼 나는 글을 못 쓰는 학생들에게 언제나 주어부터 결정하라고 말한다. 주어는 문장의 주인이자 주인공이다. 비유하자면 주어가 바뀌는 것은 세입자 처지에서 건물주가 바뀌는 것과 같다.

(ㄷ) **나는** 퇴근길에 길고양이를 보았다.

(ㄹ) 퇴근길에 **길고양이가** 보였다.

(ㄷ)은 주어가 '나'이므로 '나'(의 경험)에 관한 글이지만 주어를 길고양이로 바꿔 (ㄹ)처럼 쓰면 이 문장은 길고양이에 관한 글이 된다. 그렇다면 (ㄷ)과 (ㄹ) 중 어느 쪽이 나은가. 주인공이 누구냐에 따라 다르다. 주어를 먼저 결정하면 적어도 자신이 무엇에 관한 문장을 쓰려는지 알 수 있다. 실패하는 글은 글쓴이조차 무엇을 쓰고 있는지 모른다. 정확한 글을 쓰고자 한다면 '왜 이 문장이 아니라 저 문장인

가라는 고민을 계속 해야 하고, 그 고민은 '왜 이 단어가 아니라 저 단어가 주어인가?'에서 시작한다.

주어를 결정했다면 그다음은 서술어를 결정해야 한다. 한국어의 문장 구조가 영어처럼 주어-서술어-목적어 순이라면 서술어를 먼저 결정하라는 규칙이 없어도 그렇게 쓸 것이다. 그러나 한국어는 주어 다음에 서술어가 아니라 목적어(혹은 보어)가 나온다. 눈에서 멀어지면 마음에서도 멀어진다. 주어와 서술어의 거리가 멀어지면 주술 호응이 불완전한 문장을 쓸 가능성도 커진다. 실제로 많은 사람이 다음과 같은 문장을 쓴다.

- 맹자는 인간이라면 모름지기 자신의 잘못을 부끄러워할 줄 알아야 한다.

위 문장을 자연스럽게 고치면 다음과 같다.

(ㄱ) **맹자는** 인간이라면 모름지기 자신의 잘못을 부끄러워할 줄 알아야 한다고 말했다.

(ㄴ) 맹자에 따르면, **인간은** 모름지기 자신의 잘못을 부끄러워할 줄 **알아야 한다.**

(ㄱ)에서는 '맹자는'과 '말했다', '인간이라면(인간은)'과 '알아야 한다'가 호응하고, (ㄴ)에서는 '인간은'과 '알아야 한다'가 호응한다. 주

어와 서술어의 개수는 일치해야 한다. 이 원칙은 절대 어겨서는 안 된다.

서술어를 결정한 후에는 서술어의 자릿수를 따져야 한다. 영어 문법에 문장 형식이 있는 것처럼 한국어 문법에는 '자릿수'라는 게 있다. 어떤 문장은 주어와 서술어만으로도 완전한 의미를 표현할 수 있지만 서술어에 따라 목적어나, 부사어, 보어 등의 문장 성분이 더 필요한 문장도 있다.

- 나는 **자랐다.** (한 자리 서술어)
- 나는 어른이 **되었다.** (두 자리 서술어)
- 나는 딸에게 용돈을 **주었다.** (세 자리 서술어)

'자랐다'는 주어만 필요한 한 자리 서술어다. 이와 달리 '되었다'는 주어와 보어가 필요한 두 자리 서술어이고, '주었다'는 주어, 부사어, 목적어가 필요한 세 자리 서술어다. 우리는 한국어를 모국어로 사용하기 때문에 서술어만 결정하면 몇 개의 자리가 더 필요한지 직관적으로 알 수 있다. 따라서 문장을 쓸 때는 먼저 주어와 서술어만 결정하면 나머지는 자동으로 해결될 때가 많다. 놀랍게도 글쓰기를 위해서 알아야 할 문법은 이것뿐이다. 이 원칙을 사용해 아래 예문을 자연스럽게 고쳐보자.

- 대통령제는 모든 책임과 권력은 대통령에게 주어지는 것이다.

위 문장의 주어는 '대통령제'이고, '주다'가 서술어다. 주어와 서술어만 연결하면 '대통령제는 준다'가 된다. 그런데 '주다'라는 동사는 '누구에게', '무엇을'이라는 두 자리를 더 요구한다. '대통령에게', '모든 책임과 권력을'이 여기에 대응한다. 따라서 위 문장을 자연스럽게 고치면 다음과 같다.

- 대통령제는 모든 책임과 권력을 대통령에게 준다.

그런데 많은 수강생이 다음과 같이 썼다.

- 대통령제는 모든 책임과 권력을 대통령에게 주는 **것이다.**

문법적으로는 틀린 문장이 아니다. 그러나 "대통령에게 준다" 대신 "대통령에게 주는 것이다"라고 쓰면 좋은 점이 있을까? 글자 수만 늘어나고 새로운 정보는 없다. 영어 번역 투에 익숙해져서인지 사람들은 문장을 쓸 때 '것이다'를 너무 많이 사용한다. 미래를 예측할 때 (~할 것이다)를 제외하면 '것이다'는 가능한 한 안 쓰는 게 좋다. 어쩔 수 없이 '것이다'를 써야 한다면, 아래처럼 '것'을 구체적인 단어로 바꾸자.

- 대통령제는 모든 책임과 권력을 대통령에게 주는 **제도이다.**

'대통령제'가 아니라 '책임과 권력'에 관해 쓰려면 다음처럼 바꾸면 된다.

- 대통령제에서 모든 **책임과 권력은** 대통령에게 **주어진다.**

그런데 이번에는 "주어진다"라는 피동 표현이 마음에 걸린다. 피동 표현 자체는 문제가 아니지만, 능동형으로 쓸 수 있는 문장을 굳이 피동/사동형으로 쓰지 않도록 주의하자.

어떤 사람들은 피동형 문장을 쓰지 말라고 하니까 무조건 능동형으로 써야 한다고 생각하는데, 주어를 '책임과 권력'으로 결정했다면 피동형 서술어를 피할 수 없다. 피동/사동형을 피하고 능동/주동형으로 쓰라는 원칙도 중요하지만, 그것보다 주어가 문장의 주인이라는 원칙이 훨씬 더 중요하다.

글쓰기를 가르치다 보면 괴상한 번역 투 문장을 쓰는 수강생이 놀랄 정도로 많다. 한국어로 된 좋은 글과 문장을 읽어본 경험이 부족하고, 번역 투로 쓰인 교과서나 참고서 문장에 익숙해졌기 때문이다. 번역 투 문장의 문제점에 관해서는 할 말이 많지만, 그렇다고 해서 내가 '순우리말주의자'는 아니다. 나는 잘 읽히고 뜻만 통한다면 번역 투 문장도 나쁘지 않다고 생각한다. 화석이 종의 다양성을 보여주듯 번역 투 문장 역시 한국어의 다양성을 보여주는 살아 있는 증거다. 언어도 생물 종처럼 경쟁에서 살아남은 것만 사용된다. 사람들이 번역 투 문체를 선택해 번식할 기회를 준다면 막을 방법은 없다.

가끔 순우리말을 써야 한다면서 언중言衆에게 우리말을 강요하는 사람들이 있다. 순수한 우리말이라는 게 정말로 있는지도 모르겠고, 설령 그런 게 있다고 해도 '순수함'을 강조하는 태도 자체가 불편하다. 우리가 민족의 조상이라고 철석같이 믿고 있는 단군조차 곰족과 천손족의 혼혈 아니었는가. 언어는 처음부터 혼종hybrid이고, 혼종일 수밖에 없다. 순우리말이든 번역 투 문장이든 한국어로 표현될 수 있는 모든 문장 형태는 한국어의 다양성에 이바지할 것이다. 그러나 글쓰기를 처음 배우는 단계에서는 가능하면 번역 투보다는 한국어의 특성이 잘 드러나는 문장을 쓰는 연습을 하는 게 좋다. 그러려면 가장 단순한 구조로 된 문장을 쓰고 이어 붙이는 방법을 어느 정도는 알고 있어야 한다.

주어-서술어 쌍이 한 번만 사용된 문장을 **홑문장**(단문이라고도 한다)이라고 한다. 이와 달리 **겹문장**(복문이라고도 한다)은 주어-서술어 쌍이 두 번 이상 사용된 문장이다. 우리가 쓰는 문장은 홑문장(단문) 아니면 겹문장(복문)이다. 단,

홑문장

① <u>나는</u> <u>퇴근했다.</u>
② <u>나는</u> 퇴근길에 고양이를 <u>보았다.</u>

겹문장

③ <u>나는</u> 퇴근길에 고양이를 <u>보고</u>, (나는) 깜짝 <u>놀랐다</u>.

④ <u>그가</u> 갑자기 주먹을 <u>휘둘렀기</u> 때문에, <u>그녀는</u> <u>도망쳤다</u>.

겹문장은 홑문장으로 쪼갤 수 있고, 홑문장을 결합하여 겹문장을 만들 수도 있다. ③은 '나는 퇴근길에 고양이를 보았다'와 '나는 깜짝 놀랐다'로 분해할 수 있다. 마찬가지로 ④는 '그가 갑자기 주먹을 휘둘렀다'와 '그녀는 도망쳤다'로 쪼갤 수 있다. 연습 삼아 아래 예문을 홑문장으로 분해해보자.

(ㄱ-1) 불꽃 축제가 있어서 오늘따라 강변북로가 막혔다.

(ㄴ-1) 날마다 지각하는 걸 보면, 그는 게으르다.

(ㄷ-1) 퇴근길에 꼬리가 반쯤 잘린 고양이를 보았다.

(ㄱ-2) 오늘은 불꽃 축제가 있다.

오늘따라 강변북로가 막혔다.

(ㄴ-2) 그는 날마다 지각한다.

그는 게으르다.

(ㄷ-2) 퇴근길에 고양이를 보았다.

고양이의 꼬리는 반쯤 잘려 있었다.

위 내용을 바탕으로 아래 문장을 자연스럽게 고쳐보자.

- 인간들은 한편으로는 자연에 순응하면서, 다른 한편으로는 이용하면서 살아왔다.

위 문장은 '인간들은 (~에) 순응한다'와 '인간들은 (~을) 이용하면서 살아왔다'가 겹친 문장이다. 비어 있는 자리에 '자연'을 넣으면 다음과 같이 고칠 수 있다.

- 인간은 한편으로는 **자연에** 순응하면서, 다른 한편으로는 **자연을** 이용하면서 살아왔다.

여기서도 주어와 서술어를 먼저 결정하고, 필요한 자리를 채운다는 원칙만 사용했다. 단순한 문제처럼 보이지만 생각보다 많은 학생이 위 문장을 제대로 고치지 못한다. 주어-서술어 짝맞춤은 모든 언어에 적용되는 기본 원칙이다. 국어를 10년 이상 배우고도 주어-서술어 짝맞춤조차 못하는 학생들을 보고 있노라면, 우리나라 국어교육은 잘못된 정도가 아니라 근본부터 뜯어고쳐야 한다는 생각을 하지 않을 수 없다.

- 그녀는 폭넓은 독서와 부지런히 운동을 하는 멋진 여성이야.

위 문장은 세 문장이 겹친 문장이다. 기본 문장은 '그녀는 멋진 여성이다'이고, 여기에 '그녀는 독서한다'와 '그녀는 운동을 한다'가 결합했다. 'A 그리고 B' 구조로 쓸 때는 A와 B가 같은 형식이어야 한다. 따라서 위 문장은 '그녀는 독서한다. 그리고 운동한다'라고 쓰거나 '그녀는 독서를 한다. 그리고 운동을 한다'라고 쓰는 게 원칙이다. 그런데 '독서한다'와 '독서를 한다' 중 어느 쪽으로 써야 할까? 나는 언제나 짧은 쪽을 택한다. 따라서 '그녀는 독서한다'라고 쓰고, 서술어에 맞게 '폭넓은'을 '폭넓게'로 바꿔보자.

- 그녀는 폭넓게 **독서하고**, 부지런히 **운동하는** 멋진 여성이야.

문장을 고치면 내용은 정확해지고 형식은 간결해진다. 문장 고치기의 목표는 정확함과 간결함이다. 문장을 고치기 시작하면 대개는 문장의 길이가 짧아진다. 글쓰기가 어렵다면 홑문장으로 짧게 쓰라. 그러나 여기에는 함정이 있다. 정확한 문장들을 나열하는 것만으로 정확한 글이 되지는 않기 때문이다.

(ㅅ) 그는 날마다 지각한다. 퇴근길에 고양이를 보았다. 오늘은 불꽃 축제가 있다.

(ㅅ)은 정확한 글인가? (ㅅ)을 구성하는 세 문장은 모두 짧고 정확한 문장이다. 그러나 정확한 세 문장이 모여 자원을 낭비하고 있다.

문법 규칙에 맞는 문장을 쓰는 것만으로는 정확한 글을 쓸 수 없다. 정확한 글을 쓰려면 문장과 문장을 연결하는 원칙을 알아야 한다. 이 원칙은 단순하지만 모든 글쓰기에 보편적으로 적용할 수 있다. 또한 이 원칙을 깨트리는 방식으로 새로운 문장을 만들 수도 있다. 이 원칙을 알고 싶다면 어서 다음 장을 읽자.

 쓰기 연습

1. 초고의 첫 문장을 '나는 무엇을 어찌했다'나 '누가(무엇이) 무엇을 어찌했다'로 바꿔서 다시 쓰라.
2. 내용에는 신경쓰지 말고, 각 문장마다 주어와 서술어가 정확히 쌍을 이루고 있는지 확인하고 생략된 주어를 찾아보라.
3. 긴 문장이 있다면 더 짧은 문장으로 쪼개 쓰라.

6장

문장이 꼬일 때는
돌아가세요
:차이와 반복

이제 어떻게든 한 문장은 쓸 수 있게 되었다. 시작이 반이라는 말도 있으니 이제 절반은 쓴 거로 생각하자. 실제로도 한 문장을 썼다면 남은 것은 한 문장을 더 쓰는 것뿐이다. 글이란 문장을 연결하는 것이고, 두 문장을 연결할 수 있다면 천 문장이든 만 문장이든 연결할 수 있다. 우리는 두 문장 중 한 문장을 이미 썼으므로 절반은 쓴 셈이다.

- 나는 퇴근길에 고양이를 보았다.

누군가 위와 같이 쓰고 생각이 멈춰버렸다고 가정하자. 글을 쓰다 보면 벽을 만난다. 문장은 언젠가는 멈추기 마련이다. 충분한 분량을 쓴 후라면 모를까, 한 문장을 쓰고 마침표를 찍었는데 문장이 멈춰 버리면 난감하다. 멈춰버린 문장을 이끌고 벽을 돌파할 수만 있다면 글쓰기의 거의 모든 문제는 이미 해결된 것이나 다름없다. 작가들은 저마다의 방법으로 벽을 돌파하지만, 그들 역시 아이스크림 먹듯 쉬운 건 아니다. 그러니 이 문제를 쉽게 해결하지 못한다고 해서 벽에 머리를 박으며 자학하지 말자. 자기가 원할 때, 원하는 글감을 가지고 원하는 분량만큼 거침없이 쓸 수 있는 사람은 거의 없다.

문장이 멈추는 문제를 해결하려면 문장을 연결하는 방법을 알아야 한다. 우리가 어떻게 자전거를 타게 되었는지 떠올려보자. 넘어지지 않고 자전거를 타려면 페달을 밟으면서 넘어지려는 반대쪽으로 핸들을 돌리면 된다. 그러나 이런 원리를 먼저 배우고 자전거 연습을 한 사람은 없을 것이다. 우리는 여러 번 넘어지다가 어느 순간 갑자기 쓰러지지 않고 자전거를 탈 수 있게 된다. 자전거만 탈 수 있다면 자전거 타는 원리 따위는 아무래도 상관없다.

글쓰기도 마찬가지다. 왜 그런지 정확히 몰라도, 계속 쓰다 보면 꽤 잘 쓸 수 있게 된다. 가끔 글을 잘 쓴다고 알려진 사람들이 글쓰기를 배워본 적이 없다고 말하는 것도 이 때문이다. 굳이 복잡한 원칙을 배우지 않아도 언어 감각이 좋은 사람은 금방 잘 쓴다. 일단 나는 독자들의 언어 감각을 믿어볼 것이다.

처음에는 규칙에 얽매이지 말고, 자기가 쓸 수 있는 만큼 짧은 문장을 많이 만들어보는 게 좋다. 처음부터 잡다한 규칙에 따라 글을 쓰려고 하면 오히려 글쓰기 자체에 집중하기 어렵다. 실제로 단순하기 그지없는 원칙조차 두려워 도망가는 학생을 여럿 보았고, 원칙에 얽매여 괴물 같은 글을 써내는 학생도 있었다. 그러나 자전거를 배울 때 누군가 뒤에서 잡아주면 넘어지는 두려움을 줄여줄 수 있다. 여기서 설명하는 원칙은 그 정도의 역할을 할 뿐이다.

앞 문장에 쓴 단어를 재활용한다. 이 원칙은 단순하지만 강력하며, 특히 짧은 문장을 만들 때 도움이 된다. 짧은 문장은 핵심 문장 성분(주어, 서술어, 목적어, 보어)만 사용하므로 단어 수가 적다. 앞 문장에 쓴 단어 중 하나를 골라서 다음 문장의 핵심 성분으로 재활용하면 그만큼 문장을 쉽게 만들 수 있다.

앞에서 문장을 쓸 때는 주어부터 결정해야 한다고 했다. 그러므로 문장을 연결할 때도 다음 문장의 주어부터 결정해야 한다.

- **나**는 퇴근길에 **고양이**를 보았다.

수업 시간에 위 예문을 칠판에 쓰고, 다음에 올 문장의 주어를 무엇으로 하는 게 좋겠냐고 물어보면 거의 모든 학생이 "고양이"라고 답한다. 왜 고양이를 주어로 써야 하느냐고 다시 물으면, 대부분 "그냥" 또는 "왠지 그래야 할 것 같아서"라고 답한다. 이 사례는 우리가 배우지 않아도 문장을 연결하는 능력이 있다는 것을 증명하기도 하지만, 동시에 문장을 쓰는 원칙을 정확히 알지 못한다는 증거이기도 하다.

나는 학생들이 '퇴근길'이나 '나'가 아니라 '고양이'를 주어로 써야한다고 답한 이유를 생각해보았다. 별 시답지 않은 걸 고민한다고 생각할 수도 있지만, 글쓰기 강사는 언제나 '왜 저렇게 쓰는가'를 고민할 수밖에 없다.

첫째, 학생들이 고양이를 너무 사랑하기 때문일지도 모른다. 이른바 '고양이 덕후설'이다. 나는 이 가설을 검증하려고 예문의 목적어를 바꿔보았다. 예상하듯 학생들은 목적어가 고양이든 강아지든 개코원숭이든 앞 문장의 목적어를 주어로 택했다. 고양이가 중요한 게 아니라는 뜻이다. 그러므로 고양이 덕후설은 기각.

둘째, 단어의 의미가 중요한 게 아니라 목적어라는 문장 성분이 중요한 것일지도 모른다. 한국어는 뜻이 통하면 주어 생략도 허용한다. 위 예문도 주어를 빼면 다음과 같이 쓸 수 있다.

- 퇴근길에 **고양이**를 보았다.

남은 문장 성분은 부사구('퇴근길에'), 목적어('고양이'), 서술어('보았다')뿐이다. 문장의 주어는 명사일 때가 많으므로 우리는 직관적으로 다음 문장의 주어로 '고양이'를 택하게 될 것이다. 덧붙여 앞 문장의 목적어를 다음 문장의 주어로 사용하는 예문은 너무나 많으므로, 여기에 익숙해진 학생들이 습관적으로 목적어인 고양이를 주어로 택한 것일 수도 있다.

장황하게 주어 선택의 문제를 설명한 이유는 문장을 연결할 때 뒤

문장의 주어가 무엇이냐에 따라 글 내용이 완전히 바뀌기 때문이다. 아래 예문을 보라.

(ㄱ) **나**는 퇴근길에 고양이를 보았다. **나**는 고양이 쪽으로 다가갔다.

(ㄴ) 나는 **퇴근길**에 고양이를 보았다. **퇴근길**은 추웠다.

(ㄷ) 나는 퇴근길에 **고양이를** 보았다. **고양이**는 꼬리가 반쯤 잘려 있었다.

(ㄹ) 나는 퇴근길에 고양이를 **보았다. 본다는 것**은 말 이전에 온다.

(ㅁ) 나는 퇴근길에 고양이를 **보았다. 보았다기보다는 보였다.**

(ㄱ)~(ㅁ)의 첫 문장은 같다. 그러나 두 번째 문장은 모두 다르다. 이 차이가 (ㄱ)~(ㅁ)을 다른 글로 만든다. 여기에 글쓰기의 비밀이 하나 숨어 있다. 어떤 문장과 자연스럽게 연결되는 문장을 쓰려면, 먼저 앞 문장의 단어를 반복하고('나', '퇴근길', '고양이', '보았다') 동시에 앞 문장에는 없는 단어를 추가하여 차이를 만들어야 한다('다가갔다', '추웠다', '꼬리', '보였다'). 이 과정에서 차이가 무한 생성된다. 이처럼 글쓰기는 문법 규칙에 따라 같음과 다름을 배치하여 궁극적으로는 차이를 만들어내는 활동이다.

단어를 반복하려면 앞 문장의 주어나 목적어를 다시 쓰는 게 좋다. 그리고 주어를 먼저 결정한다는 원칙을 활용하면 앞 문장의 주어나 목적어를 다음 문장의 주어로 사용하는 게 좋다. 그러면 문장은 앞으로 나아간다.

- (나는) '넌 왜 **부탁**을 거절하지 못하니'라는 충고를 들었다. **나는 부탁**을 거절하지 못해 난처한 **일**을 여러 번 당했다. 한 번은 30만 원을 빌려달라는 친구의 **부탁**을 들어주고 돈을 떼인 **일**도 있다.

- 며칠 전, 유학을 떠나는 **후배**를 만났다. **그(후배)**는 음악을 공부하러 버클리 음대에 진학했다. **그(후배)**의 가족과 동료들은 모두 **그(후배)**를 말렸다.

- 오랫동안 벼르던 **펠리칸 M800(만년필)**을 샀다. 이것으로 아내 모르게 구입한 **만년필**은 총 다섯 자루가 되었다. 왜인지 모르겠지만, 나는 **만년필**이 좋다.

학생들은 자주 뭘 써야 할지 모르겠다고 말하면서 같은 말을 같은 방식으로 반복한다. 그럴 때는 이미 써둔 문장을 다시 읽고, 무엇을 반복할지 결정해야 한다. 글쓰기에 미숙한 사람들은 자신이 이미 써둔 문장이 아니라 아직 쓰지도 않은 문장, 어쩌면 영원히 쓸 수 없을지도 모르는 미지의 문장을 쓰려고 노력한다. 문장이 멈춘 후 앞으로 나아가지 않을 때는 돌아가면 된다.

미숙한 글은 문법 규칙을 어기고, 단어를 제멋대로 사용하면서 성난 망아지처럼 날뛰거나, 술 취한 사람처럼 같은 말을 반복한다. 전자는 의미가 너무 많아서, 후자는 오직 하나의 의미만 존재한다는 점에서 의미가 없다. 나는 학생들의 글에서 카오스와 코스모스를 모두 경험하는데, 내 역할은 그들의 글에 지나치지도 부족하지도 않은 질서를 부여하는 마법을 전수하는 것이다. 다음 장부터는 문장을 지배하는 절대 마법을 하나씩 살펴볼 것이다.

 쓰기 연습

1. 초고를 첫 문장부터 읽으면서 반복되는 단어에 표시하라.
2. 앞 문장과 공유하는 단어가 없는 문장은 앞 문장의 단어를 포함하도록 다시 쓰라.
3. 앞 문장의 단어를 반복하면서 최대한 많은 문장을 추가하라.

7장

글쓰기는 독백이 아니라 대화입니다

: 질문과 답변

글쓰기는 독백이 아니라 대화다. 가끔 글쓰기에 관해 '말하듯 쓰라'는 조언을 들을 때가 있는데, 나는 '대화하듯 쓰라'가 더 적절한 표현이라고 생각한다. 일상 대화에서는 묻는 사람과 답하는 사람, 말하는 사람과 듣는 사람이 다르지만 글쓰기에서는 내가 묻고 내가 답한다. 글을 쓸 때, 우리의 내면은 '묻는 나'와 '답하는 나'로 분열한다. 내면의 분열이라고 하면 조금 으스스한 느낌이 들기도 하지만, 이는 지킬과 하이드의 분열처럼 병리적 현상이 아니라 매우 건강하고 긍정적인 현상이다. '묻는 나'와 '답하는 나'의 대화 속에서 우리의 정신은 성장한다.

글쓰기가 대화 과정이라는 점을 강조하기 위해서 '묻는 나' 역할을 할 가상의 친구 한 명을 소개하겠다. 이 친구의 이름은 '빙봉'이다. 빙봉은 픽사 애니메이션 〈인사이드 아웃〉에서 주인공 에밀리의 어린 시절 상상 속 친구로 등장한 적이 있다.

빙봉의 역할은 '질문하기'다. 빙봉은 시도 때도 없이 나타나 이것 저것 묻는다. 내가 할 일은 빙봉의 집요한 질문에 최대한 성실하게 답하는 것뿐이다. 그 답변을 모으면 한 편의 글이 된다. 질문쟁이 빙봉과 한바탕 수다를 떨고, 그 내용을 정리하면 아래와 같은 글을 쓸 수 있다.

| 빙봉 | 오늘 무슨 일 있었어?

| 나 | 오늘 서점에서 책을 샀어.

| 빙봉 | 무슨 서점?

| 나 | 합정역 교보문고.

| 빙봉 | 무슨 책을 샀는데?

| 나 | 《잘 쓰고 싶습니다》라는 제목의 글쓰기 책.

| 빙봉 | 왜 샀어?

| 나 | 얼마 전에 글쓰기를 강조하는 기사를 읽었거든.

| 빙봉 | 어떤(무슨) 기사?

| 나 | 하버드대를 졸업하고 40대에 접어든 졸업생 90퍼센트가 지금 하는 일에서 가장 중요한 능력이 글쓰기라고 생각한다는 기사.

- 오늘 서점에서 책을 샀다. (**어떤 서점?**) 그 서점은 합정역에 있는 교보문고였다. (**어떤 책?**) 오늘 산 책은 《잘 쓰고 싶습니다》라는 제목의 글쓰기 책

이다. (**왜?**) 책을 산 이유는 얼마 전 글쓰기를 강조하는 기사를 읽었기 때문이다. (**어떤 기사?**) 그 기사에서, 하버드대를 졸업하고 40대에 접어든 졸업생 90퍼센트가 지금 하는 일에서 가장 중요한 능력이 글쓰기라고 답했다.

빙봉은 계속 물었고, 나는 계속 답했을 뿐이다. 문장과 문장 사이에는 질문이 숨어 있다. 질문은 무엇이 반복되어야 하고, 어떤 차이가 필요한지 결정한다. 질문이 다음 문장에 사용할 단어(개념)를 결정한다. 나는 문장과 문장을 연결하는 질문에다 **연결 질문**이라는 뻔한 이름을 붙였다. 한 문장을 쓰고 연결 질문을 하면 다음 문장을 만들 수 있다. 연결 질문 없이 문장을 연결하면 돌부리에 발이 걸리는 느낌의 글이 된다. 반대로 적절한 연결 질문을 사용한 문장은 질문을 글 속에 드러내지 않아도 매끄럽게 읽힌다.

우리는 극장에서 처음 손을 잡았다. 광화문 시네큐브였다.
영화는 왕가위가 참여한 옴니버스 영화였는데
제목은 〈에로스〉였다.
나는 극장에서 손잡는 것을 좋아한다.
촌스러운 취향인지는 몰라도,
여전히 내겐 극장에서 손을 잡는 것이 프로포즈요
애정의 표현이기 때문이다.

이석원의 산문집《보통의 존재》에 실린 '손 한번 제대로 잡아보지 못했으면서'의 첫 문단이다. 빙봉과의 대화 형식으로 바꿔보면 연결 질문이 매우 적절히 사용된 글이라는 것을 알 수 있다. 쉽게 잘 읽히는 이유도 그 때문이다.

| 이석원 | 우리는 극장에서 처음 손을 잡았어.

| 빙봉 | **어떤** 극장?

| 이석원 | 광화문 시네큐브.

| 빙봉 | **어떤** 영화를 봤는데?

| 이석원 | 〈에로스〉라고 왕가위가 참여한 옴니버스 영화였어.

| 빙봉 | 넌 **왜** 극장에서 손을 잡니? 촌스럽게.

| 이석원 | 촌스러운 취향인지 몰라도, 나는 극장에서 손을 잡는 게 프로포즈야. 애정의 표현이지.

작가가 실제로 빙봉과 대화하지는 않았겠지만 연결 질문을 추론해보면, 작가가 어떤 생각의 흐름 속에서 글을 썼는지 짐작할 수 있다. 잘 쓰고 잘 읽으려면 문장과 문장 사이에 숨은 질문을 추론할 수 있어야 한다. 잘 쓰려면 연결 질문을 사용하여 자연스럽고 논리적인 생각의 흐름을 만들어내야 한다. 거꾸로, 잘 읽으려면 작가가 사용한 연결 질문을 파악해야 한다. 이런 점에서 읽기와 쓰기는 같은 원리를 다른 방식으로 반복하는 과정이다.

문장을 지배하려면 질문을 지배해야 한다. 한 문장을 쓰고 적절한 질문을 한 후 답하면, 다음 문장이 나온다. 질문은 문장-기계를 돌리는 연료다. 문장-기계에 개념을 집어넣고 문법 공식을 입력한 후, 연료인 질문을 태우면 문장이 튀어나온다. 질문이 멈추면 문장도 멈춘다.

(ㄱ) **오늘**따라 강변북로가 막혔다.

　　(**왜** 오늘따라 강변북로가 막혔지?)

　　알고 보니 **오늘**은 불꽃축제가 있는 날이었다.

(ㄴ) 그는 게으르다.

　　(**뭘 보면** 그가 게으르지?)

　　그는 날마다 지각한다.

(ㄷ) 나는 **무한도전**을 좋아한다.

　　(무한도전이 **무엇**이지?)

　　무한도전은 MBC 주말 예능 프로그램이다.

(ㄹ) 퇴근길에 **고양이**를 보았다.

　　(그 고양이는 **어떤** 상태였지?)

　　고양이는 꼬리가 반쯤 잘려 있었다.

(ㅁ) **나는** 퇴근길에 길고양이를 보았다.

(**그래서? 어떻게** 했지?)

나는 고양이 쪽으로 다가갔다.

질문을 활용하면 두 개의 홑문장을 하나의 겹문장으로 결합할 수 있다. 원칙은 단순하다. 답변 문장을 앞 문장의 적절한 자리에 집어넣으면 된다. 거꾸로, 질문을 찾으면 겹문장을 홑문장으로 쪼갤 수 있다. 모든 문장은 이런 식으로 만들고 연결하고 자를 수 있다. 이를 간단하게 도식화하면 다음과 같이 표현할 수 있다.

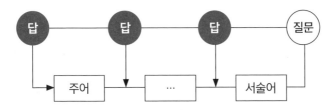

(ㄱ) 오늘은 불꽃축제가 있는 날**이어서** 강변북로가 막혔다.

(ㄴ) 날마다 지각하는 것을 **보면** 그는 게으르다.

(ㄷ) 나는 MBC 주말 예능 프로그램**인** 무한도전을 좋아한다.

(ㄹ) 퇴근길에 꼬리가 반쯤 잘**린** 고양이를 보았다.

(ㅁ) 나는 퇴근길에 고양이를 **보고**, 고양이 쪽으로 다가갔다.

이 과정을 반복하면, 계속해서 문장을 만들고 연결하여 아래처럼 끊임없이 연결되는 긴 글을 쓸 수 있다.

- 오늘 서점에서 책을 샀다. (**어떤 서점?**) 그 서점은 합정역에 있는 교보문고였다.

  = 오늘 합정역 교보문고에서 책을 샀다.

- 오늘 합정역 교보문고에서 책을 샀다. (**무슨 책?**) 오늘 산 책은 《잘 쓰고 싶습니다》라는 제목의 글쓰기 책이었다.

  = 오늘 합정역 교보문고에서 《잘 쓰고 싶습니다》라는 글쓰기 책을 샀다.

- 오늘 합정역 교보문고에서 《잘 쓰고 싶습니다》라는 책을 샀다. (**왜?**) 얼마 전 글쓰기를 강조하는 기사를 읽었기 때문이다.

  = 얼마 전 글쓰기를 강조하는 기사를 읽었기 때문에, 오늘 합정역 교보문고에서 《잘 쓰고 싶습니다》라는 글쓰기 책을 샀다.

- 얼마 전 글쓰기를 강조하는 기사를 읽었기 때문에, 오늘 합정역 교보문고에서 《잘 쓰고 싶습니다》라는 글쓰기 책을 샀다. (**어떤 기사?**) 그 기사에서 하버드대를 졸업하고 40대에 접어든 졸업생 90퍼센트가 지금 하는 일에서 가장 중요한 능력이 글쓰기라고 답했다.

  = 얼마 전, 하버드대를 졸업하고 40대에 접어든 졸업생 90퍼센트가 지금 하는 일에서 가장 중요한 능력이 글쓰기라고 답했다는, 글쓰기를 강조하는 기사를 읽었기 때문에, 오늘 합정역 교보문고에서 《잘 쓰고 싶습니다》라는 글쓰기 책을 샀다.

윗글을 두 문장으로 구성하면 다음과 같이 쓸 수도 있다.

- 오늘 합정역 교보문고에서 《잘 쓰고 싶습니다》라는 글쓰기 책을 샀다. 얼마 전, 하버드대를 졸업하고 40대에 접어든 졸업생 90퍼센트가 지금 하는 일에서 가장 중요한 능력이 글쓰기라고 답했다는 기사를 읽었기 때문이다.

위와 같은 방식으로 앞에서 인용한 이석원의 글도 아래처럼 겹문장을 사용해 다시 쓸 수 있다.

- 우리는 광화문 시네큐브에서 왕가위가 참여한 옴니버스 영화 〈에로스〉를 보다가 처음 손을 잡았다. 촌스러운 취향인지는 몰라도, 내겐 극장에서 손을 잡는 것이 프로포즈요 애정의 표현이기 때문에, 나는 극장에서 손을 잡는 것을 좋아한다.

우리는 홑문장만 쓰거나 겹문장만 쓰지 않고 둘을 적절히 섞어서 쓴다. 홑문장과 겹문장의 연결 방식에 따라서 글의 리듬이 생긴다. 똑같은 내용의 글도 홑문장과 겹문장의 비율에 따라 느낌이 달라진다. 예를 들어 아래 네 문장을 홑문장과 겹문장의 비율을 바꿔서 고쳐 쓰면 여러 형태의 글을 만들 수 있다.

① 나는 무한도전을 볼 것이다.
② 무한도전은 MBC 주말 예능 프로그램이다.

③ 무한도전은 재미있다.

④ 무한도전은 시청률 1위다.

- ① 나는 ② **MBC 주말 예능 프로그램인** 무한도전을 볼 것이다. ③ 무한도전은 재미있기 때문이다. ④무한도전은 시청률 1위다.

  (① + ②) + ③ + ④

- ① 나는 ② **MBC 주말 예능 프로그램인** 무한도전을 볼 것이다. ④ **시청률 1위인 것을 보면,** ③ 무한도전은 재미있기 때문이다.

  (① + ②) + (③ + ④)

- ① 나는 무한도전을 볼 것이다. ④ **시청률 1위인 것을 보면,** ② **MBC 주말 예능 프로그램인** ③ 무한도전은 재미있다.

  ① + (④ + ② + ③)

- ④ **시청률 1위인 것을 보면,** ② **MBC 주말 예능 프로그램인** ③ 무한도전은 재미있다. ① 따라서 나는 무한도전을 볼 것이다.

  (④ + ② + ③) + ①

- ④ **시청률 1위인 것을 보면,** ② **MBC 주말 예능 프로그램인** ③ 무한도전은 재미있을 것이므로 ① 나는 무한도전을 볼 것이다.

  (④ + ② + ③ + ①)

학생들에게 문장을 자르고 이어붙이는 과정을 보여주면 대개는 신기한 눈으로 쳐다본다. 나는 수업에서 이 대목을 가장 좋아하는데, 학생들이 '저런 거면 나도 할 수 있겠네' 하는 눈빛을 보이기 때문이다. 맞다. 질문을 활용해 문장을 만들고 연결하는 기술은 누구나 배울 수 있다. 정확히 말하자면 배운다기보다는 발견한다. 인간이라면 누구나 질문을 사용하는 능력을 지니고 태어나기 때문이다. 문법적 체계를 만들고, 개념을 사용하고, 이야기를 지어내는 능력은 타고난다. 어떤 사람은 자신도 모르는 사이에 이 능력을 계발했기 때문에 글을 잘 쓰고, 어떤 사람은 평생 자신의 잠재력을 발견하지 못했거나 잠재력을 계발할 노력을 하지 않았기 때문에 좋은 글을 쓰지 못한다.

나는 그간 터무니없는 글을 쓰던 학생들이 몇 달 사이에 꽤 훌륭한 글을 써내는 경험을 해왔다. 글쓰기를 글자 쓰기로만 알고 있던 학생들도 질문을 활용하는 방법을 배우면 그럴듯한 글을 써낸다. 나는 이 책을 읽는 독자들 역시 내가 가르쳐온 학생들과 똑같은 경험을 할 거라고 확신한다. 그러려면 질문, 개념, 문법을 사용하여 문장을 자르고 이어붙이는 지루한 노동을 견뎌야 한다.

나는 글쓰기가 즐거운 일이라든가, 즐겁지 않으면 글을 쓸 필요가 없다는 식의 말들을 매우 싫어한다. 누구나 글을 쓸 수 있지만 아무나 좋은 글을 쓰는 것은 아니다. '아무 말 대잔치'를 하면서 즐거움을 느낀다면 그것도 나쁘지 않겠지만, 글쓰기의 궁극적 즐거움은 내 이야기가 누군가에게 정확하게 전달되고 있다는 것을 확인할 때 얻을 수 있다. 그러기 위해서 우리는 더 정확하게 묻고 더 정확하게 답하는 고통을 감내해야 한다.

실제로 단문과 복문의 비율을 계산하면서 글을 쓰는 작가는 거의 없을 것이다. 좋은 작가라면 어떤 식으로든 정확한 문장을 쓰는 방법을 알고 있을 것이므로 읽어보고 좋으면 그만이다. 그러나 글쓰기 초보라면 처음에는 홑문장으로 짧게 쓰고, 짧은 문장을 겹문장으로 연결하여 문장 길이를 조절해보는 연습을 해야 한다.

 쓰기 연습

초고를 빙봉과의 대화 방식으로 다시 쓰라. 빙봉의 입장에서 할 수 있는 질문들을 생각해보고, 그에 답하는 문장들을 순서대로 연결해서 글을 써보라.

8장

짧더라도 정확하게 쓰세요
: 문체와 태도

많은 글쓰기 책들이 짧게 쓰라고 조언한다. 만연체보다는 간결체가 좋다는 식이다. 그러나 문장의 길이보다 말하는 바를 정확하게 전달하려는 태도가 더 중요하다. 짧아도 부정확한 문장이 있고, 길어도 정확한 문장이 있다. 문장의 정확성은 문장의 길이와 상관없다. 정확하게 쓰려다 보니 문장이 짧아지기도, 길어지기도 할 뿐이다.

다만 글쓰기 초보들은 짧게 쓸 때 그나마 정확하게 쓸 수 있으므로 짧게 쓰라고 하는 것이다. 질문을 정확히 사용할 수 있다면 언젠가는 길고 정확한 글을 쓸 수 있다.

짧게 쓰면 될 일인데, 문장이 짧으면 못 쓴 글이라고 생각하는 사람이 꽤 많다.

나는 오랜 세월 동안 라면, 김밥, 짜장면을 먹어왔다. 거리에서 싸고 간단히, 혼자서 끼니를 해결할 수 있는 음식이다. 칼국수, 육개장, 짬뽕, 우동도 먹었다. 부대찌개나 닭볶음탕, 쌈밥은 두 사람 이상이라야만 먹을 수 있다. 그 맛들은 내 정서의 밑바닥에 인 박혀 있다. 나는 허름한 식당에 친밀감을 느낀다. 식당의 간판이나 건물 분위기를 밖에서 한번 쓱 훑어보면 그 맛을 짐작할 수 있다. 가게 이름이 촌스럽고, 간판이 오래돼서 너덜거리고, 입구가 냄새에 찌들어 있는 식당의 음식은 대체로 먹을 만하다. 이런 느낌을 과학적으로 증명할 수는 없지만, 대체로 어긋나지 않는다. 낯선 지방의 소도시에 가서도 나는 간판의 느낌으로 밥 먹을 식당을 골라낸다.

김훈의 《라면을 끓이며》 도입부다. 옮긴 부분은 열 문장이고, 띄어쓰기 포함 365자다. 한 문장당 평균 36자다. 짧다. 두 번째 문장, 세 번째 문장, 다섯 번째 문장, 아홉 번째 문장에는 주어도 없다. 주어를 생략하는 한국어의 특징을 잘 활용한 글이다. 나는 문장을 길게 쓰는 학생들에게, 저자를 숨긴 채 윗글을 보여주고 어떠냐고 묻는다. 대부분 잘 읽힌다고 말하지만, 독서 경험이 부족하거나 문장 자체를 어떻게 쓸 줄 모르는 학생 중에는 간혹 이상하다고 말하는 학생도 있다. 그 학생들에게 저자가 누구인지 알려주면, "그게 누군데요?"라고 묻거나 "상록수?" 하는 학생도 있다(《상록수》의 저자는 김훈이 아니라 심훈이다). 나는 학생들에게 짧은 문장과 긴 문장의 차이를 느끼게 하려고 윗글을 복문으로 고쳐 써서 보여주기도 한다.

● 나는 오랜 세월 동안 부대찌개나 닭볶음탕, 쌈밥처럼 두 사람 이상이라야
만 먹을 수 있는 음식 대신 거리에서 싸고 간단히 혼자서 끼니를 해결할 수
있는 라면, 김밥, 짜장면을 먹어왔고 칼국수, 육개장, 짬뽕, 우동도 먹었는
데, 그 맛들은 내 정서의 밑바닥에 인 박혀 있다. 나는 식당의 간판이나 건
물 분위기를 밖에서 한 번 쓱 훑어보면 그 맛을 짐작할 수 있을 정도로 허
름한 식당에 친밀감을 느끼곤 하는데, 과학적으로 증명할 수는 없지만 가
게 이름이 촌스럽고, 간판이 오래돼서 너덜거리고, 입구가 냄새에 찌들어
있는 식당의 음식은 대체로 먹을 만하다는 느낌은 대체로 어긋나지 않기
때문에 낯선 지방의 소도시에 가서도 간판의 느낌으로 밥 먹을 식당을 골
라낸다. (두 문장, 372자, 문장당 186자)

열 문장이었던 글이 두 문장으로 줄었지만 문장당 글자 수는 다
섯 배 이상 늘었다. 두 글을 함께 보여주고 어느 쪽이 읽기 편하냐고
물어보면, 학생들은 예외 없이 첫 번째 글을 택한다. 우리는 대부분
큰 노력 없이도 쉽게 이해할 수 있는 글을 좋아한다. 특별한 이유가
없다면 쉽게 읽히는 글이 좋은 글이다. 특히 글쓰기 초보들은 가능
하면 짧은 문장으로 쓰는 연습을 많이 해야 한다. 짧은 문장으로 여
러 문장을 쓸 수 있다면 긴 문장도 쓸 수 있다.

우리의 시대는 우울하다. 물론 우리는 어쩌면 지난 20세기 전체를 말
그대로 '우울증의 세기'라고 부를 수도 있겠지만, 우리 시대가 앓고
있는 우울증이 지난 세기의 우울증과 유달리 다른 점은, 아마도 우리

의 시대는 이미 그 자신이 우울증을 앓는지도 알 수 없을 정도로 심각한 무감각함으로 접어들었다는 사실, 바로 그것일 것이다(그리고 그 무감각은 일종의 '삶'의 한 방식, 그리고 더 나아가 삶이 취할 수 있는 하나의 '멋진(cool)' 스타일, 곧 무엇보다 하나의 'lifestyle'이 되었다).

최정우의《사유의 악보》서곡序曲 중 첫 세 문장이다. 세 문장의 글자 수는 띄어쓰기 포함 277자다. 한 문장당 평균 90자, 가장 긴 문장은 168자다. 문장이 길어지면 독자는 힘들다. 윗글을 김훈의 글처럼 바꿔 쓰면 아래와 같이 고칠 수 있다.

- 우리의 시대는 우울하다. 물론 우리는 지난 20세기 전체를 '우울증의 세기'라고 부를 수도 있다. 그러나 20세기와 달리, 우리의 시대는 우울증을 앓는지도 알 수 없을 정도로 심각하게 무감각해졌다. 그 무감각은 '삶'의 한 방식, 더 나아가 삶이 취할 수 있는 '멋진(cool)' 스타일, 곧 하나의 'lifestyle'이 되었다. (네 문장, 188자, 문장당 47자)

확실히 읽기는 편해졌다. 그러나 단순히 읽기 편해진 것만으로 충분한가? 내 생각에 최정우는 쉽게 읽히는 독서 자체를 거부하고 있는 것 같다. 최정우의 글을 읽으려면 길게 늘어지는 한 문장의 흐름을 놓치지 않고 따라갈 수 있는 집중력이 필요하다. 달리 말해 최정우의 글은 독자에게 성실한 태도를 요구한다. 이는 매우 도발적인 요구다. 보통의 작가라면 "나 좀 봐줘요"라고 외치는 아이처럼, 어떻게

든 독자가 자기 글을 쉽게 읽고 이해해주기를 바라기 때문이다. 좋게 말하면 독자를 고려하는 태도라고 할 수도 있지만, 달리 보면 독자의 눈높이에 맞춰 대중에 영합하는 태도라고도 볼 수 있다. 그러나 최정우의 글에는 그런 비굴함이 없다. 그는 오히려 대중을 향해 '읽을 테면 제대로 읽어봐'라는 태도를 보인다. 그러므로 최정우의 문장이 지닌 난해함은 단지 겉멋이나 형식적 유희가 아니라 작가의 의지가 반영되고 문자화된 하나의 선언이며, 그렇기 때문에 그의 고유한 문체라 부를 수 있다.

이쯤에서 독자는 김훈처럼 쓰라는 것인지, 최정우처럼 쓰라는 것인지 헷갈릴지도 모른다. 정확하게만 쓴다면 누구처럼 쓰든 상관없다. 김훈과 최정우의 글은 문체는 다르지만 정확하다. 김훈은 자신이 즐겨 먹었던 음식 이야기에서 시작해 맛 좋은 식당을 골라내는 자신만의 방법을 설명하고, 최정우는 우울증에 관한 우리 시대의 무감각함이 하나의 스타일로 자리 잡았다는 점을 지적한다.

문체는 고정된 형식이 아니라 태도에 가깝다. 작가의 태도에 따라서 문장이 달라지는 것은 너무 자연스러운 일이다. 지적 훈련이 된 독자를 대상으로 높은 수준의 개념적, 논리적 사유를 요구하는 철학적 논변을 펼치는 글을 초등학생용 문장으로 쓸 수는 없다. 그런 글은 초등학생도 싫어하고 일반 독자도 싫어할 것이다. 다시 한 번 강조하지만, 정확하게 쓰고자 하므로 문장이 길어지기도, 짧아지기도 한다.

가끔, 무슨 소리인지 모를 문장을 읽기 편하게 고쳐주면, "이렇게 쉽게 써도 되나요?"라고 묻는 사람들이 있다. 그들은 알아들을 듯 말듯 아리송하게 쓴 글이 좋은 글이라고 생각하는 것 같다.

문장이 곧 생각이라는 관점에서 볼 때, 의미가 불분명한 글은 생각이 불분명하다는 증거다. 그런 글을 쓴 사람에게 "이게 무슨 뜻인가요?"라고 물어보면 대개는 제대로 답하지 못하고, 또 알아듣지 못할 소리를 늘어놓는다. 자신의 무지 때문에 심오한 글을 이해하지 못한다고 믿는 소심한 독자들만이 모호하게 쓴, 수준 이하의 글을 '난해하다'고 평가하면서 글쓴이의 체면도 세워주고 자신의 무지도 감춘다.

그러나 분명히 좋은 의미에서 난해한 글도 없지는 않다. 그 개념, 그 문장, 그 구성을 빌리지 않고서는 말하고자 하는 바를 도저히 전달할 수 없어서 그렇게 쓸 수밖에 없는 글이 있다. 무지를 부끄러워할 줄 모르는 자들은 자신이 이해할 수 없다는 이유에서, 이런 글을 도대체 왜 쓰느냐고 비난하거나 조롱하고, 거꾸로 난해함을 숭배하는 자들은 자신이 이해할 수 없다는 이유에서, 그런 글을 쓰는 고귀한 영혼의 소유자를 숭배하기도 한다.

다행인지 불행인지 모르겠으나, 나는 난해한 글을 쓰는 데 전혀 관심이 없다. 왜냐하면 첫째, 독자들의 손에 들린 초고 자체가 난해함 그 자체일 것이기 때문이다. 둘째, 나는 좋은 의미에서 난해한 글을 쓰게 만들 능력이 없다. 그러므로 우리는 몇 가지 원칙에 따라서 문장과 문장의 관계를 단순하게 만들어 독자들이 '이 글은 쉽네. 별거 아니네'라고 확신하게 만드는 데만 집중할 것이다. 그런 글을 쓸 수 있다면 글을 잘 쓴다는 소리도 곧 듣게 될 것이다. 우리는 그럴듯한 문체가 아니라 정확함을 추구할 것이다.

 쓰기 연습

앞에서 김훈과 최정우의 글을 바꿔 쓴 것처럼 자기 글도 문장의 길이를 바꿔가면서 다시 쓰되, 어떤 방식이 더 정확한 글이 되게 하는지 생각하라.

9장

그게 무엇인지 정말 아나요?
: 정의와 속성

정확한 글을 쓰려면 정확한 질문을 할 줄 알아야 한다. 정확한 질문이 정확한 문장을 만들고, 정확한 문장이 정확한 글을 만든다. 그러려면 어떤 질문을 할 것인지 결정해야 한다. 인간이 할 수 있는 질문은 무수히 많으므로 막연히 질문을 잘하라는 말로는 부족하다. 이 책에서 질문하라는 말은 대개 앞 문장에 관해 질문하라는 뜻이다. 즉, 연결 질문을 사용하라는 뜻이다.

이 책은 '무엇?', '어떤?', '왜?', '어떻게?', '뭘 보면?', '그래서?' 등 대여섯 개의 질문에 집중할 텐데, 이 정도면 충분히 정확한 글을 쓸 수 있다.

어떤 문장을 쓰든 첫 질문은 '그 단어는 **무슨 뜻**인가?' 혹은 '그게 **무엇**인가?'가 되어야 한다. '무엇?'은 문장에 사용된 단어의 뜻(정의)을 요구한다. 개념은 실재하는 것('개')뿐만 아니라 실재하지 않는 것('유니콘'), 실재한다고 믿어지는 것('신'), 실재와는 무관하게 추구해야 할 어떤 상태('평화')나 가치('정의')를 표현한다. 인간은 개념 없이는 생각할 수 없다. 따라서 정확한 문장을 쓰려면 먼저 자기가 쓴 단어가 무슨 뜻인지 확인하는 작업이 필요하다.

(ㄱ)

| 빙봉 | 토요일인데 집에만 있네?

| 나 | 무한도전 보려고.

| 빙봉 | 무한도전? **그게 뭔데**?

| 나 | MBC에서 하는 주말 예능 프로그램.

- 나는 무한도전을 보려고 토요일에도 집에만 있었다. 무한도전은 MBC 주

말 예능 프로그램이다.

(ㄴ)

| 빙봉 | 오늘 철수 만났지?

| 나 | 응. 근데 철수가 신을 믿는데.

| 빙봉 | 신? **그게 뭔데?**

| 나 | 신이란 전지전능한 존재래.

| 빙봉 | 전지전능? **그게 무슨 뜻인데?**

| 나 | 무엇이든 알고 무엇이든 할 수 있다는 뜻이지.

• 오늘 철수를 만났다. 철수는 신을 믿는다고 했다. 신은 전지전능한 존재라고 한다. 전지전능한 존재는 무엇이든 알고 무엇이든 할 수 있다.

(ㄷ)

| 나 | '포동포동' 가고 싶다.

| 빙봉 | 포동포동? **그게 뭔데?**

| 나 | 얼마 전에 새로 생긴 와인삼겹살 가게야.

• 포동포동에 가고 싶어졌다. 포동포동은 얼마 전에 새로 생긴 와인삼겹살 가게다.

위 대화에서 빙봉은 나에게 계속 "그게 뭔데?"라고 묻는다. 구체적으로 빙봉은 '무한도전이 무엇이지?', '신이 무엇이지?', '포동포동이 무엇이지?' 하고 묻는다. 특히 독자가 알기 어려운 단어(개념)를 쓰려고 하면 '무엇?'이라고 묻고 그 뜻을 밝혀야 한다.

| 빙봉 | 오늘 무슨 일 있었어?

| 나 | 민주가 나한테 "너 페미니스트야?"라고 물었어.

| 빙봉 | 페미니스트? **그게 뭔데?**

| 나 | 나도 몰라. 그래서 대답을 못했어.

| 빙봉 | 민주가 말 안 해줘?

| 나 | 그게, 민주도 정확한 뜻을 모르더라고.

| 빙봉 | 그럼, 사전을 찾아보면 되겠네.

  (사전을 찾아본다)

| 나 | 페미니스트는 페미니즘을 따르거나 주장하는 사람이라는데?

| 빙봉 | 페미니즘? **그건 또 뭐야?**

| 나 | 그것도 찾아보자. (사전을 찾아본다) 페미니즘은 성별로 인해 발생하는 정치 · 경제 · 사회 문화적 차별을 없애야 한다는 이념을 의미한다고 써 있어. 그러면, 페미니스트는 성별 때문에 생기는 여러 차별을 없애야 한다고 생각하는 사람이네.

| 빙봉 | 넌 어때?

| 나 | 나도 성별 때문에 사람을 차별하면 안 된다고 생각해.

| 빙봉 | 그럼 너도 페미니스트네.

| 나 | 그렇네. 내일 민주에게 말해줘야겠다.

- 민주가 나에게 "너 페미니스트야?"라고 물었다. 나는 페미니스트가 무엇인지 몰라서 대답할 수 없었다. 민주에게 물었지만 민주도 정확한 뜻을 말하지 못했다. 그래서 나는 사전을 찾아보았는데, 페미니스트는 페미니즘을 따르거나 주장하는 사람이라는 뜻이었다. 그런데 나는 페미니즘의 뜻도 몰랐기 때문에 다시 사전을 찾아보았다. 페미니즘은 성별로 인해 발생하는 정치·경제·사회 문화적 차별을 없애야 한다는 이념이었다. 나도 성별 때문에 사람을 차별하면 안 된다고 생각한다. 따라서 나는 페미니스트다. 내일 민주에게 말해줘야겠다.

페미니스트를 정의했더니, 다시 페미니즘을 정의해야 하는 상황이다. 개념의 의미를 찾다 보면 이런 일은 자주 일어난다. 개념은 인형 속에 인형이 들어 있는 러시아 전통 인형 마트료시카와 유사하다. 하나의 개념을 정의하는 문장 안에는 정의가 필요한 또 다른 개념이 들어 있다. 그러나 우리는 사전을 편찬하려는 게 아니므로 개념 정의만 하고 있을 수는 없다.

글을 쓸 때 단어의 의미를 어느 수준까지 설명해야 하는지는 골치 아픈 문제다. 독자들이 이미 알고 있는 단어의 의미를 장황하게 설명하면 지루한 글이 되고, '이 정도는 알겠지' 하는 생각으로 개념 정의를 대충 하면 난해한 글이 된다. 어떻게 하든 모든 독자를 만족시킬 수 없을 테니 그냥 편한 대로 쓰겠다면 어쩔 수 없지만, 독자에게 가닿는 글을 쓰려면 적절한 수준의 개념 정의는 고민해볼 만한 문제다.

생각보다 많은 사람이 정확한 의미를 모르는 단어(개념)를 아무렇게나 쓴다. 어떤 단어를 글자로 쓰는 것과 그 단어의 의미를 이해하는 것은 전혀 다르다. 예를 들어 우리는 누구나 민주주의, 자유, 정의 등 그럴듯한 단어를 **쓸 줄 알지만**, 그 단어가 정확히 무엇을 의미하는지 **알지 못한다**. 그러므로 생소한 단어뿐만 아니라 평소에 습관적으로 쓰던 단어라도 의미가 의심스러울 때는 반드시 그 단어의 사전적 의미를 확인해보아야 한다. 안 그러면 국제적 망신을 당할 수도 있다.

내가 열네 살쯤 되었을 때였습니다. 우리는 오콜로마의 집에서 무언가에 대해 언쟁하고 있었습니다. 둘 다 책에서 배운 설익은 지식으로 가득 차 있던 때였지요. 논쟁의 주제가 정확히 무엇이었는지 기억나지 않지만, 내가 한참 주장하고 또 주장했더니 오콜로마가 내게 이렇게 말했던 것은 똑똑히 기억납니다. "있잖아, 너 꼭 페미니스트 같아." 그것은 칭찬이 아니었습니다. 말투에서 알 수 있었지요. "너 꼭 테러 지지자 같아"라고 말하는 듯한 어조였거든요.

치마만다 응고지 아디치에의 《우리는 모두 페미니스트가 되어야 합니다》의 일부다. 윗글에서 저자는 오콜로마가 '페미니스트'라는 개념을 부정적 의미로 사용하고 있다는 사실을 지적한다. 오콜로마는 페미니스트라는 단어를 사전에서 찾아본 적이 없을 것이다. 아마도 그의 주변 사람들(대부분 나이 많은 남성들)은 자기주장이 강한 여성을 비아냥거리거나 비난하려는 의도로 페미니스트라는 단어를 사용했을 것이다. 이런 경험이 반복되면서 오콜로마의 머릿속에서 페미니스트는 자기주장이 강한 여성을 비난하는 단어로 각인되었고, 자신에게 지지 않고 논쟁하는 저자를 '페미니스트'라 부른 것이다.

독자들은 오콜로마의 무지를 비웃을지도 모르지만, 우리는 모두 어떤 의미에서는 오콜로마와 다를 바 없다. 자신이 사용하는 개념의 의미가 무엇인지 정확히 정의하지 않고, 타인을 비방하려는 목적으로 문장을 휘두를 때가 많기 때문이다. 말과 글이 칼이 되고 총이 될 수 있다는 사실을 모른 채 어리석은 글을 쓰는 사람들도 있지만, 더 사악한 자들은 말과 글로 상대방을 살해할 의도를 숨기지 않는다.

일본의 한 초등학교를 다룬 다큐멘터리를 본 적이 있다. 책상마다 두꺼운 사전이 놓여 있었고, 사전은 학생들이 붙여놓은 포스트잇으로 뒤덮여 있었다. 학생들은 수업 중에 모르는 단어가 나오면 곧바로 사전을 찾아 뜻을 확인한다. 오콜로마도 개념의 의미를 확인하는 습관을 길렀다면 저런 어리석은 소릴 하지 않았을 것이고, 국제적 망신을 당하는 일도 없었을 것이다. 지적으로 게으르고, 정치적으로 사악한 글을 쓰지 않으려면, 무엇보다 자신이 쓰는 단어(개념)의 의미를 정확히 알아야 한다. 과장처럼 들리겠지만 사전을 찾는 습관이 더 나은 세상을 만든다.

개념의 의미는 사회적 합의에 따라 결정되지만 역사적으로 변화한다. 국립국어원과 같은 기관은 언중의 언어 사용 방식을 반영하여 개념의 사전적 의미를 정의한다. 개념의 의미는 사회적 약속을 따르므로 개인이 마음대로 바꿀 수는 없다. 그러나 더 나은 정의가 있다면 개념의 의미를 재정의해볼 수도 있다. 이럴 때는 반드시 새로운 정의가 왜 필요한지, 기존의 정의보다 무엇이 나은지 덧붙여야 한다.

페미니즘이란 간단히 말해서 성차별주의와 그에 근거한 착취와 억압을 끝내려는 운동이다. (중략) 나는 이 정의가 퍽 마음에 들었는데, 남성을 적으로 돌리지 않는 듯했기 때문이다. 성차별주의를 문제로 지목하면 상황의 본질로 곧장 파고들게 된다. 실제로 페미니즘을 이렇게 정의하면 성차별주의를 공고히 하는 주체가 여성이든 남성이든 아이든 어른이든 상관없이 성차별주의적 사고와 행동이 문제라는 걸 일깨워줄 수 있다.

벨 훅스는 《모두를 위한 페미니즘》에서 자신이 선호하는 페미니즘의 정의를 소개하는 데 그치지 않고, 그러한 정의가 기존의 정의보다 더 나은 이유를 설명한다. 그녀는 페미니즘이 자칫 여성이 아닌 존재(남성이나 트랜스젠더 등)를 배제하는 듯한 인상을 주고, 특히 남성의 거부감을 불러일으킬 수 있으므로 페미니즘을 특정 성별의 이념이 아니라 모든 종류의 성차별주의에 반대하는 이념으로 정의하는 게 낫다고 본다.

어떤 사람들은 단어(개념)의 뜻을 물고 늘어지면 말꼬리 잡는다는 식으로 말한다. 어차피 지시하는 대상이 비슷한데 뭐라고 부르든 무슨 상관인가 싶지만, 별것 아닌 차이가 현상을 인식하는 방식을 근본적으로 바꾸기도 한다. 좀 심각하게 말하자면 어떤 개념을 특정 의미와 방식으로 사용하는 순간, 우리는 의도와는 무관하게 정치 투쟁에 뛰어들게 된다. '종군위안부'와 '성노예'의 대립, '근로자'와 '노동자'의 대립, '대중'과 '민중'의 대립, '국민'과 '인민'의 대립을 보라. 어떤 개념을 사용하느냐가 곧 어떤 정치적 입장을 지지하느냐와 직결될 때가 많다.

> **어떤**
>
> '어떤?'은 대상의 속성과 특징을 묻는다.
>
> - "그것은 어땠는가?"
> - "어떤 OOO이었는가?"

(ㄱ) 나는 퇴근길에 고양이를 보았다.

(고양이는 **무엇**인가?)

고양이는 식육목 고양잇과에 속하는 포유류 동물이다.

(ㄴ) 나는 퇴근길에 고양이를 보았다.

(**어떤** 고양이였는가? / 고양이는 어땠는가?)

얼룩덜룩한 무늬에 꼬리가 반쯤 잘린 고양이였다.

'무엇?'이라는 질문은 개념의 정의를 확인하는 질문이므로 (ㄱ)처럼 아무 때나 '무엇?'이라는 질문을 사용하면 어색한 글이 된다. 고양이에 관한 글은 쓴다고 해서 꼭 고양이가 무엇인지 정의해야 하는 것은 아니다. 일반적으로 대상에 관해 설명할 때, 우리는 '어떠한가?' 혹은 '어땠는가?'라는 질문을 사용한다. 앞으로는 이를 줄여서 '어떤?'이라고 하겠다. '어떤?'은 대상의 구체적인 특징, 속성, 상태 등을 설명하라고 요구하는 질문이다. (ㄴ)의 두 번째 문장은 퇴근길에 본 고양이의 특징(얼룩무늬)과 상태(꼬리가 반쯤 잘렸다)를 설명한다.

솔직히 말하자면, 아내를 처음 만났을 때 끌리지도 않았다. 크지도 작지도 않은 키, 길지도 짧지도 않은 단발머리, 각질이 일어난 노르스름한 피부, 외꺼풀 눈에 약간 튀어나온 광대뼈, 개성 있어 보이는 것을 두려워하는 듯한 무채색의 옷차림.

한강의 《채식주의자》 첫 문단 일부다. 두 번째 문장은 처음 만난 아내의 특징을 설명한다. 첫 문장과 두 번째 문장 사이에는 '아내는 어떤 여자인가?' 혹은 '아내는 어땠는가?'라는 질문이 숨어 있다. 작가는 아내의 외모를 꽤 자세히 설명하는데, 이를 통해 드러내고 싶은 아내의 특징은 평범함이다. 그러므로 윗글을 한 문장으로 줄인다면 '아내는 평범한 여자다' 혹은 '아내는 평범했다' 정도가 될 것이다.

대상의 특징 설명은 하려고만 마음먹는다면 한없이 길어질 수 있다. 예를 들어 '나는 고양이를 보았다'라는 문장 다음에는 '그 고양이는 다리가 넷, 눈이 둘, 꼬리가 하나였다'라는 문장도 쓸 수 있다. 그러나 그걸 모르는 독자가 있겠는가? 아무도 본 적 없는 신비한 동물을 목격한 게 아니라면 위와 같은 문장은 독자를 지루하게 만들 뿐이다. 따라서 설명하려는 특징이나 속성이 글을 전개할 때 꼭 필요할 때만 '어떤?'이라는 질문을 해야 한다. 예를 들어 《채식주의자》에서 묘사되는 아내의 '평범함'은 어느 날 갑자기 채식을 선언한 아내의 '비범함'을 강조하기 위해서 꼭 필요하다. 평범하디 평범해서 무채색 인간처럼 보이던 아내가 어느 날 갑자기 채식을 선언하는 것을 보면서, 화자는 자신이 아내에 관해 아무것도 모르고 있었다고 생각한다.

'무엇?'과 '어떤?'이라는 질문으로 만든 문장은 설명하려는 개념이나 대상 바로 앞에 관형어구(절)로 삽입하여 겹문장을 만들 수 있다.

- 나는 페미니스트다. (**무엇?**) 페미니스트는 성차별주의와 그에 근거한 억압에 반대하는 사람이다.

  = 나는 **성차별주의와 그에 근거한 억압에 반대하는** 페미니스트다.

- 한 여성에게 연락이 왔다. (**어떤?**) 그녀는 내 수업의 수강생이었다.

  = **내 수업의 수강생이었던** 여성에게 연락이 왔다.

쓰기 연습

1. 자신이 쓴 글에서 '무엇?'이라는 질문으로 개념 정의가 필요한 단어가 있는지 확인하고, 개념 정의를 추가하라.
2. '어떤?'이라는 질문으로 속성이나 특징을 설명할 대상이 있는지 확인하고, 설명을 추가하라.
3. '무엇?'과 '어떤?'을 사용해서 만든 문장을 앞 문장에 수식어구(절)로 연결해보라.

10장

도대체 왜? 어떻게? 그런 일이?
: 원인과 결과

'왜?'는 일상에서도 자주 사용하는 질문이다. 그러나 '왜?'라는 질문이 정확하게 무엇을 묻는지 생각하면서 사용하는 사람은 많지 않다. '왜?'라는 질문은 아래의 세 경우에 사용한다.

① 사건이나 현상의 **원인**을 찾을 때

② 견해를 뒷받침하는 논거(**이유/전제**)를 찾을 때

③ 두 문장의 **관계**를 확인할 때

> **왜 ①**
> '왜?'는 사건이나 현상의 **원인**을 묻는다.

우선, '왜?'는 사건이나 현상의 **원인**을 찾을 때 사용한다. 예를 들어 누군가에게 어떤 사건을 전해 들으면, 우리는 '**왜 그렇게 된 거야?**'라고 묻는다. 사건의 원인이 궁금하기 때문이다. 따라서 원인을 찾는 '왜?'는 시간의 흐름과 관련이 깊다.

| 나 | 오늘 지각했어.

| 빙봉 | **왜** 지각했어?

| 나 | 늦잠을 잤거든.

| 빙봉 | **왜** 늦잠을 잤어?

| 나 | 어제 늦게까지 글을 썼어.

| 빙봉 | **왜** 늦게까지 글을 썼는데?

| 나 | 출판사에서 이번 주까지 원고 넘겨달래.

- 오늘 **지각**을 했다. 늦게까지 **글**을 쓰느라 **늦잠**을 잤기 때문이다. **출판사**에서 이번 주까지 원고를 넘겨달라고 했다.

위 예문에서 시간은 현재에서 과거로 흐른다(지각 → 늦잠 → 집필 → 출판사의 요청). '왜?'는 시간을 거슬러 과거를 향하는 질문이다. 이와 달리 결과를 찾을 때는 '그래서?(어떻게 됐는데)'라고 묻는다. '그래서?'는 특정 시점을 기준으로 미래를 향한다.

> ### 그래서 ①
>
> '**그래서?**'는 사건이나 현상의 **결과**를 묻는다.
>
> - "**그래서?** 그다음에 무슨 일이 있었어?"
> - "**그래서?** 어떻게 됐어?"
> - "**그러면 어떻게** 되는데?"

| 나 | 출판사에서 이번 주까지 원고 넘겨달래.

| 빙봉 | **그래서?**

| 나 | 어제 늦게까지 글을 썼어.

| 빙봉 | **그래서?**

| 나 | 늦잠을 잤지.

| 빙봉 | **그래서?**

| 나 | 오늘 지각했어.

- 출판사에서 이번 주까지 원고를 넘겨달라고 하길래 늦게까지 글을 쓰느라 늦잠을 자서 오늘 지각했다.

위 예문에서 시간은 과거에서 현재로 흐른다(출판사의 요청 → 집필

→ 늦잠 → 지각). 쉽게 말해, 어떤 사건 현상을 기준으로 과거로 갈 때는 '왜?'라고 묻고, 미래로 갈 때는 '그래서?'라고 물으면 된다.

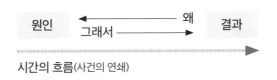

시간의 흐름(사건의 연쇄)

시간의 흐름에 따른 사건의 연쇄는 끝이 없다. 나비 효과 같은 것을 들먹이지 않더라도 모든 사건은 서로 연관되어 있으므로 하나의 사건이나 현상의 원인은 셀 수 없이 많지만, 그것을 모두 기록할 수는 없다. 따라서 우리는 '왜?'라는 질문을 이용하여 사건의 흐름을 절단하고 인과 관계를 재구성해야 한다. 예를 들어 늦잠은 내가 지각하게 만든 많은 원인 중 하나일 뿐이다. 지각의 직접적 원인은 평소보다 심했던 교통체증일 수도 있고, 교통체증의 원인은 교통사고일 수도 있다.

- 출판사에서 이번 주까지 원고를 넘겨달라고 하길래 늦게까지 글을 쓰느라 늦잠을 자서 오늘 지각했다. 게다가 오늘은 교통사고 때문에 평소보다 길이 막혔다.

늦잠과 교통사고 중 무엇이 더 중요한 원인인지는 알 수 없다. 그런 식으로 따진다면 내가 세상에 태어난 것 자체가 지각의 원인일 것이고, 더 거슬러 올라가면 부모의 존재, 더 거슬러 올라가면 인류의 진화나 우주의 탄생도 원인이라고 말하지 못할 이유가 없다. 우습기는 하지만, '나는 빅뱅 때문에 지각했다'라는 문장과 '나는 늦잠을 자서 지각했다'라는 문장 모두 가능하다. 전자는 **먼 원인**을 설명하고 후자는 **가까운 원인**을 설명한다. 분석적인 글을 쓴다면 가까운 원인부터 차근차근 제시할 수도 있고, 분위기 어색하지 않게 농을 던지려면 뜬금없이 먼 원인을 제시할 수도 있다. 글의 목적에 따라 원인 분석은 달라질 수 있다. 그러나 어찌 됐든, 내가 오늘 지각한 원인을 찾아 설명하고자 한다면 '왜?'라고 묻지 않을 수 없다.

'그래서?'는 가끔 '그러면 어떻게?'로 바꿔서 쓸 수 있다. 문맥에 따라 형태가 바뀔 수 있지만 결과를 추론하는 질문이라는 점은 같다.

| 나 | 한국의 출산율은 세계에서 가장 낮아.

| 빙봉 | **왜** 그렇게 된거야?

| 나 | 한국에서는 자녀 양육비가 너무 많이 들거든.

| 빙봉 | 또 **왜** 출산율이 낮은데?

| 나 | 한국에서는 여성이 출산하면 직장에서 불이익을 받기도 해.

| 빙봉 | 출산율이 **낮으면 어떻게** 되는데? (= 그래서?)

| 나 | 인구가 줄어들겠지?

| 빙봉 | 그래서?

| 나 | 그러면 고령화가 심해지겠지.

| 빙봉 | 그래서?

| 나 | 노인 복지 비용이 증가할 테고.

| 빙봉 | **그러면 어떻게** 되는데? (= 그래서?)

| 나 | 내가 세금을 엄청 내야 해.

| 빙봉 | 그래서?

| 나 | 이 문제 빨리 해결해야 해.

- 한국의 출산율은 세계에서 가장 낮다. 자녀 양육과 교육을 위한 비용이 많이 들고, 여성이 출산할 경우 직장에서 불이익을 받기 **때문이다. 그 결과** 고령화로 인한 노인 복지 비용이 증가하면 나는 지금보다 더 많은 세금을 내야 한다. **따라서** 출산율 저하 문제를 시급히 해결해야 한다.

위 예문을 보면 '~때문이다', '그 결과', '따라서'와 같은 표현이 사용되었다. 이런 표현은 질문이 남긴 흔적이다. '왜?'라고 물었기 때문에 '왜냐하면 ~ 때문이다'의 형식으로 답해야 한다. 또한 '그래서 어떻게 되었는데?'라고 물었기 때문에 '그 결과'나 '따라서'와 같은 표현을 사용한 것이다.

학생들에게 이런 설명을 하면, 배운 걸 써먹어야 한다고 생각해서인지 모든 문장을 '왜냐하면 ~ 때문이다'로 연결하려 든다. 나는 한동안 그러도록 놔둔다. 아무 원칙도 없이 쓰는 것보다는 낫기 때문이다. 어떤 학생들은 특별히 말 안 해도 형식적인 표현을 빼면 더 좋은 문장이 된다는 걸 안다. 두 문장의 인과 관계가 분명하다면 접속어가 없어도 된다.

(ㄱ) 배고프다. **왜냐하면** 하루 종일 굶었기 **때문이다.**

(ㄴ) 배고프다. 하루 종일 굶었다.

(ㄷ) 하루 종일 굶었다. **따라서** 배고프다.

(ㄹ) 하루 종일 굶었다. 배고프다.

나는 가능하면, (ㄴ)이나 (ㄹ)처럼 쓰라고 하지만 인과 관계를 강조하려는 의도에서라면 '왜냐하면 ~ 때문이다' 형식을 써도 문제될 게 없다. 다만 문장을 연결할 때 사용하는 접속어나 표현 형식은 질문이 남긴 흔적이거나 얼룩이다. 할 수만 있다면 얼룩이 남지 않은 깔끔한 문장으로 글을 쓰는 게 낫지 않겠는가. 김훈은 《남한산성》에서 '그러나'라는 접속부사를 단 한 번만 사용했다고 한다.

✏️ **쓰기 연습**

초고에서 '왜?'와 '그래서?(그러면 어떻게?)'라는 질문을 추가할 수 있는 문장을 찾아 원인과 결과를 추가하라.

11장

도대체 왜?
뭘 보고? 그런 생각을?
: 이유와 근거

> ### 왜 ②
>
> '왜?'는 어떤 견해를 뒷받침하는 **논거**를 찾는다.
>
> - "왜 그렇게 생각해?"
> - "그렇게 생각하는 **이유**가 뭐야?"

'왜?'는 사건이나 현상의 **원인**을 찾을 때도 사용하지만 어떤 생각을 하게 된 **이유**를 물을 때도 사용한다. 사람들은 원인과 이유를 혼동하는데, '왜 그런 일이 일어났어?'는 원인, '왜 그렇게 생각해(생각하게 됐어?)'는 이유를 찾는 질문이다.

(ㄱ) 지구는 둥글다. (왜? = 지구가 둥근 **원인**이 뭐야?)

(ㄴ) 지구는 아름답다. (왜? = 지구가 아름답다고 생각하는 **이유**가 뭐야?)

'왜 그런 일이 일어났어?'는 **사실**에 관해 묻는다. '지구는 둥글다'는 견해가 아니라 사실이다. 따라서 지구가 둥근 형태가 된 원인을 물을 수 있다. 이 질문에 답하려면 지구 형성 초기의 물리적 조건과 구심력, 원심력과 같은 과학적 원리를 알아야 할 것이다.

'왜 그렇게 생각해(생각하게 됐어)?'는 **견해**를 묻는다. '지구는 아름답다'는 주관적 견해다. 누군가는 지구는 아름답지 않다고 생각할 수 있기 때문이다. 그러므로 여기서는 지구가 아름다워진 원인이 아니라 지구가 아름답다고 생각하는 이유를 먼저 물어야 한다.

인과 관계가 시간상으로 앞-뒤 관계라면 논리적 관계는 위-아래 관계다. 논리적으로 하위문장을 찾을 때 '왜?'라고 묻는다.

| 나 | 나는 배우 K가 싫어.

|빙봉| **왜** 싫어해?

| 나 | 연기를 못하거든.

- 나는 배우 K가 싫다. 그는 연기를 못한다.

| 나 | 낙태죄는 폐지해야 해.

|빙봉| **왜** 그렇게 생각해?

| 나 | 낙태죄는 자기 몸에서 일어난 일을 자신이 결정할 권리를 침해하니까.

- 낙태죄는 폐지해야 한다. 낙태죄는 자기 몸에서 일어난 일을 자신이 결정할 권리를 침해한다.

   문장을 논리적으로 연결하는 과정은 벽돌쌓기와 비슷하다. 아랫돌이 윗돌을 받쳐주듯 아래 문장이 위 문장을 받쳐준다. 아래 문장을 **논거**라고 한다. 튼튼한 건물을 만들려면 튼튼한 벽돌을 여러 장 사용해야 한다. 어떤 견해를 논거로 뒷받침할 때도 그럴듯한 이유는 많을수록 좋다. 이유를 더 찾고 싶다면 '왜?'라는 질문을 반복하면 된다. 즉, '또 왜?'라고 물으면 된다.

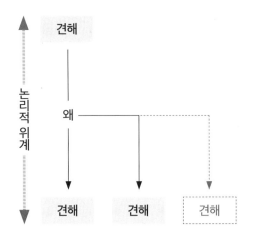

| 나 | 나는 배우 K가 싫어.

| 빙봉 | **왜** 싫어해?

| 나 | 연기를 못하거든.

| 빙봉 | **또 다른 이유**가 있어? (= 또 왜?)

| 나 | 여성 혐오 발언을 한 적이 있어.

● 나는 배우 K가 싫다. 그는 연기를 못한다. 게다가 그는 여성 혐오 발언을 한 적도 있다.

| 나 | 낙태죄는 폐지해야 해.

| 빙봉 | **왜** 그렇게 생각해?

| 나 | 낙태죄는 자기 몸에서 일어난 일을 자신이 결정할 권리를 침해하니까.

| 빙봉 | **또** 다른 **이유**는 없어? (=또 왜?)

| 나 | 임신중절로 제거되는 배아 세포를 인간이라고 보기도 어려워.

- 낙태죄는 폐지해야 한다. 낙태죄는 자기 몸에서 일어난 일을 자신이 결정할 인간의 기본적 권리를 침해한다. 또한 임신중절로 제거되는 배아 세포를 인간이라고 보기도 어렵다.

논리적 관계를 따질 때도 '왜?'는 '그래서?'와 짝을 이룬다. '왜?'는 하위 문장을, '그래서?'는 상위 문장을 찾는다.

그래서 ②
'그래서?'는 견해와 사실에서 추론할 수 있는 **상위 문장**을 찾는다.

- "그래서 뭐라고 생각하는데?"
- "그래서 어쩌라는 건데?"

| 나 | K는 여성 혐오 발언을 한 적이 있어.

| 빙봉 | **그래서?**

| 나 | 재수 없어.

- K는 여성 혐오 발언을 한 적이 있다. K는 재수 없다.

| 나 | 낙태죄는 자기 몸에서 일어난 일을 자신이 결정할 권리를 침해해.

|빙봉| **그래서?**

| 나 | 낙태죄는 폐지해야 해.

● 낙태죄는 자기 몸에서 일어난 일을 자신이 결정할 권리를 침해한다. 그러므로 낙태죄는 폐지해야 한다.

상위 문장을 찾는 '그래서?'의 특성을 활용하면 우리는 어떤 견해가 궁극적으로 말하려는 **결론**을 찾을 수도 있다. 결론을 찾으려면 더는 물을 수 없을 때까지 계속해서 '그래서?'라고 물으면 된다.

| 나 | 나는 배우 K가 싫어.

|빙봉| **왜?**

| 나 | 연기를 못하거든.

| 빙봉 | 또 왜?

| 나 | 그는 여성 혐오 발언을 한 적도 있어.

| 빙봉 | **그래서? (그래서 어쩌려고?)**

| 나 | 앞으로 K가 나오는 영화는 안 볼 거야.

- 나는 배우 K가 싫다. 그는 연기를 못하고, 여성 혐오 발언을 한 적도 있다. **앞으로는 K가 나오는 영화는 안 볼 것이다.**

굵은 글씨로 표시한 마지막 문장이 윗글의 최상위 문장(결론)이다. 이처럼 최상위 문장을 마지막에 쓰는 구성을 미괄식이라고 한다. 최상위 문장을 첫 문장으로 쓰는 두괄식으로 고치면 아래와 같다.

- **앞으로 K가 나오는 영화는 안 볼 것이다.** 나는 그가 싫다. 그는 연기를 못하고, 여성 혐오 발언을 한 적도 있다.

견해는 주관적이고, 견해를 뒷받침하는 또 다른 견해도 주관적이다. 주관을 주관으로만 뒷받침하면, '그건 네 생각일 뿐이고'라는 비판을 피하기 어렵다. 객관적 사실로 뒷받침되지 않는 견해는 설득력이 없다. 아무 근거 없이 '그냥 나는 그렇게 생각해'라고 하는 말들은 대개 상식을 가장한 편견이거나 뜬구름 잡는 소리일 때가 많다. 그러므로 주관적 견해의 설득력을 높이려면 견해를 사실로 뒷받침해야 한다. 나는 이 과정을 **주관의 객관화**라고 부른다. 이를 위해 우리는 **'뭘 보면?'**이라고 물을 수 있다.

> ### 뭘 보면
>
> **'뭘 보면?'**은 견해를 지지하는 객관적 **근거**를 요구한다.
>
> - "뭘 보면 알 수 있어?"
> - "뭘 보고 그렇게 생각했어?"
> - "**근거**가 뭐야?"
> - "**증거** 있어?"

'뭘 보면?'은 주관적 견해를 증명하는 객관적 사실을 요구한다. 문장을 뒷받침하는 객관적 증거를 **근거**라고 한다. '뭘 보면?'이라는 질문에서 알 수 있듯, 근거는 경험으로 확인할 수 있어야 한다. 글쓰기를 건축에 비유하면 근거는 건물을 지을 토대다. 그래서 근거는 영어로 'ground', '바닥'이라는 뜻을 담고 있다. 객관적 근거로 뒷받침되지 못하는 견해는 모래 위에 지은 집과 같다.

| 나 | K는 연기를 못해.

| 빙봉 | **뭘 보고** 그렇게 생각했어?

| 나 | 얼마 전에 K가 '시청자가 뽑은 올해의 발연기 5' 중 한 명으로 선정되었다는 기사를 봤거든.

- K는 연기를 못한다. K는 '시청자가 뽑은 올해의 발연기 5'에 선정되었다.

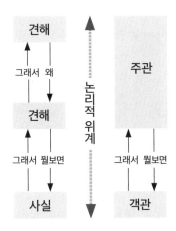

근거는 주관적 견해와 무관하며 변화하지 않는다. 예를 들어 우리는 'K가 연기를 못한다'라고 생각하거나 'K가 연기를 잘한다'라고 생각할 수 있지만, 'K가 시청자가 뽑은 올해의 발연기 5'에 선정되었다는 객관적 사실 자체는 변하지 않는다. 따라서 다른 사람이 자신의 견해를 그럴듯하다고 생각하게 만들려면 주관적 견해를 뒷받침해줄 객관적 근거가 필요하다. 객관적 사실이나 자료에서 견해를 추론할 때, '그래서?'라는 질문을 사용한다. 이처럼 '그래서?'는 '왜?'와도 짝을 이루지만 '뭘 보면?'과도 짝을 이룬다. 근거 역시 이유와 함께 주장을 뒷받침하는 논거의 일종이므로 상위 문장을 찾을 때는 '그래서?'를 사용하면 된다.

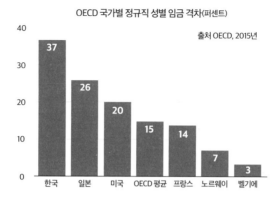

OECD 국가별 정규직 성별 임금 격차(퍼센트)

출처 OECD, 2015년

위 자료를 보면 첫째, 한국 여성은 남성보다 37퍼센트 적은 임금을 받는다. 둘째, 한국의 성별 임금 격차는 OECD 국가 중 가장 크다. 이 두 사실을 기초로 '그래서?'라고 묻는다면, "한국은 성별에 따른 불평등이 심각하다"라는 문장을 쓸 수 있다.

- 2015년 OECD 발표에 따르면, 한국 여성은 남성보다 평균 37퍼센트 적은 임금을 받는데, 한국의 성별 임금 격차는 OECD 국가 중 1위다. (그래서?) **한국은 성별에 따른 불평등이 심각하다.**

두괄식으로 바꾸면 다음과 같다.

- **한국은 성별에 따른 불평등이 심각하다. (뭘 보면?)** 2015년 OECD 발표에 따르면, 한국 여성은 남성보다 평균 37퍼센트 적은 임금을 받는데, 한국의 성별 임금 격차는 OECD 국가 중 1위다.

위 견해는 그럴듯하지만 곧바로 비판에 직면할 것이다. 주어진 자료만으로는 성별 임금 격차가 진짜로 여성 차별 때문인지, 아니면 남성과 여성의 능력이나 생산성 차이 때문인지 알 수 없기 때문이다. 따라서 성별 임금 격차의 주요 원인이 남성과 여성의 노동 능력 차이가 아니라 단지 여성이기 때문에 겪는 직장 내 불평등이나 열악한 노동 환경임을 증명하는 자료가 추가될수록 '한국은 성별에 따른 불평등이 심각하다'는 주장은 설득력이 커진다.

(ㄱ) 박정희는 일본군 장교였다.
(ㄴ) 박정희는 일본군 장교가 아니었다.

민주는 (ㄱ), 철수는 (ㄴ)이라 썼다고 가정해보자. 두 문장은 논리적으로 모순이므로 둘 중 한 문장만 참이고 나머지는 거짓이어야 한다. 어떤 문장이 참인지 거짓인지 분명하지 않을 때는 모두 견해로 취급해야 한다. 일단은 (ㄱ), (ㄴ) 모두 견해라고 생각하자. 둘 다 역사적 사실에 관한 문장이므로 두 문장의 내용을 증명할 역사적 증거가 존재한다면 참/거짓을 판단할 수 있다.

- **박정희는 일본군 장교였다. (뭘 보면?)** 일본 육군사관학교 졸업 후 박정희가 찍은 사진과 박정희의 일본 육군 군인계가 남아 있다. 일본군 기록에 따르면, 박정희는 1940년 4월 1일 만주국 육군군관학교에 입교하여 1942년 3월에는 만주국 신경군관학교 2기 예과 졸업생 240명 중 수석으로 졸

업했다. 1942년 10월 1일, 일본 육군사관학교 제57기로 편입한 박정희는 1944년 4월 전체 3등의 성적으로 일본 육군사관학교 57기를 졸업했다. 수습 사관 과정을 거쳐 1944년 7월 열하성熱河省 주둔 만주국군 보병 제8단에 배속된 박정희는 12월 23일 정식 만주군 소위로 임관했다.

민주는 역사적 증거들을 조사한 후 위와 같은 글을 쓸 수 있다. 일반적인 독자라면 윗글을 읽고 "박정희는 일본군 장교였다"라는 문장이 사실이라고 생각할 것이다. 그런데 철수는 어릴 때부터 박정희를 존경하고, 박정희 같은 위인이 되고 싶었기 때문에 박정희가 일본군 장교였다는 사실을 받아들이지 못한다고 가정해보자. 어떻게든 트집을 잡고 싶은 철수는 민주에게 증거가 있냐고 물을 것이다. 만약 민주가 객관적으로 증명 가능한 증거를 보여주지 못한다면, 철수는 "그것 봐라. 증거가 없으니 네 말은 그럴듯한 거짓말이야!"라고 말할 수 있다.

객관적 증거가 없다면 "박정희가 1940년 4월 1일 만주국 육군군관학교에 입교했다"라는 문장은 "은하제국력 488년 10월, 라인하르트 폰 로엔그람은 작위를 공작으로 높이고 제국 재상 자리에 앉았다"라는 문장과 다를 바 없다(다나카 요시키의 소설 《은하영웅전설》 2권 중). 따라서 민주는 자신이 쓴 문장이 소설이 아닌 사실이라는 것을 증명하기 위해, 철수에게 박정희가 일본 육군사관학교 졸업 후 찍은 사진과 일본 육군 군인계 같은 물증을 보여줘야 한다. 일단 객관적 물증으로 증명된 문장은 깨지지 않는 벽돌처럼 언제든 증명 없이 사용할 수 있다.

물론 철수는 자료들을 확인한 후에도 "그분은 그럴 분이 아니야아 아아!"라고 울부짖으며 자료가 조작되거나 날조됐다고 우길 수도 있을 것이다. 객관적 사실이 아니라 견해, 특히 이념에 '중독'된 사람 중 철수와 같은 태도를 보이는 이들이 꽤 많다. 그들은 사실을 부정하고 자기가 믿고 싶은 대로 믿는다. 정신건강을 생각한다면 그런 사람과는 말을 섞지 않는 게 최선이다.

구체적인 자료를 직접 제시하기 어려울 때는 객관적 근거에 기초한 전문가의 의견을 근거로 제시할 수도 있다.

한국 여성 대부분은 평생에 한두 번 이상 배우자나 연인으로부터 폭력 피해를 경험한다. **전문가들에 따르면,** 가정 폭력(정확하게는 '아내에 대한 폭력')의 경우, 그중 절반 이상은 '종종', 3분의 1은 반복적, 규칙적, 일상적으로 발생한다고 추정된다. 그렇게 버티던 여성 중 어느 정도가 남편의 '과실'로 사망하는지는 아무도 모른다. 대개 자살이나 사고사, 실종, 자연사로 처리된다. 남성에게 맞아 죽기 위해 태어난 여성은 없다. 하지만 매일 어딘가에서는 가정에서 '강남역 사건'이 일어난다.

정희진의 《아주 친밀한 폭력》의 머리말 중 일부다. 저자는 한국 여성이 경험하는 폭력의 보편성과 일상성을 지적하고 있는데, 이를 전문가들의 견해로 뒷받침한다. 독자들은 한국 여성이 평생 한두 번 이상 배우자나 연인에게 폭행당한다는 사실에 놀랄 것이고, 그중 30~50퍼센트가 반복적인 폭력에 노출되고 있다는 사실에 더 놀랄 것이다. 이렇게 객관적 사실로 뒷받침되는 견해는 설득력이 높아진다. 따라서 견해를 쓰고자 한다면 반드시 견해를 객관적으로 뒷받침할 수 있는 자료를 충분히 검토해야 한다.

  나 역시 윗글을 읽고 상당한 충격을 받았다. 가정폭력이나 여성에 관한 폭력이 심각하다는 이야기를 듣기는 했지만 저 정도일 줄은 상상도 못했기 때문이다. 나는 여성에 대한 폭력에 관심이 생겨서 인터넷을 찾아보았는데, 연합뉴스에 실린 이수정 교수(범죄심리학)의 인터뷰 기사를 보고 할 말을 잃었다.

- 청주여자교도소에 있는 수감자를 만날 수 있었죠. 남편을 죽인 살인범이었어요. 그런데 당시 그곳 교도소에 있던 여자 살인범 40여 명 모두가 남편을 죽였더라고요. 정말 이상했죠. 알아보니까 전부 가정폭력 피해 여성인 거예요. 남편한테 모진 학대를 받다 결국 죽을 것 같으니까 남편을 죽인 거죠. 그들이 받은 형량도 최저가 8년이었어요. 형량이 가중돼 있었죠. (월간 《연합이매진》, 2018년 4월호 중)

위 인터뷰 기사는 정희진의 주장을 뒷받침해주는 또 다른 근거가 된다. 이걸로도 부족하다면 아래와 같은 근거를 추가할 수도 있다.

- 국회 여성가족위원회 정춘숙 더불어민주당 의원이 최근 경찰청에서 제출

받은 자료를 보면, 지난해 경찰이 수사한 전체 살인 사건(301건) 가운데 남편이 아내를 숨지게 한 사건은 모두 55건으로 전체 살인 사건의 18퍼센트에 달했다. (KBS 9시 뉴스 보도, 2018년 11월 28일)

이런 근거가 누적되면 더 많은 사람이 한국 여성은 일상적으로 폭력을 경험한다는 견해를 받아들이게 되고, 이 견해는 주관적 사견이 아니라 하나의 진실로 인정받게 된다. 주관이 객관화되는 것이다.

우리는 객관적 사실보다는 주관적 견해에 기초한 글을 쓸 때가 많다. 모든 문장을 객관적 사실로 뒷받침하기는 어렵고, 모든 문장을 사실로 뒷받침할 필요도 없지만, 뜬구름 잡는 소리나 늘어놓는 사람 취급받지 않으려면 '왜?'와 '뭘 보면?'이라는 질문을 사용하여 견해를 뒷받침할 그럴듯한 이유와 누구도 부정할 수 없는 객관적 근거를 찾아 제시해야 한다.

 쓰기 연습

초고에서 '왜 그렇게 생각한 거야?'라고 물을 수 있는 문장이 있는지 확인하고, 이유를 추가하라. 또한 '뭘 보고 그렇게 생각한 거야?'라고 물을 수 있는 문장이 있는지 확인하고, 근거를 추가하라.

12장

두 문장만 연결하면
만 문장도 문제 없어요

: 전제와 이유

왜 ③

'왜?'는 두 문장의 **논리적 관계**를 연결하는 문장을 찾는다.

- "A라고 해서 **왜** 꼭 B라고 생각해야 하는데?"

나는 직업 때문에 어쩔 수 없이 논리적 글쓰기에 관한 책들을 봐야 했다. 내가 읽은 모든 책은 빠짐없이 추론推論을 다루고 있었는데, 이를테면 연역 추론에는 전건 긍정, 후건 부정, 정언 삼단논법, 가언 삼단논법, 선언 삼단논법, 딜레마 추론, 귀류 추론 등이 있고, 귀납 추론에는 귀납적 일반화, 확률적 삼단논법, 유비 추론 등이 있다. 어떤가? 듣기만 해도 기가 질리지 않는가? 이게 끝이 아니다. 여기에

논리적 오류 목록을 추가하면 공부할 내용은 계속 늘어난다. 글을 잘 쓰는 방법을 알고 싶었을 뿐인데 논리학을 공부해야 할 판이었다. 종이비행기를 접으려고 기체역학을 공부하는 꼴이었다.

게다가 기체 역학을 배워도 곧바로 종이비행기를 접을 수 없다는 것도 문제였다. 기체 역학이 종이를 접는 구체적인 방법을 알려주지는 않는 것처럼 논리학 규칙은 문장을 만들고 연결하는 세부 방법을 알려주지 않는다. 나는 규칙을 최소화하면서 논리적으로 큰 문제가 없는 글을 쓰는 방법을 찾아보려고 했다.

흥미롭게도 나는 다시 '질문하고 답한다'는 원칙으로 돌아왔는데, 특히 '왜?'라는 질문을 적절히 사용하면 문장 간 논리적 관계를 대부분 설명할 수 있다는 사실을 알게 되었다. '왜?'라는 질문은 직관적이어서 사용하기 쉽고 이유나 전제, 대전제나 소전제, 가정과 추론 같은 까다로운 논리학 용어를 사용하지 않아도 논리 구조를 갖춘 글을 쓸 수 있게 해준다. 이를 설명하기 위해 독자 대부분이 알고 있을 가장 간단한 논리 규칙인 삼단논법을 먼저 살펴보고, 질문하고 답한다는 관점에서 삼단논법을 재구성하겠다.

| 빙봉 | 너도 죽어?

| 나 | 인간은 다 죽어. (대전제)

| 빙봉 | 아니. 인간 말고 네가 죽냐고.

| 나 | 나는 인간이야. (소전제)

| 빙봉 | 그래. 네가 인간인 건 나도 알아. 너도 죽어?

| 나 | **나도 죽지. (결론)**

| 빙봉 | 진작 그렇게 말하면 좋잖아.

연역 삼단논법은 대전제를 참이라 가정하고 소전제를 제시한 후 결론을 추론한다. 그러나 이를 대화 형식으로 바꾸면 어색하다. 빙봉은 "너도 죽어?"라고 물었는데, 나는 "인간은 다 죽어"라고 답했다. 우문현답이라고 볼 수도 있겠지만 빙봉 입장에서는 동문서답이다. 대전제-소전제-결론이라는 형식적인 연결에 신경 쓰지 말고, 빙봉의 첫 질문인 "너도 죽어?"에만 집중해보자.

| 빙봉 | 너도 죽어?

| 나 | 그럼, 나도 죽지. (①)

| 빙봉 | **왜 죽을 거라고 생각해? (왜 ①?)**

| 나 | 나도 사람이니까. (②)

| 빙봉 | 사람**인데 왜 꼭 죽어? (②인데 왜 ①?)**

| 나 | 사람은 다 죽어. (③)

① 나는 죽는다. (왜?) ② 나도 사람이기 때문이다. (**②인데 왜 항상 ①이지?**) ③ 사람은 다 죽는다.

(ㄱ) 나는 죽는다. 나도 사람이다. **사람은 다 죽는다.**

나는 학생들에게 **'왜?'라는 질문은 언제나 두 번 하라**고 말한다. 복잡한 논리학 원칙을 몰라도 논리적인 글을 쓸 수 있게 해주는 가장 단순한 방법이기 때문이다. 위 예문에서도 '왜?'가 두 번 사용된다. 첫 번째 '왜?'는 "왜 죽을 거라 생각해?"라고 묻는다. 나는 "나도 사람이니까"라고 답했지만 빙봉은 만족하지 않고 "사람인데 왜 꼭 죽어?"라고 다시 묻는다.

첫 번째 '왜?'와 두 번째 '왜?'의 차이를 알겠는가? 첫 번째 '왜?'는 "나는 죽는다"는 문장을 뒷받침하는 이유를 찾는 질문이다. 반면 두 번째 '왜?'는 "나는 죽는다"와 "나도 사람이니까"라는 두 문장의 관계를 보강하는 세 번째 문장을 찾는 질문이다. 벽돌을 튼튼하게 쌓으려고 벽돌 사이에 시멘트를 바르는 것처럼, 두 문장을 튼튼하게 연결하려면 논리적 관계를 단단하게 만들어줄 세 번째 문장이 필요하다.

논리학에서는 ②를 소전제라고 하고 ③을 대전제라고 한다. 어떤 글쓰기 책에서는 둘을 구분하지 않고 그냥 전제라고 퉁치기도 한다. 독자들도 편할 대로 부르면 된다. 어려운 용어가 싫으면 그냥 마음에 드는 아무 이름이나 붙여도 상관없다. ②와 ③을 쓰려면 '왜?'라는 질문을 두 번 사용한다는 점만 기억하면 된다. 예를 들어 위 예문에서 ②와 ③의 위치를 바꾸면 아래처럼 쓸 수 있다.

① 나는 죽는다. (왜?) ③ 사람은 다 죽는다. **(③인데 왜 항상 ①이지?)**
② 나도 사람이다.

(ㄴ) 나는 죽는다. 사람은 다 죽는다. **나도 사람이다.**

(ㄱ)과 (ㄴ)은 ②와 ③의 순서만 바뀌었을 뿐 논리적으로는 아무런 차이가 없다. 대전제나 소전제 같은 개념을 몰라도 '왜?'를 두 번 사용하면 누구나 위와 같은 문장을 쓸 수 있다. 그러면 된 거 아닌가. 그래서 나는 논리적 글쓰기를 가르칠 때조차 질문을 사용하라고 하지 논리학 개념은 입 밖으로 내지 않는다.

그러나 가끔 ②와 ③은 뭐가 다르냐고 물어보는 학생들이 있다. 좀 더 정확하게 쓰고 싶은 욕심이 이런 질문을 하게 만든다. 좋은 현상이다. 그 정도의 질문을 할 수준이라면 논리학 개념을 사용하는 것이 도움이 될 수 있다. 정확한 논리 구조를 세우려면 문장의 기능을 좀 더 자세히 알아야 하며, 그러려면 좀 더 정확한 개념을 알아야 한다.

단순히 말해 더 포괄적인 내용을 담은 문장이 전제(대전제)이고 구체적인 내용을 담은 문장이 이유(소전제)다. 예를 들어 '②나는 사람이다'와 '③사람은 다 죽는다'를 비교해보면 ②는 '나'에 관한 내용을 담고 있지만 ③은 '사람'에 관한 내용을 담고 있다. '나'는 '사람'에 속한다. 따라서 ③이 전제고 ②는 이유다. 연습 삼아 아래 두 문장을 연결할 수 있는 문장을 찾아보고, 그 문장이 전제인지 이유인지 생각해보자.

① 사형제도는 폐지되어야 한다. ② 사형제도는 인간의 존엄성을 침해한다.

①과 ②를 연결하는 질문은 '왜?'이고, 다음 문장을 찾으려면 '②인데 왜 꼭 ①이지?'라고 물어야 한다. 그러면 "③인간의 존엄성을 침해하는 제도는 폐지되어야 한다" 혹은 "③인간의 존엄성은 어떤 경우에도 침해되어서는 안 된다"라는 문장이 나올 것이다. ③은 인간 존엄성에 관한 보편적 진술이지만 ②는 사형제도라는 구체적인 대상에 관한 진술이므로 ②가 이유고 ③이 전제다.

① 사형제도는 폐지되어야 한다. ③ 인간 존엄성을 침해하는 제도는 폐지되어야 **하는데**, ② 사형제도는 인간 존엄성을 침해한다.

① 사형제도는 폐지되어야 한다. ② 사형제도는 인간 존엄성을 침해**하는데**, ③ 인간 존엄성은 어떤 경우에도 침해되어서는 안 된다.

위의 사례처럼 이유와 전제는 항상 함께 묶여 다니기 때문에 '이유**인데** 전제' 혹은 '전제**인데** 이유' 꼴로 쓸 때가 많다. 보통은 '전제인데 이유' 꼴을 더 많이 쓰지만 이유와 전제의 구분만 분명하다면 어느 쪽으로든 써도 된다. 중요한 것은 이유든 전제든 모두 '왜?'라는 질문으로 찾아낼 수 있다는 사실이다.

문장 간 관계를 묻는 '왜?'는 이유-전제 관계뿐만 아니라 근거-이유, 근거-전제의 관계를 보충할 때도 사용할 수 있다.

| 나 | K는 연기를 못한다.

| 빙봉 | 뭘 보면? (= 증거 있어? = 근거가 뭐야?)

| 나 | K는 '시청자가 뽑은 올해의 발연기 5'에 뽑혔어.

| 빙봉 | 시청자가 발연기자로 뽑은 배우는 연기를 못하는 거야?

| 나 | 시청자는 연기력을 판단할 수 있지.

- K는 연기를 못한다. 시청자는 연기력을 판단할 수 있는데, K는 '시청자가 뽑은 올해의 발연기 5'에 뽑혔다.

빙봉은 "왜?"라고 묻는 대신 "뭘 보면?"이라고 물었다. 빙봉은 "K는 연기를 못한다"는 문장을 뒷받침할 객관적 증거나 근거가 있냐고 물은 것이다. 나는 K가 시청자가 뽑은 올해의 발연기 5에 선정되었다는 객관적 사실을 근거로 제시했다. 그러나 빙봉은 다시 "시청자가 발연기자로 뽑은 배우는 연기를 못하는 거야?"라고 묻는다. 빙봉의 질문은 일리가 있다. 연기가 무엇인지 모르고, 연기해본 적도 없는 수준 낮은 대중이 K의 고퀄 연기를 발연기로 착각했을지도 모르기 때문이다. 어쩌면 평론가들은 K의 연기를 높게 평가할지도 모른다. 평론가가 높이 평가하는 작품에 대중이 평점 테러를 하는 사례는 흔하지 않은가. 이런 의문 때문에 빙봉은 '시청자가 발연기자로 뽑으면 정말 연기를 못한다고 생각해야 하는가?'라고 물은 것이다. K가 발연기자로 뽑혔다는 사실을 부정할 수는 없지만, 그렇다고 해서 그 사실이 'K는 연기를 못한다'는 주관적 견해를 자동으로 뒷받침하지는 못한다. 따라서 "시청자는 연기력을 판단할 수 있지"라는 세 번째 문장으로 두 문장의 논리적 관계를 보충해야 한다.

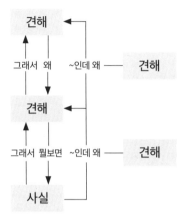

정리해보자. 위 그림에서 볼 수 있듯 두 문장의 관계를 묻는 '왜?'는 견해와 견해의 관계를 보충할 수도 있고, 사실(근거)과 견해의 관계를 보충할 수도 있다.

📝 **쓰기 연습**

초고에서 '왜?'로 연결된 문장을 찾고, 두 문장 사이의 논리적 관계를 찾는 '왜?'를 사용하여 논리적 관계를 보충하는 문장을 추가하라.

13장

사실에서 시작해 견해로 도약하세요

: 사실과 견해

한 문장을 쓰고 다음 문장을 연결할 수만 있다면 우리는 한없이 긴 글을 쓸 수 있다. 그러나 글을 쓰려면 문장을 연결하는 방식과 함께 글 전체의 구조를 설계할 수 있어야 한다.

글쓰기 수업에서 글의 구성에 관해 물어보면 대부분 서론-본론-결론으로 써야 한다고 말한다. 그런데 서론-본론-결론으로 글을 써본 적 있냐고 물으면 대부분 아니라고 한다. 이건 뭔가 이상하다. 돌이켜보면, 나도 글을 쓸 때는 서론-본론-결론으로 쓰라고 배웠지만 그렇게 써본 적이 없다. 그냥 생각나는 대로 썼고 적당히 고쳤다. 그래도 글쓰기에 큰 문제가 없었고, 앞으로도 없을 것 같다. 독자들도 크게 다르지 않을 테니, 일단 서론-본론-결론이라는 말 자체를 잊자. 그것보다 더 쉬운 방법이 있다.

무엇인가를 구성하려면 구성에 사용할 재료가 있어야 한다. 재료가 적을수록 구성 방식도 단순할 것이다. 우리는 **사실**과 **견해**라는 두 요소만 가지고 글을 구성할 것이다. 여기서 말하는 사실은 실제 세계의 사실뿐만 아니라 허구적 세계의 사실도 포함한다는 점에 주의해야 한다. 소설, 영화, 만화, 드라마 등 허구적 세계에 존재하는 사실들도 분명히 실제 세계의 사실 못지않게 중요한 글감이 된다.

개별적인 사실을 인과 관계에 따라 적절히 배치하면 하나의 **사건**을 구성할 수 있다. 구슬도 꿰어야 보배라는 말이 있듯 선택된 사실들은 반드시 사건의 실체를 가장 정확하고 효과적으로 드러내는 방식으로 재구성되어야 한다.

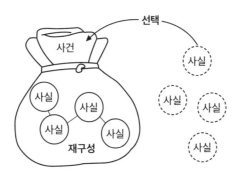

① 범인은 오전 0시 30분경, 노래방 화장실에 들어갔다.

② 범인은 화장실에 들어온 남성 6명을 그냥 보냈다.

③ 범인은 오전 1시 5분경, 화장실에 들어온 여성을 살해했다.

①~③은 개별 사실을 기록한 문장이다. 위 사건들을 한 주머니에 담으면 '강남역 화장실 살인 사건'을 기술할 수 있다. 사건을 기술하는 가장 쉬운 방법은 시간순으로 사건을 나열하는 것이다.

- 2016년 5월 17일 오전 0시 30분경, 30대 남성이 서초동에 위치한 노래방 건물의 남녀 공용 화장실에 들어갔다. 그는 남성 6명은 그냥 보내고, 오전 1시 5분경, 20대 여성을 흉기로 찔러 살해했다.

그러나 특별한 이유 없이 시간순대로 사건을 나열하는 글은 지루할 수밖에 없다. 때로는 시간을 재구성할 때 독자의 관심을 끌어내거나 사건의 실체를 분명히 드러낼 수 있다.

- (ㄱ) 구의역에서 20대 청년이 열차에 치어 숨졌다. 그는 지하철 역사에서 스크린도어를 정비하고 있었다.
- (ㄴ) 20대 청년이 지하철 역사에서 스크린도어를 정비하고 있었다. 그는 열차에 치어 숨졌다.

(ㄱ)과 (ㄴ)은 모두 같은 사건을 기록했지만 사건의 핵심이 첫 문장에 드러난 (ㄱ)이 낫다. '강남역 화장실 살인 사건' 역시 가장 중요한 사실을 먼저 기록하면 다음과 같이 고쳐 쓸 수 있다.

- 2016년 5월 17일 오전 1시 5분경, 30대 남성이 서초동에 위치한 노래방

건물의 남녀 공용 화장실에서 20대 여성을 흉기로 찔러 살해했다. 그는 오전 0시 30분경, 노래방 화장실에 들어가서 먼저 들어온 남성 6명은 그냥 보내고, 여성이 들어오기를 기다렸다.

사실과 달리 견해는 어떤 대상, 현상, 사건(=사실의 집합)에 관한 주관적 판단을 담고 있다. 주관적이라는 말은 사람에 따라 다르다는 뜻이다. '서울은 대한민국 수도다'는 사실이지만 '서울은 멋진 도시다'는 견해다. 분명히 누군가는 서울이 멋진 도시라는 견해에 동의하지 않을 것이다.

사실과 견해로만 글을 구성한다면, 우리가 쓰는 글의 기본 구조는 넷 중 하나다. 첫째, 사실만 기록한다. 둘째, 견해만 기록한다. 셋째, 사실을 기록하고 견해를 쓴다. 넷째, 견해를 쓰고 사실을 기록한다.

나는 사람들이 글을 쓸 때, 실제로 사실과 견해를 어떤 방식으로 구성하는지 궁금했다. 그래서 동료 강사 몇 분에게 "이런 일이 있었다"로 시작하는 짧은 글을 써달라고 부탁했다. 결과는 매우 흥미로웠다. 예상치도 못했던 두 개의 극단적인 글이 나왔기 때문이다.

첫 번째 글은 예전에 썼던 글을 전달받은 것이고, 두 번째 글은 내 부탁을 받고 5분 만에 쓴 것이다. 우리는 두 글을 평가하려는 게 아니다. 맞춤법, 띄어쓰기의 오류나 문장의 자연스러움, 글 전체의 구성 등에 신경 쓰지 말고 각 글에서 사실과 견해가 어떻게 활용되고 있는지 확인해보자.

- (이런 일이 있었다.) 잠결에 아이가 엄마에게 혼나는 소릴 들었다. 엄마와 둘이 있을 땐 종종 있는 일이라는데, 내가 본 건 처음이었다. 아이가 엄마를 때렸고, 엄마는 엄마를 왜 때리냐며 그래선 안 된다고 꾸짖었다. 알겠다고 대답하라는 야단을 들으며 아이는 내내 목놓아 울었다. 엄마가 뭔가를 가지러 나갔고, 내 옆에 혼자 남겨진 아이는 수없이 '엄마'를 찾으며 더 서럽게 울었다. 이내 엄마가 돌아왔고, 짠하고 안쓰러운 모습에 마음이 약해지려는 것 같았다. 그래도 마음을 다잡고 앞으로 때리지 않겠다고 약속하라고, 알겠다고 대답하라고 다그쳤다. 한참을 운 18개월 된 아이는 더는 버틸 수 없다는 듯 울음과 함께 "네에"라는 대답을 토해냈다. 이제야 엄마는 아이를 안아주고, 우유를 주고, 옆에 뉘어 재웠다. 나는 말로 하기 힘든 복잡한 감정을 느끼며 좀 더 잠든 척했다.

18개월 된 아이를 둔 아빠가 잠결에 엄마와 아이가 다투는 소리를 듣는 것으로 시작해서 아이가 잠드는 것으로 끝나는 이 글에는 아이와 아내의 심리 상태를 추론한 짧은 문장을 제외하면 견해가 거의 없다. 글쓴이는 자신이 경험한 사실들을 시간순으로 나열하고 있다. 윗글은 **사실의 비중**이 100퍼센트에 가까운 사실(사건) 중심의 글이다.

- (이런 일이 있었다.) 도시의 폭염이 시작되고, 하늘은 구멍 뚫린 틈 사이로 오존을 마구 우리들의 새까만 머리 위로 쏟아붓던 초여름, 우리는 여행을 떠나게 되었다. 그 여행은 즐거움이 가득했고, 그만큼이나 씁쓸한 뒷맛을 남기는 여행이 되었다. 왜냐하면 여럿이 여행을 떠난다는 일은 으레 그렇듯 각자의 사정 따위는 적당히 무시하게 되고, 또 그런 무시 속에서도 일정 정도의 개성이라고 완곡히 부를 수 있을 돌발행동은 나오게 마련이며, 그러다 보면 무언가 말로 할 수는 없는 거부감이 웃으며 주고받는 말들과 사과와 제스쳐와 사양하는 말들 사이로 손사래를 치듯 겨드랑이 사이로 미끄러져 들어가 가슴 속에 깊이 남아 박히기 때문이다.

이 글은 폭염이 시작되는 초여름에 여행을 떠났다는 사실을 제외하면 누구와 어디로 여행을 떠났는지, 여행지에서 어떤 일이 있었는지 등 여행에 관한 구체적 사실(사건)이 전혀 드러나지 않는다. 대신 글쓴이는 여행은 즐거웠으나 씁쓸한 뒷맛을 남겼다고 말하는데, 이는 글쓴이의 주관적 **견해**다. 뒤로 길게 이어지는 "왜냐하면 ~ 때문이다" 부분은 전부, 왜 여행이 씁쓸한 뒷맛을 남기게 되었는지 이유를 제시하는데, 역시 객관적 사건이나 사실이 아니라 여행에 관한 자신의 견해를 적고 있다. 윗글은 **견해의 비중**이 100퍼센트에 가까운 견해

중심의 글이다.

어떤 사람은 사건 보여주기를 선호할 것이고, 어떤 사람은 견해를 직설적으로 표현하는 글을 선호할 것이다. 두 방식은 모두 장단점이 있다. 사건 중심으로 쓴 글은 이해하긴 쉽지만 '그래서 뭘 말하고 싶은 거지?'라는 의문을 남길 수 있다. 첫 번째 글은 글쓴이의 경험을 생생하게 서술하고 있으므로 무슨 일이 있었는지 쉽게 알 수 있다. 그러나 이 글만으로는 글쓴이가 뭘 말하려는지 정확히 알기 어렵다. 마지막 문장에서 "말로 하기 힘든 복잡한 감정"이라고 쓴 것을 보면 글쓴이는 양육 과정에서 엄마와 자녀 사이에 낀 아빠의 난처함을 말하고 싶었던 것 같다. 그러나 그 난처함이 무엇이고, 그에 관해 자신이 어떻게 생각하는지는 알기 어렵다.

나는 첫 번째 글을 쓴 동료에게 내가 이해한 내용을 이야기해주었는데, 그는 내 이해가 정확하지는 않다고 했다. 그는 '말로 하기 힘든 복잡한 감정'은 제 맘대로 행동하던 아이가 규칙에 적응하면서 겪는 괴로움을 보며 느낀 안쓰러움과 아이를 훈육하는 아내에 대한 미안함이라고 말해주었다. 나는 왜 처음부터 그렇게 쓰지 않았는지 다시 물었는데, 그는 의도적으로 상황만 보여주고 읽는 이가 판단하기를 바랐다고 답했다. 이처럼 사실(사건)을 중심으로 하는 문학적 글쓰기는 '직접 말하기'보다는 '보여주기'를 강조하기 때문에 해석의 다양성 혹은 자율성이 가능하다. 그러나 바로 그 이유로 사실(사건) 중심의 글은 말하고자 하는 바를 정확히 전달할 수 없다는 한계도 지닌다. 물론 이런 한계를 감수하고 독자의 판단을 신뢰할 것인지는 전적으로 작가의 선택에 달렸다.

　이와 달리 견해 중심으로 쓴 글은 글쓴이의 생각을 직접 드러낼 수 있으므로 말하고자 하는 바를 분명히 전달할 수 있다. 두 번째 글에는 여행에 관한 견해가 직접 드러난다. 우리는 여행을 설렘, 새로운 경험, 휴식 등과 연결하기 때문에 긍정적으로 본다. 그런데 이 글은 누구나 어렴풋이 느끼고는 있지만 굳이 생각하려고 하지 않는 여행의 이면에 주목한다. 만약 이 글이 여행 중 경험한 일을 시시콜콜하게 기록했더라면 인터넷에서 떠도는 그렇고 그런 여행 후기가 되었을 것이다. 그러나 자신의 견해를 뒷받침해줄 구체적 사건이 없다면, 견해 중심의 글은 사변적이고 추상적이어서 공감을 끌어내기 어려울 수도 있다. 그러므로 대개는 사건과 견해를 적절히 혼합한 글이 독자의 호응을 끌어내는 글이 많다.

　어머니를 모시고 병원에 다녀왔다. 검진을 마치고 집으로 향하는데 어머니가 무겁게 입을 열었다.
　"이젠 화장만으론 주름을 감출 수 없구나……."
　시간은 공평한 것 같지만 꼭 그렇지만도 않은 것 같다. 나이가 들수록 성급하게 흐른다. 특히 부모라는 존재에게 시간은 가혹한 형벌을 가한다.

　이기주의 《언어의 온도》 중 '말도 의술이 될 수 있을까'의 첫 부분이다. 첫 단락은 어머니를 모시고 병원에 다녀온 사실, 검진을 마치고 집으로 향한 사실, 그리고 어머니가 실제로 했던 말처럼 모두 실제로 일어났던 사실을 기록했다.

이와 달리 두 번째 단락은 어머니의 말을 듣고 떠오른 저자의 주관적 견해를 담고 있다. 저자의 생각과는 달리, 누군가는 시간이란 모두에게 공평하며, 나이가 들수록 시간의 속도가 빠른 것처럼 느껴지는 이유는 젊은 시절과 다른 시간 감각 때문일 뿐, 시간이 흐르는 물리적 속도는 같다고 생각할 것이다. 또한 누군가는 시간은 부모에게만 아니라 누구에게나 가혹한 형벌을 가할 수 있다고 생각할 수도 있다. 달리 말해 윗글에 드러난 작가의 생각은 말 그대로 작가의 생각일 뿐이다.

아마도 저자는 "화장만으론 주름을 감출 수 없구나"라는 어머니 말에서 '늙어감'에 관해 생각했을 것이고, 거기서 다시 '시간'이라는 추상적 개념을 떠올렸을 것이다. 그리고 '부모에게 시간은 어떤 의미가 있는가?'라는 질문을 던졌다. 저자는 이 질문을 직접 드러내지는 않았지만, 예문을 다음과 같이 고쳐보면 저자가 어떤 생각의 경로를 거치고 있는지 좀 더 분명해진다.

- 어머니를 모시고 병원에 다녀왔다. 검진을 마치고 집으로 향하는데 어머니가 무겁게 입을 열었다.

    "이젠 화장만으론 주름을 감출 수 없구나……."

    (부모에게 시간이란 어떤 의미가 있을까?) 시간은 부모에게 가혹한 형벌을 가한다. 시간은 공평한 것 같지만, 나이가 들수록 성급하게 흐른다.

여기서 우리는 사건과 견해가 연결되는 하나의 방식을 확인할 수 있다. 사건을 기록하고, 질문을 건져내고, 질문에 답한다.

2008년 9월 24일. 멕시코시티로 향하는 길에 LA를 경유했다. 비행기를 갈아타고 나서야 노트가 없어졌다는 사실을 알아차렸다. (중략) 맥이 빠져 있자니 지난 일이 떠오른다. 2년 전 멕시코시티에서 서울로 돌아오면서 시애틀을 경유했는데 그때도 이동식 하드디스크를 잃어버렸다. (중략) 잃어버린 이동식 하드디스크에는 그간의 글이 모두 백업되어 있었다. 그리하여 졸지에 써놓은 글이 몽땅 날아간 것이다. 속상했다. 하지만 파일들이 사라지고 나니 그때까지 어떤 글을 써왔는지 도통 기억나지 않는다는 사실이 더욱 기가 찼다. 외부의 저장장치에 의존하지 않고서는 상기해내지 못하는 문장들을 써왔구나. 결국 자기 몸에 남지 않는 지식들과 씨름하고 있었구나 생각했다.

윤여일의 《여행의 사고》에서 옮겼다. 그는 첫 문단에서 여행 중 집필을 위해 기록하던 노트를 잃어버린 사건을 기록한 후, 두 번째 문단에서 과거에 있었던 비슷한 사건을 기록했다. 글이 여기서 끝났다면 독자들은 '참 정신없는 사람이군' 생각하고 말았을 것이다. 그러나 세 번째 문단에서 저자는 견해로 도약한다. 저자가 경험에서 건져낸 질문은 '지금까지 어떤 태도로 지식을 대해왔는가?' 혹은 '바람직한 앎이란 무엇인가?' 정도일 것이다. 독자는 세 번째 문단에 와서야 첫 두 문단의 사례를 통해 필자가 궁극적으로 말하고자 했던 바를 이해하게 된다.

- 그네를 타고 싶다고 조르던 딸이 나를 집 앞 놀이터로 끌고갔다. 그네 주변에는 이미 서너 명의 아이들이 차례를 기다리고 있었다. 그중 한 아이가 딸에게 대뜸 물었다.

"너 몇 살이야?"

갑작스런 질문에 당황하던 딸이 작은 목소리로 답했다.

"…일곱 살."

"내가 언니네. 난 아홉 살인데."

나는 이 괴상한 대화에 신경이 쓰였다. **왜 한국 아이들은 처음 만난 또래에게 불쑥 나이부터 묻는 걸까? 위계와 서열 따지는 어른들의 문화에 영향을 받았기 때문일 것이다.** 한국인의 인간관계 저변에는 나이와 학번 등을 따지는 문화가 깔려 있다. 한국인은 누군가를 만나면 먼저 서열부터 정하고, 선배-후배, 형(언니)-동생 등의 위계 속에서 상대를 대한다. 그래서 우리는 종종 길거리나 지하철에서 "너 몇 살이야!"라는 고성을 듣기도 하고, "민증 까봐"라고 말하기도 한다. 아이들도 그런 문화에 자연스럽게 젖어 비슷한 또래를 만나면 서열을 확인하지 않고는 못 배기는 것이다. 아이들은 숫자에 불과한 나이나 학년이 계급장이 되어버린 세계에서, 서열을 배제하고 타인과 인간관계를 맺기란 불가능하다는 사실을 아주 어릴 때부터 학습한다. 학교나 군대에서 발생하는 선배나 선임병에 의한 폭력도 이런 문화에서 싹튼다.

사실에서 견해로 도약하는 방식을 보여주기 위해 예전에 썼던 글 중 일부를 발췌했다. 전반부는 놀이터에서 있었던 사건을 사실대로 기록했는데, 한국 부모들이라면 나와 비슷한 경험이 한두 번쯤은 있을 것이다. 그러나 전반부만 읽은 독자라면 '그래, 나도 저런 경험이 있지. 그래서 어쨌다는 거지?' 혹은 '뭘 말하려는 거야?'라고 생각할 것이다. "나는 이 괴상한 대화에 신경이 쓰였다"로 시작하는 글의 후반부가 독자의 의문에 답한다.

나는 처음 만난 또래에게 나이부터 묻는 태도 혹은 문화에 의문을 제기하고 그에 관한 견해를 썼다. 나는 위계와 서열을 중요하게 여기는 문화를 아주 어린 시기부터 습득하고 실천하는 아이들의 사례를 바탕으로 모든 인간관계를 형(언니·오빠)과 동생이라는 위계에 기초한 사적 관계로 치환하려는 한국인의 습성을 비판했다. 놀이터에서 일어난 사건(사실)에서 시작해 한국인의 문화적 습성까지 도약했으니 꽤 멀리 간 셈이다.

사실에서 견해로 도약하는 힘은 사람마다 다르다. 단순하게 말하자면, 사고 수준에 따라 어떤 사람은 멀리 뛰지만 어떤 사람은 제자리 뛰기 정도를 할 뿐이다. 그러나 도약력이 약한 사람이라도 사실을 기록할 수는 있다. 따라서 글쓰기 초보라면 사실에서 시작하는 쪽이 쉽다. 지금부터 사실을 다루는 방식을 구체적으로 살펴보자.

자신이 쓴 글 중 하나를 골라 사실과 견해로 구분하고, 앞의 예
문들처럼 사실에서 시작해 견해로 도약하는 구조로 다시 써보라.

14장

말과 행동이 없으면
아무도 안 읽어요

: 말과 행동

얼마 전, 딸이 일기를 썼다며 보여준 적이 있다. 일기는 '아침에 늦게 일어났다'에서 시작해서 '아빠와 카드 게임을 했다'로 끝났는데, 하루 동안 있었던 일들을 시간순으로 나열하고 있었다. 우리는 모두 그렇게 글쓰기를 시작했다. 그러다가 '재밌었다', '슬펐다', '화가 났다' 등 감정을 기록하고, 좀 더 자라면 꽤 그럴듯한 견해를 쓸 수 있게 된다. 그러므로 글쓰기가 어렵다면 성급하게 견해를 쓰려고 하지 말고 자기가 경험한 사실과 사건을 담담하게 기록하는 글을 써보자.

우리는 어떤 사실(사건)을 알게 되거나 직접 어떤 사건을 경험한 후 글을 써야겠다고 생각한다. 특히 우리의 시선과 귀를 사로잡는 누군가의 **행동**이나 **말**을 보거나 들었을 때, 거기에 흥미를 느끼고 무엇인가 써보고 싶다는 생각을 한다. 때로는 타인이 아니라 자기 자신의 행동과 말 때문에 일어난 사건에 관해 쓰기도 한다.

- (이런 일이 있었다.) 출근 전, 주차장 문을 열고 담배를 피웠다. 어떤 남자가 유모차에 아이를 태우고 주차장 쪽으로 다가왔다. 나는 주차장 안쪽으로 물러섰다. 아이가 제 아빠를 보더니 "아빠, 엄마가 담배 피우면 나쁜 사람이 된다고 했어"라고 말했다. 아이 아빠는 "엄마가 그랬어?"라고 대꾸하면서 내 앞을 지나갔다. 졸지에 나쁜 사람이 되어버린 나는 그들의 뒷모습을 지켜보았다.

나는 한동안 멍하게, 사라져가는 부자의 뒷모습을 바라보다가 곧 정신을 차렸다. 나는 급하게 휴대폰에 초고를 썼는데, "담배 피우면 나쁜 사람이 된다고 했어"라는 아이의 말 때문이었다. 정확한 이유는 모르겠지만, 아무튼 나는 아이의 말에 자극을 받았고, 뭔가 쓸거리가 될지도 모르겠다고 생각했다. 이럴 때는 일단 써야 한다. 행동과 말은 휘발성이 강해서 직접 경험한 사건이라도 재빨리 기록하지 않으면 나중에 기억하기 어렵고, 기록하더라도 정확성이 떨어질 수밖에 없다. 사건을 기록하는 가장 좋은 방법은 사건이 일어난 그 순간 기록하는 것이다.

윗글은 보고 들은 사실만 시간순으로 기록했다. 모든 문장 사이에는 **'그래서? (어떻게 됐는데)'**라는 질문이 숨어 있으며, 모든 문장은 행동 아니면 말만 기록했다. 초고에는 견해가 일부 포함되어 있었지만 일부러 뺐다. 사건을 기록할 때는 사건 자체에만 집중하는 게 좋은

데, 성급하게 견해를 쓰기 시작하면 글이 산으로 갈 때가 많다. 사건만 정확하게 기록할 수 있다면 견해는 언제든 덧붙일 수 있다.

예문에 기록된 사건은 길어봤자 3분 안에 일어난 일이다. 그러나 윗글을 읽는 데는 20초도 걸리지 않는다. 문장은 시공간을 압축한다. 이것이 마법의 핵심이다. 내가 경험한 모든 것들을 기록할 방법은 없다. 사실을 기록하는 글은 경험을 재구성하고 압축해야 한다. 윗글에는 쓰지 않았지만 아이가 타고 있던 유모차는 보라색이었고, 아이 아빠는 군청색 반바지를 입고 있었다. 그런데 그런 걸 누가 알고 싶어 하겠는가? 써도 그만 안 써도 그만이다. 그러나 아이와 아빠의 대화를 기억할 수 없다면, 윗글은 시작조차 할 수 없다. 세부 정보를 기억하느라 시간을 낭비하느니 차라리 최소한의 행동과 대화만 기록한 짧은 글이 낫다.

- **회사에 출근하기 전, 닫혀 있던** 주차장 문을 열고 **던힐** 담배를 피웠다. **나는 항상 출근 전에 담배를 피우는 습관이 있다.** 그때, 군청색 반바지를 입은 남자가 **보라색** 유모차에 **다섯 살쯤 되어 보이는** 아이를 태우고 주차장 쪽으로 다가왔다. 나는 **혹시라도 담배 연기가 그들에게 피해를 줄까 봐,** 주차장 안쪽으로 물러섰다. **유모차에 타고 있던** 아이가 제 아빠를 보더니 "아빠, 엄마가 담배 피우면 나쁜 사람이 된다고 했어"라고 말했다. 아이 아빠는 "엄마가 그랬어?"라고 대꾸하면서 **유모차를 끌고** 내 앞을 지나갔다. 졸지에 나쁜 사람이 되어버린 나는 그들의 뒷모습을 지켜보았다.

처음에 쓴 글을 일부러 늘려 써보았다. 새롭게 추가한 내용은 굵은 글씨로 표시했다. 출근은 당연히 회사로 하는 것일 테니 '회사에'라는 표현은 빼도 된다. 열려 있는 주차장 문을 열었을 리는 없으므로 '닫혀 있던'도 삭제. 내가 피우는 담배가 던힐이든 디스든 말보로든 상관없으므로 '던힐'도 뺀다. 독자들이 내가 왜 담배를 피우고 있는지 정말로 궁금할 것 같지 않으니 담배 피우는 습관 운운한 부분도 삭제. 남자가 입은 반바지와 유모차 색도 뭐가 되든 상관없으니 '군청색 반바지를 입은'도 뺀다. 유모차에 타고 있고 말을 할 수 있으면 너덧 살 정도일 텐데 정확하지 않으므로 '다섯 살쯤 되어 보이는'도 뺀다. 내가 주차장 안쪽으로 물러선 것이 담배 연기 때문이라는 것은 쉽게 추론할 수 있을 테니 '혹시라도 담배 연기가 그들에게 피해를 줄까 봐'도 삭제. 아이가 갑자기 유모차에 벌떡 일어나거나 유모차에 내려서 아빠에게 말을 했을 리 없으므로 '유모차에 타고 있던'도 뺀다. 아빠가 유모차를 끌고 지나가지, 메고 가지는 않았을 것이므로 '유모차를 끌고'도 뺀다. 이렇게 꼭 필요 없는 내용을 빼면 글자 수가 줄어든다. 뭔가 아쉽겠지만, 쓸데없는 내용으로 독자의 소중한 시간을 빼앗는 것보다는 혼자 아쉬운 게 낫다.

글을 고쳐서 분량이 줄어드는 것은 더 좋은 글을 쓰고 있다는 증거다. 나는 수업 시간에 언제나 **"같은 내용이면 짧게!"**라고 조언한다. 사실을 기록할 때는 행동과 말(대화)로 사건 전체의 뼈대를 최대한 간결하게 구성해야 한다. 글쓰기 경험이 없는 사람일수록 글의 분량에 집착하는데 쓸 만한 내용이 있다면 분량은 언제나 차고 넘치게 돼 있다. 게다가 독자가 읽는 데 쓸 수 있는 에너지는 매우 적다. 책을 집어서 후루룩 들춰보고 내려놓는 데 걸리는 시간은 3분을 채 넘지 않는다. SNS나 블로그에 쓴 글을 스크롤해서 보는 시간은 이보다 더 짧다. 이게 무엇을 뜻하는가. 우리가 쓰는 대부분의 글은 끝까지 읽히지 않는다. 아무도 읽지 않는 긴 글을 쓸 것인가, 누군가는 읽어줄 짧은 글을 쓸 것인가. 나는 후자를 택하겠다. 길게 쓰려면 반드시 그럴 만한 이유가 있어야 한다.

짧은 글이 무조건 좋다는 뜻은 아니다. 꼭 써야 한다고 생각한다면 쓰라. 누가 말리겠는가. 예를 들어 유모차의 색깔이나 아이 아빠가 입고 있던 옷에 관한 정보도 꼭 알려줘야 하는 이유가 있다면 써야 한다. 다만 자기 글에서 가장 중요한 부분을 정확히 기록하지 않으면서 지엽적 정보만 나열해서는 안 된다. 자기 글에 관해서라면, 누군가 "이 문장은 왜 여기에 있나요?"라고 물었을 때, 그 이유를 말할 수 있어야 한다. 글을 써야지 술주정을 하면 안 된다.

내가 강조하는 또 다른 원칙은 **"짧더라도 구체적으로!"**다. 형용모순 아닌가? 어떻게 짧은 글이 구체적일 수 있나? 짧더라도 개념을 효과적으로 활용하면 구체적인 문장을 만들 수 있다. 비슷한 분량의 글인데도 어떤 글은 늘어난 고무줄처럼 헐렁하고, 어떤 글은 바늘 하나 들어가기 어려울 정도로 촘촘하다. 이 차이는 결국 글에 사용된 개념의 개수가 결정한다. 못 쓴 글은 말 그대로 개념이 없다. 반면 잘 쓴 글에는 적절한 개념을 의도적으로 선택한 흔적이 드러난다.

짧게 쓰더라도 다양한 단어를 사용해야 한다. 윗글에서도 '열다', '피우다', '다가오다', '타다/태우다', '물러서다', '보다', '말하다', '대꾸하다', '끌다', '지나가다' 등 문장마다 다른 서술어를 사용하려고 했다. 쓰다 보니 그렇게 된 것이 아니라 의도적으로 그렇게 썼다. 금방 지루해하는 독자의 집중력을 조금이라도 유지하려면 이 정도의 수고는 해야 한다.

*　*　*

딸이 물었다.
"아빠, 내가 태어난 이유가 뭐야?"
나는 답했다.
"네가 태어난 이유를 찾는 게 네가 태어난 이유야."
딸이 깔깔거리며 말했다.
"뭐라는 거야?"
나도 웃었다.

주변 사람들과 나누었던 짧은 대화를 기록하는 습관은 매우 중요하다. 요새 내 영감의 원천은 딸과의 대화다. 궁금한 게 많은 딸은 빙봉처럼 이것저것 묻는데, 그 질문이 단순하지만 심오할 때가 있다. 딸은 교회를 다니지만 하나님이 있는지 믿지는 못하겠다든가, 아빠는 엄마를 좋아하느냐, 동생이 태어나지 않았더라면 좋았겠다는 등

실존적 문제에서 가족 문제까지 폐부를 찌르는 말들을 아무렇지 않게 해댄다. 때로는 딸에게 무엇인가 설명하다가 평소에는 생각하지 못했던 말을 하는 나를 발견하기도 한다. 그리고 그 과정을 기록하면 고스란히 한 편의 글이 된다. 이처럼 글감을 찾는 가장 쉬운 방법은 주변 사람들의 행동과 말을 관찰하고 기록하는 것이다. 시인 박준은《운다고 달라지는 일은 아무것도 없겠지만》에서 "나는 누군가와 대화를 나눌 때 한 문장 정도의 말을 기억하려 애쓰는 버릇이 있다"라고 말한다. 좋은 습관은 따라 해보자. 그러다 보면 낯선 사람들이 글감을 던져주기도 한다.

"머리가 나쁘니까 이런 데서 일하지" 같은 말을 손님들은 아무렇지 않게 했다. 그들만이 아니다. 그런 이상한 말은 도처에 있었다. 대학 때 사귀던 연상의 남자 친구는 "넌 여자가 기가 너무 세서 문제야"라고 말했다. 강의 중 "여자들은 이기적이라 기업이 싫어한다"라고 한 교수도 있었다. 덩치 큰 여자 후배가 치마를 입고 온 날, 남자 선배가 낄낄대며 말했다. "이야, 너 용기 있다!" 이처럼 편견에 찌든 말, 고압적인 말, 폭력적인 말들은 나를 쪼그라들게 했다. 물론 그중엔 악의 없는 농담도 있었겠지만, 그렇다고 해서 상처를 주지 않는 것은 아니다.

정문정의《무례한 사람에게 웃으며 대처하는 법》의 일부다. 저자는 살면서 자신을 쪼그라들게 하고 상처 주었던 말들을 하나씩 나열한다. 이렇게 다른 사람에게서 들은 말들을 기록하는 것만으로도 제법 그럴듯한 글을 쓸 수 있다. 그러려면 두 가지 태도가 필요하다. 첫째, 다른 사람의 말에 귀 기울여야 하고 둘째, 자기가 들은 말을 기억하거나 기록해야 한다.

"사주가 게을러" 점집 순례에 심취해 있던 서른 즈음, 서울 북쪽 끄트머리 점집 할머니에게서 이 말을 들었다. 순간 머리를 두둥~ 울리는 깨달음과 함께 "과연 용한 분이시군" 감탄이 터져 나왔다. 그래, 이게 다 사주 탓이었던 거다.

이영희의 《어쩌다 어른》에서 옮겼다. 이 글은 "사주가 게을러"라는 점집 할머니의 말을 인용하는 것으로 시작하는데, 이 문장이 글 전체에서 가장 중요하다. 누군가에게 들은 말이 계기가 되어 글을 쓰기 시작했다면 이것저것 생각하지 말고 곧바로 그 말에서 글을 시작하는 것도 좋은 방법이다.

* * *

"학교 갔다 오면, 숙제부터 하기로 하지 않았니?"

책가방을 내팽개치고 거실에 드러누워 만화책에 빠진 딸에게 한 소리 했다.

"난 그런 말 안 했는데?"

"무슨 소리야, 지난주에 분명히 아빠하고 약속했잖아."

"언제? 몇 시, 몇 분, 몇 초에?"

"……"

기억은 부정확하다. 우리는 어떤 사건이 일어난 시간과 장소를 대충 떠올릴 수 있지만 정확히 언제, 어디서 그런 일이 있었는지는 기억하지 못한다. 그러므로 "몇 시, 몇 분, 몇 초에?"라는 질문을 받으면 대부분 머뭇거리게 된다. 그러나 사건은 특정한 시간과 장소(공간)에서만 일어나므로 출퇴근 카드처럼 정확할 수는 없을지라도, '언제'와 '어디서' 일어난 사건인지 간략히 기록하는 게 좋다.

- **어젯밤,** (나는) 무서운 꿈을 꾸었다.
- **일주일 쯤 전, 고속버스 터미널에서** (나는) 우연히 고등학교 동창을 만났다.
- (나는) **지난 토요일, 목동 CGV**에서 〈블레이드 러너〉를 보았다.

학생들에게 글쓰기에 관한 원칙 중 아는 게 있냐고 물으면 거의 '육하원칙'이라고 답한다. 그러나 육하원칙은 기자 지망생들에게나, 그것도 아주 제한적으로만 도움이 될 뿐이다. 독자들은 육하원칙에 따라 뭔가를 써보려고 해도 잘 안 될 것이다. 이는 육하원칙 자체의 한계 때문이지 규칙을 활용하는 사람이 무능해서가 아니다.

육하원칙은 문장을 쓸 때 '언제, 어디서, 누가, 무엇을, 어떻게, 왜'라는 질문을 사용해야 한다는 원칙이다. '누가'는 주어고 '무엇을'은 목적어다. 그러니까 육하원칙은 주어와 목적어를 쓰라는 원칙이다.

마치 자려면 눈을 감아야 한다는 말처럼 들린다. 이 부분은 주어와 서술어를 먼저 결정하고, 서술어의 자릿수에 따라 나머지 문장 성분을 결정한다는 원칙으로 바꾸자.

'언제'와 '어디서'는 핵심 문장 성분이 아니라 부사구다. 사건을 기록하려면 당연히 언제, 어디서 일어난 사건인지 써야 한다. 그러니까 육하원칙은 자신이 기록하는 사건이 일어난 시간과 장소를 쓰라는 원칙이다. 마치 밥을 먹으려면 숟가락과 젓가락을 사용해야 한다는 말처럼 들린다.

정리하자면, 육하원칙의 60퍼센트는 "주어와 목적어를 꼭 쓰시고 시간과 장소를 기록하세요"로 바꿀 수 있는데, 이런 걸 원칙이라고 부르는 건 민망한 일인 것 같다. 이렇게 별것도 아닌 규칙이 마치 대단한 원리라도 되는 것처럼 여겨지는 현상은 그 자체로 글쓰기 이론의 빈곤을 보여주는 징후라 할 만하다.

모든 사실과 사건은 특정한 시간과 장소 안에서만 일어나므로 어떤 사건들은 전체 맥락을 드러내기 위해서 시간과 장소의 변화를 반영해야 한다. 이런 식으로 정리된 사건들은 거의 소설과 구별되지 않는다. 소설이란 결국, 시공간에서 일어나는 사건을 극적으로 재구성한 것이며 사건의 뼈대는 역시 행동과 말이기 때문이다.

2011년 초여름이었다. 금요일 밤. 여의도 맥줏집의 야외 테이블에서 여느 때처럼 회사 동료들과 맥주를 마시고 있었다. 그런데 그날따라 **이상했다.** (중략)

다음 날 아침 일어나자마자 화장실로 들어가 테스트를 해보았다. 테스트기는 빠른 속도로 두 줄로 바뀌었다. 너무 순식간에 두 줄이 되는 바람에 처음에는 '아, 두 줄이 임신이 아니라는 뜻인가? 내가 잘못 알고 있었나?'라고 생각했다. 설명서를 꺼내 다시 천천히 읽어보았다. 두 줄은, **임신이었다.** (중략)

거실로 나와 남편에게 테스트기를 보여주었다. 끔뻑끔뻑. 이 물건을 왜 내게 들이미느냐는 듯한 표정이었다. 남편도 몇 분 전의 나처럼 이게 무슨 뜻인지 알아채는 데 시간이 필요했다.

"임신……이야?"

겨우 사태를 파악한 남편에게 나는 선언하듯 말했다.

"지울 거야."

남편에게 하는 말이라기보다 사실은 스스로에게 하는 다짐이었다.

"지울 거야. 우리가 어떻게 키워."

남편은 크게 내키는 눈치는 아니었지만, 그래도 내 뜻을 존중해주었다.

장수연의 에세이 《처음부터 엄마는 아니었어》의 일부다. 에세이라는 것을 모르고 보면 소설과 구별하기 어렵다. 윗글은 세 장면으로 구성되어 있다. 첫 문단은 퇴근 후 맥주를 마시다가 이상한 낌새를 눈치챈 경험을 서술한다. 두 번째 문단은 시간을 건너뛰어 다음 날 화장실에서 임신을 확인하는 상황을 설명한다. 세 번째 문단은 장소만 거실로 옮겨 남편에게 임신 사실을 알리고 낙태를 선언하는 상황을 기록한다.

윗글에 담긴 사실들을 엮어서 '~사건'이라는 식으로 압축한다면, '낙태 선언 사건'이라고 부를 수 있을 것이다. 좀 더 간결하게 쓴다면 세 번째 문단만 남겨도 된다. 더 줄인다면 첫 문장을 "지울 거야"로 시작할 수도 있다. 이렇게 보면 첫 두 문단은 "지울 거야"라는 문장으로 가기 위한 통로 역할을 한다고 볼 수 있다.

지금까지 살펴본 내용은 다음과 같이 정리할 수 있다. 행동과 말을 중심으로 사실을 기록하고, 그것을 엮어서 하나의 사건을 만든다. 그리고 사건이 일어나는 시간과 장소에 관한 정보를 간략히 기록한다.

 쓰기 연습

1. 초고에서 행동과 말을 기록한 부분을 찾아 보충하라.
2. 사건이 발생한 시간과 장소를 확인하고 기록하라.
3. 사건의 핵심을 가장 잘 드러내는 행동과 말을 먼저 제시하는 방식으로 글을 재구성하라.

15장

말과 행동만 있으면
아무도 안 읽어요
: 서술과 묘사

사건의 뼈대는 행동과 말(대화)이 결정한다. 사건 중심으로 글을 쓰고자 한다면 행동과 말에 집중해야 하지만, 우리가 쓰는 모든 글이 사건을 중심으로 전개되지는 않는다. 때로는 사실과 사건에 관한 **서술**敍述이 더 많은 비중을 차지한다. 서술은 행동이나 말을 직접 기록한 것도 아니고, 그렇다고 해서 견해도 아니다. 사실을 기록할 때 행동이나 말이 아니라면 모두 서술이라고 보면 된다. 예를 들어 "나는 어릴 때부터 혼자 노는 법을 터득했다", "그가 학교를 그만둔 이유는 왕따 때문이었다", "나는 그 말을 듣고 울컥했다"라는 문장은 독자가 아직 모르는 인물의 성격이나 행동의 동기/원인, 심경의 변화 같은 정보를 담고 있다.

김지영 씨는 우리 나이로 서른네 살이다. 3년 전 결혼해 지난해에 딸을 낳았다. 세 살 많은 남편 정대현 씨, 정지원 양과 서울 변두리의 한 대단지 아파트 24평형에 전세로 거주한다.

조남주의 《82년생 김지영》의 첫 세 문장이다. 소설이라는 걸 모르고 읽으면 신문이나 주간지 특집 기사에 나오는 인물 소개와 다를 바가 없다. 그러나 주인공 김지영 씨는 실존 인물이 아니라 작가가 만들어낸 인물이다. 남편 정대현 씨나 세 살 되었다는 딸도 그렇다. 모든 이야기는 완전히 가짜다. 그러나 우리의 관심은 진짜냐 가짜냐가 아니라 사실을 기록한 방식이다.

윗글은 서술로만 전개된다. 첫 문장은 김지영 씨의 나이에 관한 정보를 제공한다. 나머지 문장도 김지영 씨의 결혼 여부와 가족 관계, 거주지를 서술한다. 이러한 설명은 단지 정보만을 제공하는 것이 아니라 김지영 씨와 그의 가족이 매우 평범한 삶을 살고 있다는 것을 추론하게 해준다. 이처럼 서술은 행동과 말로 담을 수 없는 정보를 보충한다. 위 정보를 대화로 표현한다면 다음과 같을 것이다.

- "지영 씨, 몇 살이에요?"
  "서른네 살이요. 세 살인가?"
  "애는?"
  "세 살 난 딸이 있어요."

소설은 위와 같은 방식으로 가상의 대화를 만들 수 있지만, 우리가 쓰는 글은 기본적으로 사실에 기초하므로 대화를 지어낼 수 없다. 따라서 우리는 어쩔 수 없이 독자에게 전달할 정보를 직접 서술해야 한다.

언젠가 몽골의 울란바토르에서 가장 크다는 간단사원에 간 적이 있다. 사원에는 마니차라는 게 있었다. 원통으로 돼 있는데, 그 안에는 경전이 있어서 손으로 한 번 돌리기만 하면 그 경전을 읊는 것과 똑같은 효과가 있다고 했다. 나 대신 경전을 읽는, 말하자면 기도기계 랄까?

김연수의 산문집 《소설가의 일》 중 한 대목이다. 윗글은 사람에 관한 서술이 아니라 마니차라는 도구에 관한 서술이다. 인물의 특징이나 성격은 서술 대신 행동이나 말로도 간접적으로 드러낼 수 있지만, 사물의 특징이나 기능, 작동 방식 등을 설명할 때는 서술을 사용할 수밖에 없다.

글쓰기에 미숙한 사람들은 행동이나 말이 아니라 서술로 글을 시작할 때가 많다. 행동이나 말이 부족하면 다루고자 하는 사건의 실체를 드러내기 어렵고, 장황하지만 모호한 글이 되기 쉽다. 항상 그런 것은 아니지만 행동과 대화가 변변치 않을 때 지루한 서술에 의존하게 된다. 서술은 얼마든지 더할 수 있으므로 서술을 하다 보면 뭔가 쓰고 있다는 생각이 든다. 바로 그 이유 때문에 쓸 데 없는 문장도 많아진다. 글쓰기에 미숙한 사람들은 자신이 무엇인가를 쓸 수 있다는 사실 자체에 만족하므로 쓸 수 있는 모든 것을 쓰려고 한다. 그러나 할 수 있다고 꼭 해야 하는 것은 아니다. 서술로 전달하는 정보는 사실이어야 하고, 독자에게 꼭 알려줄 필요가 있는 것이어야 한다.

내가 마지막으로 사람을 죽인 것은 벌써 25년 전, 아니 26년 전인가, 하여튼 그쯤의 일이다. 그때까지 나를 추동한 힘은 사람들이 흔히 생각하는 살인의 충동, 변태성욕 따위가 아니었다. 아쉬움이었다. 더 완벽한 쾌감이 가능하리라는 희망. 희생자를 묻을 때마다 나는 되뇌곤 했다. 다음엔 더 잘할 수 있을 거야. 내가 살인을 멈춘 것은 바로 그 희망이 사라졌기 때문이다.

김영하의 소설 《살인자의 기억법》의 도입부다. 25년 전쯤에 사람을 죽였다는 것을 제외하면 구체적인 행동이나 대화가 없다. 대신 화자는 독백 형태로 자신이 어떤 이유에서 연쇄 살인을 했고 그만두었는지 서술한다. 이런 서술이 없다면 독자는 살인 동기를 알 수 없다. 행동의 동기나 심경의 변화처럼 행동이나 말로 직접 드러내기 힘든 정보들을 제시할 때는 서술을 이용할 수밖에 없다.

새벽 2시 47분. 딸의 울음소리가 고요한 새벽을 깨운다. 그렇잖아도 토막 잠을 자던 나는 졸린 눈을 억지로 비벼 뜨고 윗몸을 돌려 침대 옆 시계를 힐끗 쳐다본다. 행여 딸이 울음을 그치기를 간절히 바라며 눈을 살며시 감고 잠자코 누워 기다려본다. **하지만 이미 잠은 달아난 지 오래다. 의식의 엔진인 심장이 쿵쾅거리며 온몸의 세포를 깨운다. 딸의 울음소리가 점점 커진다. 이윽고 나를 부르는 소리가 들린다.** 엄마, 엄마. 침대 아래로 발을 내딛는다. 차갑고 딱딱한 바닥을 딛은 후 문을 열고 복도를 지나 딸의 방으로 간다. **창밖으로는 부엉이 눈처럼 둥근 달이 보인다.**

스테퍼니 스탈의 《빨래하는 페미니즘》의 일부다. 이 글은 소설이 아니라 에세이다. 역시 모르고 읽으면 구분이 어렵다. 윗글은 새벽에 딸의 울음소리를 듣고 깨, 딸이 자는 방으로 건너가는 과정을 담고 있다. 윗글은 행동, 대화와 함께 서술이 사용되고 있는데 굵은 글씨로 표현한 문장이 이에 해당한다. 이 문장들을 빼고 행동과 말만 남기면 다음과 같다.

- 새벽 2시 47분. 토막잠을 **자던** 나는 졸린 눈을 억지로 **비벼 뜨고** 윗몸을 **돌려** 침대 옆 시계를 힐끗 **쳐다본다.** 행여 딸이 울음을 그치기를 간절히 바라며 눈을 살며시 **감고** 잠자코 **누워** 기다려본다.
  '엄마, 엄마'
  침대 아래로 발을 **내디딘다.** 차갑고 딱딱한 바닥을 **딛은** 후 문을 **열고** 복도를 **지나** 딸의 방으로 **간다.**

이렇게 줄여 써도 무슨 일이 있었는지 충분히 전달할 수 있는데,

저자가 군이 나머지 문장을 덧붙인 이유는 행동과 대화만으로는 전달하기 어려운 무엇인가 있었기 때문일 것이다. 다음 문장들을 비교해보자.

(ㄱ) 새벽에 딸이 울었다.

(ㄴ) 새벽에 (나는) 딸의 울음소리를 들었다.

(ㄷ) 새벽에 딸의 울음소리가 (나에게) 들렸다.

(ㄹ) 딸의 울음소리가 새벽을 깨운다.

(ㄱ)의 주어는 '딸'이며, 이 문장은 딸의 행동을 직접 드러낸다. 반면 (ㄴ)에서 주어가 '나'로 바뀌었으므로 이 문장은 '나'의 경험을 강조한다. 이와 달리 (ㄷ)은 울음소리가 주어이며 이 문장은 내가 듣고 싶어서 울음소리를 들은 것이 아니라는 경험의 수동성을 드러낸다. (ㄴ), (ㄷ)과 달리 (ㄹ)에는 '나'가 사라지고 '새벽'이 목적어로 사용되었는데, 그 결과 딸의 울음소리는 '나'가 아니라 새벽이라는 시간적 배경과 조응한다. 이처럼 네 문장은 얼핏 보기에는 다 같은 의미를 담은 것처럼 보이지만 실제로는 뉘앙스가 조금씩 다르다.

(ㄱ)~(ㄷ)은 객관적 사실만 전달하는 반면, (ㄹ)은 고요한 새벽의 '적막'과 딸의 '요란한' 울음소리를 대비하면서 청각적인 이미지를 만들어낸다. 이런 이미지는 "창밖으로는 부엉이 눈처럼 둥근 달이 보인다"는 마지막 문장과도 잘 어울린다. 아마도 저자는 이러한 효과를 의도했기 때문에, (ㄱ)~(ㄷ)이 아니라 (ㄹ)처럼 썼을 것이다.

어떤 독자는 작가가 정말 그런 의도로 글을 썼는지 어떻게 알 수 있느냐고 물을지도 모른다. 꿈보다 해몽이 좋은 게 아니냐는 질문일 텐데, 당연히 나는 작가가 어떤 의도로 문장을 썼는지 정확히 알 수 없다. 간혹 문학 평론이나 비평에 관해서도 비슷한 의문을 제기하는 사람들이 있다. 이와 관련해서는 상당히 복잡한 설명이 필요하겠지만, 여기서는 '왜 이 문장이 아니라 저 문장인가?' 혹은 '왜 이 문장이 여기 있어야 하는가?'를 생각해보는 태도가 중요하다는 점만 강조하겠다. 왜냐하면 이런 질문은 자기 글을 쓸 때도 똑같이 활용할 수 있기 때문이다. 글쓰기에 미숙한 사람들은 글에 휘둘린다. 즉, 내가 글을 쓰는 게 아니라 글이 나를 쓴다. 자신이 쓰는 문장이 왜 그 자리에 꼭 있어야 하는지를 따질 때, 우리는 글쓰기 과정 전반을 통제할 수 있다.

위 예문에서 볼 수 있듯 서술은 행동이나 말과 함께 사용될 때 힘을 발휘한다. 사건의 뼈대를 행동과 말로 제시하고, 나머지 정보는 서술로 채우는 방식에 익숙해지도록 하자.

⑴ **아버지가 어머니를 심하게 때렸던 날의 풍경은 지금도 눈에 선하다. 큰고모, 작은 고모, 작은아버지네 식구들이 다 모인 날이었다.** ⑵ 사소한 말다툼에 격분한 아버지는 어머니에게 재떨이와 전화기를 집어 던졌다. 배를 걷어차고, 가슴께를 짓밟아 갈비뼈를 부러뜨렸다. 아버지가 제 성질을 이기지 못해 집어던진 의자와 그걸 몸으로 막던 작은아버지의 모습이 **슬로모션처럼 머릿속에 각인돼 있다.** 겁에 질린 나와 동생은

잘못한 것도 없는 어머니를 용서해달라며 아버지의 다리를 잡고 울었다. 며칠 뒤, 어머니는 우리에게 엄마 아빠가 이혼을 해도 괜찮겠느냐 물었다. 나와 동생은 울며불며 싫다고 부르짖었다. (3) **그날 이후 우리 집은 다시 평소로 돌아갔다. 남자 셋에게는 더 없이 안온했으나 어머니에게는 위태롭고 잔혹했을 일상으로.**

최승범의 《저는 남자고, 페미니스트입니다》의 일부다. 굵은 글씨로 표시한 (1), (3)이 서술이고 (2)는 행동과 말이다. (1)은 사건의 개요와 시간과 장소에 관한 정보를 서술하고, (3)은 사건이 벌어진 이후의 상황을 서술한다. '집어 던졌다', '걷어찼다', '짓밟았다', '부러뜨렸다' 등의 구체적인 **행동**을 지시하는 단어를 사용하여 어머니를 잔인하게 폭행했던 아버지의 야만성을 직설적으로 드러내는 (2)도 중요하지만, 가정 폭력을 당한 후에도 두 아들 때문에 결혼 생활을 계속해야 했던 어머니의 상황을 **서술**하는 부분 역시 매우 중요한 정보를 담고 있다.

- 한 사내가 "예수 천국! 불신 지옥!"이라고 쓰인 팻말을 들고 지하철 입구에서 "부자되세요!"라고 외치고 있었다. 주변 상가에서는 크리스마스 캐럴이 흘러나오고 있었다. 나는 그를 보며 부자가 천국에 가기는 낙타가 바늘귀에 들어가기보다 어렵다던 예수의 말을 떠올렸다. 축복 같은 저주를 퍼붓던 그 사내는 사탄의 사도가 분명하다.

2002년경에 기록한 메모 일부다. 장소가 용산역이었는지 강남역이었는지는 정확히 기억나지 않지만, 글 속에 등장하는 사내는 분명히 "예수 천국! 불신 지옥!"이라고 쓰인 팻말을 들고 있었다. 또한 그는 "거지되세요!"가 아니라 "부자되세요!"라고 외치고 있었다. 그러므로 첫 문장은 행동('팻말을 들고')과 말('부자되세요')을 중심으로 사실을 기록한 것이다.

두 번째 문장은 당시 상황을 서술한다. 여기서 굳이 크리스마스 캐럴에 관한 문장을 써야 하는 이유는 뭘까? 단순하게 생각하면 언제 있었던 일인지 알려주기 위한 장치라고도 할 수 있다. 독자는 "크리스마스 캐럴"이라는 표현에서 12월 중하순쯤에 있었던 일임을 짐작할 수 있다. 그러나 날짜를 알려주고 싶었다면 "12월 어느 날이었다"라는 식으로 쓰면 그만이다. 그러므로 크리스마스 캐럴은 단지 시간적 배경을 알려주는 역할만 하는 게 아니어야 한다.

우선 "크리스마스 캐럴"이라는 표현은 반짝이는 트리, 함박눈, 구세군 자선함, 두꺼운 코트, 산타클로스, 선물 등 크리스마스에 관한 이미지들이 독자의 머릿속에서 폭발하게 만드는 방아쇠 역할을 한다. 그러므로 "크리스마스 캐럴이 흘러나오고 있었다"라는 표현은 "12월 어느 날이었다"보다 훨씬 풍부한 연관 정보를 담고 있다.

또한 "크리스마스 캐럴"은 "예수 천국! 불신 지옥!"이라는 외침과도 대비를 이룬다. 이 세상에 사랑을 전파하러 태어난 예수의 탄생을 기념하는 것과 예수를 믿지 않으면 지옥 간다는 협박은 잘 어울리지 않는다. 이 불일치는 묘한 불편함을 일으키는데, 이 역시 "12월 어느 날이었다"라는 표현으로 얻기 어렵다.

세 번째 문장은 앞서 언급한 불편하고 어색한 상황에서 떠오른 예수의 말을 기록했다. 이 문장에는 두 가지 정보가 포함되어 있다. 첫째, 예수는 부자가 천국에 들어가기 어렵다고 말했다. 둘째, 나는 예수가 한 말을 떠올렸다. 전자는 **말**을 기록한 것이고, 후자는 **서술**이다. 예수의 말이 내 머릿속에 떠오른 것은 행동도 아니고 말도 아니다. 그것은 내 머릿속에서 일어난 사건이다.

지금까지 사건이라고 하면 모두 글쓴이의 외부 세계에서 일어난 것이었다. 그러나 사건은 우리의 내부에서도 일어난다. 상황에 따라서 우리의 심리 상태는 계속 변하는데, 이러한 변화를 **내적 사건** 혹은 **심리적 사건**이라고 부를 수 있다. 앞에서 강조했듯 어떤 행위의 동기나 감정, 심리 상태의 변화 등은 오직 당사자만이 알 수 있고, 행동이나 대화로는 정확하게 표현하기 어렵다. 따라서 내적 사건을 기록할 때는 서술을 활용하면 효과적이다.

마지막 문장은 견해다. 견해는 주관적 판단을 담고 있다. 분명 누군가는 추운 날씨에 복음을 전하느라 고생하는 그 사내가 진정한 기독교인이라고 생각할 수도 있다. 그러나 나는 그를 '사탄의 사도'라고 생각했는데, 이러한 판단의 근거는 앞 문장에 나온 예수의 말이다. 예수는 부자가 천국에 가기 어렵다고 했다. 그런데 이 사내는 부자가 되라고 한다. 예수를 믿어야 천국에 간다고 말해놓고 부자가 되라고 말하는 건 예수의 가르침을 왜곡하고 천국에 가지 말라는 것 아닐까? 이런 게 사탄이 하는 일이 아니면 무엇이겠는가. 원문에는 견해 부분이 더 길었지만 여기서 견해를 길게 다루지는 않을 것이므로 줄였다. 그러나 윗글 역시 사실에 관한 객관적인 기록에서 출발하여 그에 관한 견해로 도약하는 구조를 사용하고 있다는 점은 확인해두자.

* * *

행동과 말로 전달할 수 없지만, 필요한 정보 중에서 가장 단순한 것은 시각, 청각, 촉각 등 감각 경험에 기초한 정보다. 이러한 정보들은 사건에 참여한 인물, 대상, 시간과 장소 등에 관한 배경 정보일 때가 많다. 특히 감각 정보를 보충하는 것을 **묘사**描寫라고 한다. 묘사는 이미지를 문장으로 번역하는 과정이며 그 결과는 문장으로 그린 그림이다. 그러므로 묘사하는 글을 읽으면 한 장의 사진을 보고 있는 듯한 느낌을 받는다. 실제로 많은 작가가 묘사를 위해 인물 사진이나 풍경 사진을 활용한다. 예를 들면 다음과 같다.

템즈강 하구에서 바다로 통하는 직선 수로는 끝없는 뱃길의 시작처럼 우리 앞에 펼쳐져 있었다. 앞바다에는 바다와 하늘이 이음매 하나 없이 이어져 있었고, 그 빛나는 공간 속에는 조수를 타고 밀려온 거룻배의 그을린 돛들이, 광택제를 입힌 빛나는 사형spirit들로 인하여 뾰족한 캔버스들의 붉은 무리를 이루며 가만히 멈춘 듯 보였다.

조지프 콘래드의 《암흑의 핵심》 도입부다. 윗글은 템즈강 하구의 직선 수로, 탁 트인 수평선의 장관, 정박한 배들이 모여 있는 모습 등을 생생하게 묘사하고 있어서 대충 그림을 그려볼 수 있을 정도다. 이처럼 묘사의 목적은 감각적 인상을 그대로 다시 보여주는 것이다. 묘사를 통해서 독자는 사건이 일어나고 있는 장소의 분위기나 인물을 떠올려볼 수 있다.

　밭에서 완두를 거두어들이고 난 바로 이튿날부터 시작된 비가 며칠이고 계속해서 내렸다. 비는 분말처럼 몽근 알갱이가 되고, 때로는 금방 보꾹*이라도 뚫고 쏟아져내릴 듯한 두려움의 결정체들이 되어 수시로 변덕을 부리면서 칠흑의 밤을 온통 물걸레처럼 질편히 적시고 있었다.

　* 보꾹 : 지붕의 안쪽. 천장

　윤흥길의 소설 《장마》의 첫 문단이다. 윗글은 며칠째 비가 내리는 모습을 묘사하고 있는데, 여리게 내리는 보슬비와 세차게 쏟아지는 폭우의 특징을 "분말"과 "두려움의 결정체" 등으로 표현하고 있고, 이를 다시 "칠흑의 밤"이라는 시각적 이미지와 연결한 후, 다시 "질편한 물걸레"와 같은 촉각적 심상으로 연결한다. 윗글을 읽으면 장마철의 눅눅하고, 어둡고, 음산한 분위기를 느낄 수 있다.

　조반니가 신나게 달려간 곳은 어느 뒷골목에 있는 작은 집이었습니다. 문 세 개가 나란히 늘어선 집 제일 왼쪽에는 빈 상자에 보라색 케일이며, 아스파라거스가 심겨 있었고, 작은 창 두 개에는 커튼이 드리워져 있었습니다.

"엄마, 다녀왔어요. 아픈 덴 없었어요?"

조반니는 신발을 벗으며 말했습니다.

"아, 조반니 왔구나. 일하느라 힘들었지? 오늘은 시원해서 엄마는 내내 기분이 좋았단다."

미야자와 겐지의 소설 《은하철도의 밤》 중 일부다. 두 번째 문장은 조반니의 집을 묘사한다. 이 부분이 없어도 사건을 전개하는 데 큰 문제가 없다. 그러나 '보라색' 케일과 (녹색) 아스파라거스의 색상 대비, 두 개의 작은 창문과 드리워진 커튼의 조화를 보여주는 묘사를 통해서 독자는 사건이 일어나는 공간의 이미지를 상상할 수 있다. 또한 집 주변의 차분한 이미지는 "아픈 덴 없었어요?"라고 묻는 조반니의 대사에서 드러나는 병약한 엄마의 모습과도 어울린다.

묘사는 눈에 보이는 것을 글로 '그린다'. 그러나 묘사가 시각에만 의존할 필요는 없다. 어떤 장소에서만 고유하게 맡을 수 있는 냄새나 특이한 촉감 같은 것도 묘사의 대상이 될 수 있다. 조반니는 집까지 달린다. 온몸은 땀으로 범벅이 되었을 것이다. 그러므로 대화를 시작하기 전에 조반니의 몸에서 흐르는 땀과 열기를 묘사할 수도 있는데, 이는 조반니의 심리를 드러내는 장치로 활용할 수 있다. 마찬가지로 조반니가 집에 들어왔을 때 맡을 수 있는 집안 특유의 냄새를 묘사하여 또 다른 효과를 노릴 수도 있다.

나는 세세한 것들 하나하나까지 다 기억하고 있다. 무거운 책상과 걸상이 있던 교실, 마흔 개의 축축한 겨울 코트에서 풍겨나는 시큼한 곰팡내, 눈 녹은 물이 고인 웅덩이들, 전에 한때, 그러니까 혁명 이전에 빌헬름 황제와 뷔르템베르크 왕의 초상화가 걸려 있던 자리임을 보여주는 회색 벽에 남은 누르스름한 선들.

프레드 울만의 《동급생》 중에서 주인공이 어린 시절 자신이 다니던 학교를 회상하는 장면 일부다. 교실 내부와 학교의 전경을 묘사하는 부분은 춥고 음산한 분위기를 연출한다. 무거운 책상, 곰팡내, 눈 녹은 웅덩이, 회색 벽의 누르스름한 선 등은 시각뿐만 아니라 무게감, 촉감, 후각 등을 동원하여 사건이 일어나는 장소의 인상을 드러낸다.

묘사는 보이는 것을 통해 보이지 않는 것을 드러내야 한다. 예를 들어 어떤 작가가 자기 어머니의 얼굴에 새겨진 주름을 보고, "고랑처럼 패인 어머니의 주름"이라고 묘사했다면, 그것은 단순히 어머니의 주름과 밭고랑의 외양이 비슷하기 때문은 아닐 것이다. 작가가 어머니의 주름을 보여주면서 실제로 드러내고자 했던 보이지 않는 것은 고단한 어머니(여성)의 삶일 것이다. 좋은 묘사는 대상의 특징을 정확하게 보여주어야 하지만, 더 좋은 묘사는 보이는 것을 통해 보이지 않는 것을 드러낸다. 아무리 정교한 묘사라도 보이지 않는 것을 볼 수 없다면 장황한 묘사에 그칠 위험이 있다. 윗글의 작가는 어린 시절, 자신이 다니던 학교의 모습을 통해서 나치가 발흥하던 독일 사회의 분위기를 표현하고자 했을 것이다.

나는 평생 아이들을 가르치라는 형을 선고받고 자신의 운명을 슬픈 체념으로 받아들였던 치머만 선생님의 피곤에 절고 환멸에 찬 목소리를 들을 수 있다. 그는 머리칼과 콧수염, 뾰족하게 깎은 턱수염이 모두 희끗희끗해져가는 혈색이 좋지 못한 남자였고, 먹을 것을 찾는 잡종 개 같은 표정을 하고서 코끝에 걸친 코안경 너머로 세상을 내다보았다.

같은 책에서 어린 시절 자신을 가르치던 치머만 선생님의 외양을 묘사하는 부분이다. 목소리, 희끗한 머리칼과 콧수염, 잡종 개를 닮은 표정, 코끝에 걸친 안경 등은 단순히 치머만 선생이 어떻게 생겼는지 보여주는 데 그치지 않고 그의 성격을 드러낸다(아마도 신경질적이고 꼬장꼬장하고 까칠할 것이다). 인물과 공간 묘사가 생생할수록 독자는 더 쉽게 글에 몰입할 수 있다. 묘사는 감각 경험을 정확하게 문장으로 번역하여 사건을 더 쉽게 이해하도록 돕는다.

묘사는 두 단계를 거쳐 완성된다. 작가가 대상을 문장으로 번역하면 독자는 그것을 읽고 대상을 상상한다. 영상 매체의 속도감에 익숙해진 독자들에게 묘사는 지루할 것이다. '매체가 메시지'라고 말한 맥루한의 통찰은 글쓰기에도 적용된다. 보고 싶은 것을 날것으로 들이대는 포르노그래피적 영상에 익숙해진 사람들에게, 느릿한 묘사는 매력이 없을지도 모른다. 속도감 있게 잘 읽힌다는 말이 찬사처럼 쓰이기도 한다. 그러나 지루함을 견딜 여유 있는 독자는 어디든 있게 마련이다. 느릿한 묘사로만 전달할 수 있는 '보이지 않는 것'이 있다면 가장 느릿하고 여유 있는 태도로 써보자.

서술과 묘사의 가장 큰 차이는 보이지 않는 것을 전달하는 방식이다. 묘사는 보이는 것을 통해 보이지 않는 것을 간접적으로 전달하지만, 서술은 볼 수 없는 것에 관한 정보를 직접 제공한다. 서술은 행위나 말의 원인에 해당하는 동기, 욕망, 목적 등을 제시하여 독자의 이해를 돕지만, 묘사는 그것을 추론할 수 있는 장면을 보여준다.

사실 중심의 글을 쓸 때는 먼저 행동과 말(대화)을 중심으로 사건의 실체를 객관적으로 제시해야 한다. 그다음에 서술과 묘사를 활용하여 사실들에 감각적 구체성을 부여하거나 사건을 이해하는 데 필요한 정보를 제공해야 한다.

✏️ 쓰기 연습

1. 초고에서 말과 행동을 기록한 부분을 제외하고, 자신은 알지만 독자는 모르는 정보 중 독자가 꼭 알아야만 하는 정보를 서술로 보충하라. 단, 주관적 견해를 쓰지 않도록 주의하라.
2. 초고에서 묘사가 필요한 부분을 찾아 보충하라. 단, 시공간 배경, 인물, 대상의 특징 등 독자가 반드시 알아야 하는 정보만 보충하라.

16장

거짓을 지어내라는 소리는 아닙니다
: 재현과 왜곡

인터넷 언론 《오마이뉴스》는 '모든 시민은 기자다'라는 기치를 내걸고 있다. 맞는 말이다. 꾸준히 노력한다면 우리는 누구나 사실을 전달하는 글을 쓸 수 있다. 그러나 모든 시민이 기자가 될 수 있다면, 모든 시민은 '기레기(기자 쓰레기)'가 될 수도 있다.

우리는 기자라면 마땅히 있는 그대로의 객관적 사실을 전달해야 한다고 생각한다. 그래서 객관성을 잃고 당파성이나 주관에 따라 사실을 왜곡해 악의적 기사를 작성하는 기자들을 '기레기'라고 부르기도 한다. 남을 욕하기는 쉽지만 그 기준을 자신에게 엄격하게 적용하기란 어려운 법이다. 기자들을 기레기라고 욕해본 독자에게 묻고 싶다. 당신은 얼마나 정직한 글을 써왔는가.

나는 해마다 8, 9월이면 예비 기레기들을 만난다. 그즈음 수험생들이 자기소개서를 봐달라고 가져오기 때문이다. 거짓과 허위로 가득 찬 글을 읽는 것은 너무나 끔찍한 경험이라 가능하면 피하고 싶지만, 학생들에게는 중요한 일이라서 안 봐줄 수도 없다.

경영학과에 지원했던 한 학생은 무슨 활동을 기록하든 항상 "이 활동을 통해 경영학의 중요성을 인식하고……"라는 식으로 마무리하는 글을 써왔다. 자기 딴에는 티 안 나게 쓰려고 노력했겠지만 이 짓만 수년을 해온 내 눈에는 죄다 역겨운 허위다.

나는 정말 이렇게 생각했느냐고 묻는다. 당연히 돌아오는 답변은 "아니요"다. 나는 다시 묻는다. "이건 거짓말이 아니냐. 이런 거짓말을 대학에서 모를 거라고 생각하느냐. 그리고 이런 거짓말로 대학에만 들어가면 그만인 거냐." 돌아오는 답은 "다들 그렇게 쓰는데요. 그럼 뭘 써요?"

나는 자기소개서 지도를 부탁하는 학생들에게 딱 한 가지만 요구한다. "정직하게 쓰세요." 문장이나 구성이 어색한 것은 고칠 수 있지만 거짓을 사실로 만들 수는 없다. 학생들은 자신이 실제로 생각하지도, 느끼지도, 배우지도 않은 것을 생각했다고, 느꼈다고, 배웠다고 쓴다. 단 한 번의 '진짜?'라는 질문에도 버티지 못할 얄팍한 내용으로 자기 인생을 왜곡, 조작하고 그걸로 자신이 원하는 결과를 얻길 바란다. 이런 학생들이 대학 진학에 성공한다면 앞으로도 '남들도 다 하니까 이 정도는 괜찮겠지' 변명하며 허위와 거짓으로 자신을 포장하는 글을 쓰면서도 죄책감조차 느끼지 않을 것이다. 어쩌면 번듯한 언론사에 취직해 진짜 기레기 노릇을 할지도 모른다.

'이 정도는 괜찮겠지' 하는 태도가 우리를 피노키오로 만든다. 우리가 부패한 권력자들이 쓴 자서전을 보면서 구토감을 느끼는 이유는 자서전이라는 자기 고백적 형식을 빌려 자기 자신마저 속이는 그 비인간적 뻔뻔함 때문이 아닌가. 그래서 나는 수업 시간에 미리 못 박아둔다. "나는 이 뻔뻔한 사기극에 동참할 생각이 조금도 없습니다. 정직하고 진실하게 쓴 글이 아니라면, 나에게 자기소개서 첨삭을 부탁해도 기분만 상할 겁니다." 사실을 기록하고자 하는 사람이라면 적어도 자신이 욕하는 기레기 같은 짓은 하면 안 된다. 이쯤에서 나도 고백을 하나 해야겠다.

- 3학년 개학식 때 일이다. 개학하는 날부터 두발 검사를 할 리는 없었고, 잘 보이고 싶은 사람도 있었다. 방학 동안 기른 머리에 헤어무스를 바르고, 당시 유행하던 가운데 가르마를 냈다. 3학년이 되었으니, 학생 주임의 눈만 피해서 숨어다니면 일주일 정도는 별일 없으려니 했다.

  우리는 운동장에 군인들처럼 도열했고, 나는 담임의 눈을 피해 맨 뒷줄에 섰다. 담임만 피하면 된다고 생각한 게 문제였다. 교장의 훈화가 한창일 무렵, 누군가 내 머리칼을 확 잡아챘다. 키가 2미터에 달했던 체육 선생은 내 귀밑머리를 잡고 운동장을 이리저리 끌고 다녔다. 그는 운동장 뒤편 철조망 근처로 나를 끌고 가서 내 뺨을 장난스럽게 툭툭 쳤다.

  "요것 봐라, 요거. 완전 기합이 빠졌구만."

  그는 주머니에서 '불도저'를 꺼냈다. 나는 벌겋게 된 얼굴로 내일까지 꼭 이발하겠다고 약속했다. 다행히 머리칼은 보존할 수 있었지만, 굴욕적인 '얼차려' 자세로 엎드려 있어야만 했다. 얼마 되지 않아 내 옆으로 불량한 동료들이 늘어났다. 개학식이 끝나고 교실로 돌아가던 다른 친구들은 OTL 자세를 취하고 있던 우리를 힐끗거리며 수군대고 킥킥거렸다. 무지 후덥지근한 봄날, 나의 소심했던 저항은 그토록 쉽게 진압되었다.

그 애도 보고 있었을까?

10년 전에 어느 주간지에 연재했던 글 중에서 일부를 손봤다. 처음 썼던 글은 더 길고 산만했다. 그러나 가장 마음에 걸리는 문제는 과장이었다. 즉, 나는 있는 그대로의 사실을 쓰지 않았다. 처음 쓴 글에는 "짝사랑하던 여학생에게 잘 보이려고 머리 손질을 했다"라고 썼다. 어떤 여학생에게 호감이 있었던 건 사실이지만 그걸 짝사랑이라고 쓰는 건 아니다 싶어 "잘 보이고 싶은 사람"으로 고쳤다.

내가 하지 않은 말도 있었다. 처음 글을 쓸 때, 내가 체육 교사에게 뭐라고 변명했는지 정확히 기억할 수 없었지만, 불쌍한 내 처지를 강조하려고 "울먹이며, 한 번만 봐주세요"라고 말했다고 썼다. 내가 당황했던 것은 사실이지만 울먹이며 애원할 정도로 비굴한 놈은 아니었다. 윗글에서는 "내일까지 꼭 이발하겠다고 약속했다"로 고쳤다.

이렇게 고쳐도 별 티도 나지 않는 것 같은데 유난을 떨 필요가 있을까? 글의 재미를 위해서 그 정도는 지어내도 되지 않을까? 어차피 독자는 내가 쓴 것이 사실인지 허구인지 구분도 못 할 텐데 적당히 지어 쓰는 게 오히려 낫지 않은가?

수필을 쓸 때 허구를 어느 정도 허용할 것인가는 여전히 논란이 되는 문제다. 그러나 진실을 기대하는 독자를 대상으로 아무런 거리낌 없이 거짓을 지어내는 짓은 뻔뻔하고 비윤리적이다.

윗글에서 나는 분명히 "중학교 3학년 개학식 때 일이다"라고 썼다. 독자들은 분명 실제로 있었던 일인가 보다 하고 생각할 것이다. 이 순간, 나는 독자와 '지금부터 모두 사실만 쓰겠다'는 암묵적 약속을 맺는다.

만약 허구를 쓰고자 한다면, 처음부터 소설을 쓰면 될 일이다. 거짓을 지어내는 것은 독자와의 암묵적 약속을 저버리는 짓이다. '이런 일이 있었다'로 시작했던 글이 '이런 일이 있었을지도 모른다' 혹은 '이런 일이 있었으면 좋겠다', '이런 일이 있었다고 상상해보자'로 바뀌는 것이다. 독자가 경험에 기초한 글을 읽을 때 바라는 것은 단순히 재미나 감동이 아니라 솔직함이다(여기서 다시 위대한 양옥순 씨의 글을 읽어보라).

사실 중심의 글쓰기는 실제로 있었던 일을 그대로 보여주기 때문에 재현再現, 즉 '다시 보여주기'라고 생각하기 쉽다. 그러나 좀 더 생각해보면 재현은 일종의 환상이다. 우리는 결코 자신이 경험한 것을 있는 그대로 보여줄 수 없으며, 글로는 더욱 불가능하다. 사진이나 동영상보다 문자로 기록할 수 있는 정보량은 매우 적다. 그마저 사후적으로 빈약하고 불확실한 기억에 의존해야 한다.

그렇다면 사실을 쓴다고 하면서 우리가 실제로 쓰는 것은 뭘까? 우리는 사실에 기초하지만 사실 그 자체는 아닌 것, 그렇다고 해서 거짓으로 지어낸 것도 아닌 어떤 것을 쓴다. 어찌 보면 사실과 허구의 경계를 아슬아슬하게 걷고 있는 것이다. 우리의 감각과 기억은 불완전하므로 이를 바탕으로 쓴 글에는 불분명하고 모호한 부분들이 있다. 한순간이라도 긴장을 늦추면 사실과 허구의 경계는 쉽게 무너진다.

있지도 않았던 일이나 하지도 않은 말을 지어내 그럴싸하게 꾸미고 적당한 교훈을 덧붙이는 방식은 싸구려 작가들이 자주 쓰는 수법이다. 예능 프로그램에 출연해 방송 분량을 뽑으려고 여기저기서 주워들은 이야기를 조합해 마치 자기 일처럼 떠벌리는 연예인들이나 경품이 탐나서 라디오에 거짓 사연을 보내는 사람들도 마찬가지다. 인정욕구 때문이든 호구지책 때문이든, 이들은 사람들의 선의를 이용해 자기 이익을 취한다.

일상에서 접하는 사람들의 행동이나 말은 소설 속 등장인물, 드라마나 영화 속 배우의 행동과 대사처럼 합이 딱딱 맞지도 않고 멋있지도 않다. 일상은 평범한 사람들의 평범한 행동과 말로 가득 차 있다. 너무 평범해서 재미가 없으니까 사실을 좀 더 극적으로 꾸미고 싶어진다.

이런 유혹을 거부하기란 매우 어렵지만, 허구적 세계를 창조하는 글이 아니라면 거짓을 지어내서는 안 된다. 오직 사실만을 기록해야 한다. 이런 점에서 글쓰기는 진실과 허위의 경계를 오가는 윤리적 행위이며 모든 문장은 일종의 윤리적 결단을 요구한다.

우리는 사건 그 자체를 있는 그대로 파악할 수 없고 오직 개념과 문장을 통해서만 이해할 수 있다. 우리가 '사실'이라고 부르는 것은 실제로는 사건 그 자체가 아니라 사건의 파편일 뿐이다. 문장은 끊임없이 생성되는 사건의 연쇄를 절단한다. 그러나 손가락 사이로 빠져나가는 모래 알갱이나 그물에 걸리지 않는 바람처럼 사건은 문장 사이로 흘러가버리고, 때로는 문장이라는 그물을 찢어버린다. 잡은 물고기를 신선하게 유지하기 위해 서둘러 얼음 상자에 넣더라도 부패를 막을 수는 없다. 마찬가지로 인간은 문장을 이용해서 사건 일부라도 방부 처리를 하지만, 박제된 공룡의 화석이 공룡 그 자체가 아니듯 문장 역시 절대로 사건 그 자체가 될 수는 없다.

초고를 작성할 때는 기억할 수 있는 모든 것을 빼놓지 않고 기록하는 게 좋지만, 일단 재료를 가지고 글을 쓸 때는 의도적 선택과 생략, 재구성을 피할 수 없다. 경험을 있는 그대로 모두 기억할 수도 없을 뿐만 아니라 그게 가능하다고 해도 모든 일을 단순 나열하는 것만으로는 독자의 마음을 움직일 수 없다.

따라서 모든 것을 있는 그대로 재현하겠다는 불가능한 시도는 일찌감치 포기하되, 어떤 경우에도 거짓 사건을 지어내지는 말아야 한다. 또한 늘 자신이 쓸 수 있었지만 쓰지 않은 것이 무엇인지 생각하고, 왜 그것을 쓰지 않았는지 스스로 이해할 만한 설명을 할 수 있어야 한다. 때에 따라서는 거짓말을 하는 것보다 말하지 않는 것이 더 큰 문제가 되기 때문이다.

우리는 자신이 쓸 수 있는 가장 정확한 문장으로 사건을 기록하기 위해 노력하고 실패해야 한다. 그리고 좀 더 정확한 문장을 쓰기 위해 노력하고 또 실패해야 한다. 우리는 최선을 다해 실패해야 하며, 그것만이 가능하다. 그러다 보면 언젠가는 중력파를 검출한 과학자들처럼 분명히 존재하지만 이해할 수 없었던 사건의 실체를 이해할 기회를 얻게 될지도 모른다.

 쓰기 연습

1. 자신이 쓴 글에서 어떤 이유에서든 사실을 왜곡하거나 거짓으로 지어낸 내용이 있다면 지우거나 정확하게 다시 쓰라.
2. 자신이 기록한 사건에 관해 쓸 수 있었지만 쓰지 않은 내용이 있는지 따져보고, 필요하다면 그 내용을 쓰라.

17장

토끼와 거북이 이야기를 읽는
열 가지 방법
: 주제어와 화제

우리는 지금까지 사실과 견해를 구분하고 행동, 말, 서술, 묘사를 중심으로 사실을 기록하는 방법에 집중했다. 이제 본격적으로 견해를 쓰는 방법을 살펴보자. 사실과 견해를 설명하는 부분에서 이미 설명했듯 우리는 사실에서 시작하고 질문을 통해 견해로 도약할 것이다.

책을 읽는 사람과 모자를 쓴 사람과 낚시질을 하는 사람을 함께 그린 그림이 있다. 문제는 "이 그림에서 모자를 쓴 사람은 누구인가"를 알아내는 것이고, 요구하는 답은 그 모자를 쓴 사람의 그림을 손가락으로 짚으면서 "이 사람이에요"라고 말하는 것이다. (…) 그러나 아이는 매우 난감한 얼굴을 하더니 이렇게 되물었다. "내가 어떻게 모자 쓴 사람의 이름을 알겠어요?" (…) 이렇게 반문하는 아이의 생각은 질문자들의 요구 수준을 훨씬 넘어선 것이지만, 방문교사는 그 점을 인정하면서도 높이 평가하려 하지 않았다. 그가 생각하는, 또는 학교가 요구하는 학습 능력은 모자 쓴 사람을 손가락으로 가리키는 수준의 능력이어야 하기 때문이다. 중요한 것은 진실이 아니라 학교 교육의 코드를 알아차리는 '눈치'이기 때문이다. 중요한 것은 학생의 생각이나 의문이 아니라 이미 정해져 있는 문제와 대답의 각본이기 때문이다. 사람들은 토론식 수업의 중요성을 역설하고, 학생이 질문을 많이 해야 한다고 말한다. 그러나 코드는 토론되는 것이 아니라 규정되는 것이고, 각본에는 질문이 끼어들 틈이 없다.

황현산의 《밤이 선생이다》 중 '모자 쓴 사람은 누구인가'의 일부다. 전반부에 학습지 방문교사가 아이의 적성과 학습 능력을 무료로 검사해주는 장면이 나온다. 독자의 상식을 깨트리는 이 장면은 매우 흥미롭다. 독자들은 아이의 우문현답에 감탄할 것이고, 비슷한 또래의 자녀를 둔 부모라면 더욱 그럴 것이다. 이렇게 진실의 일각을 드러내는 사건은 그 자체로 사람의 마음을 움직인다. 주의 깊게 살피고 관찰하면 평범한 우리의 일상 속에도 이런 장면들이 있다.

사려 깊은 독자라면 첫 문단만으로도 많은 것을 생각할 수 있겠지만, 어떤 독자들은 첫 문단을 읽고 '뭔가 생각할 점이 있는 건 알겠는데 무슨 말을 하려는 거지?'라고 생각할 것이다. 짧게 말해 '그래서?'라고 물을 것이다. 저자 역시 이 점을 알고 있었기 때문에, 두 번째 문단에서 견해로 도약한다.

저자는 첫 문단에 소개한 사건이 '한국 교육'에 던지는 질문을 찾아낸다. '한국 교육의 문제점은 무엇인가?' 저자는 이 질문에 '한국 교육의 문제점은 학교가 요구하는 코드를 파악하는 능력만 키운다는 것이다'라고 답한다. 좋은 글은 정확하고 진실하게 사실을 기록하고, 절묘한 타이밍에 견해로 도약한 다음, 공중제비를 두 바퀴 돈 후 정확한 지점에 착지한다. 윗글은 '학습지 교사의 사례(사실) → 교육(개념) → 한국 교육의 문제점은 무엇인가(질문)'의 과정을 거쳐 결론에 도달한다.

저자는 어떻게 저런 글을 썼을까? 아마 저자에게 직접 물어보면 "쓰다 보니 그렇게 되었다"고 말할지도 모른다. 능숙한 저자들은 자전거를 타는 것처럼, 그냥 쓰고 고친다. 설명하라면 할 수도 있겠지만 굳이 그럴 필요도 없고, 누구도 그런 질문은 하지 않는다. 그러나 글쓰기를 가르치는 처지에서는 쓰다 보면 된다는 식의 답변에 만족할 수 없다. 뭐든 하다 보면 잘하게 되겠지만, 좀 더 효과적으로 글쓰기 능력을 향상하는 방법을 알 수 있다면 그 방법을 사용해보는 것도 나쁘지는 않을 것이다.

사실에서 견해로 도약하려면 **개념**과 **질문**이 필요하다. 사실을 기록하고 질문을 던지는 순간, 견해로 도약할 수 있는 문이 하나 생긴다. 대마법사들은 자신이 원할 때 주문을 외워(질문을 해서) 차원의 문을 만든다. 그리고 문 속으로 홀연히 사라졌다가 미노타우로스나 메두사의 머리를 들고 돌아온다. 도대체 무슨 일이 벌어진 것일까? 나는 글쓰기의 신비를 밝히려면 이 과정, 즉 어떤 사건 속에서 자신의 견해를 끌어내는 과정을 해명해야 한다고 생각한다.

- 토끼와 거북이가 달리기 시합을 했다. 경주가 시작되자마자, 토끼는 거북이가 보이지도 않을 만큼 앞서 나갔다. 토끼는 한참을 달리다가 서늘한 그늘이 진 나무 아래 멈춰 서서 생각했다. '거북이가 오려면 한참 걸릴 테니 여기서 잠깐 쉬자.' 토끼는 그늘 밑에 누워 쉬다가 깜빡 잠이 들었다. 한참 후 일어난 토끼는 자신이 너무 오래 잤다는 사실을 알게 되었다. 토끼는 서둘러 거북이를 뒤쫓았다. 그러나 이미 거북이는 결승선을 통과한 후였다.

수업 시간에 학생들에게 이 이야기가 우리에게 말해주는 게 무엇이냐고 물어본 적이 있다. 예상대로 대개는 끝까지 최선을 다해야 한다거나 자만해서는 안 된다는 교훈을 준다고 답한다. 독자들도 비슷할 것이다.

내 생각에, 이것은 마법 같은 일이다. 토끼와 거북이 이야기 어디에도 최선을 다하라거나 자만해서는 안 된다는 내용은 없다. 그런데도 학생들은 이야기 속에는 존재하지 않는 문장을 만들어냈다. 더욱 마법 같은 일은, 내가 학생들에게 어떻게 그런 생각을 하게 되었느냐고 물으면 제대로 대답하지 못한다는 것이다.

이 신비로운 현상은 두 방향에서 설명할 수 있다. 첫째, 학생들은 예전에 배운 **답**을 그대로 답습했다. 아마도 학생들은 토끼와 거북이 이야기의 교훈은 이러저러하다고 배웠을 것이다. 어쩌면 학교에서

'토끼와 거북이 이야기의 교훈을 한 문장으로 쓰시오'라는 시험 문제를 풀었을지도 모른다. 답을 외웠을 뿐, 왜 그렇게 생각할 수 있는지는 고민한 적 없으므로, 학생들은 어떻게 그런 생각을 하게 되었느냐는 내 질문에 답할 수 없다. 이런 식이라면, 토끼와 거북이 이야기에 관해 뭐라도 쓰려면《토끼와 거북이를 읽는 열 가지 방법》과 같은 책을 읽어야 할 것이다. 이런 관점에 따르면, 글을 쓰려면 답을 배워야 한다. 그러나 이런 생각은 글쓰기에 아무 도움을 주지 못한다.

둘째, 학생들은 비록 스스로 설명할 수 없더라도 분명히 어떤 사고 **과정**을 거쳤다. 이런 생각이 맞는다면, 학생들은 생전 처음 보는 이야기를 읽더라도 토끼와 거북이 이야기에서 교훈을 찾아낼 때와 비슷한 과정을 거쳐서 자신의 견해를 말할 수 있을 것이다. 또한 토끼와 거북이 이야기에서도 다양한 교훈을 끌어낼 수 있을 것이다. 만약 우리가 학생들의 머릿속에서 일어난 신비로운 과정을 이해할 수 있다면, 그리고 그 과정을 단계마다 따라갈 수 있다면 글쓰기의 비밀로 한 걸음 다가갔다고 말할 수 있을 것이다.

견해로 도약하려면 자신이 기록한 사건(사실)에서 개념과 질문을 추론하고, 질문에 대응하는 답변을 검토해야 한다.

| 사실 | 토끼와 거북이 이야기

| 개념 | **경쟁**

| 질문 | 경쟁에서 **승리**하려면 어떤 **태도**가 필요한가?

| 답변 | 경쟁에서 승리하려면 **최선을 다하는 태도**가 필요하다.

사실 기록은 씨앗을 심기 위한 땅고르기와 비슷하다. 있는 그대로의 사실을 정확하게 기록한 글은 씨앗을 심기에 최적화된 토양이다. 우리는 행동과 말, 서술과 묘사 등의 도구를 이용해 작물을 재배할 수 있는 '사실의 토양'을 마련해야 한다.

땅 고르기가 끝나면 농부는 땅에 씨앗을 심는다. 우리는 씨앗 대신 **개념**을 심을 것이다. 아무리 척박해 보이는 땅이라도 분명히 거기서 자랄 수 있는 식물은 있기 마련이다. 자신이 기록한 사실이 보잘것없어 보이더라도 거기에 심을 수 있는 개념은 반드시 있다.

먼저, 남들도 다 심는 흔한 씨앗부터 심어보자. 토끼와 거북이 이야기는 '달리기 시합'을 다루고 있다. 하나의 목표를 두고 둘 이상이 겨루는 것을 '경쟁'이라고 한다. 그러므로 우리는 토끼와 거북이 이야기에서 '경쟁'이라는 개념을 추론할 수 있다. 이렇게 우리는 '경쟁'이라는 씨앗을 하나 얻었다. 사실로부터 견해로 도약하기 위해 사용하는 최초의 씨앗 개념을 다른 개념들과 구분하기 위해서 **주제어**라고 부를 것이다. 초중고 백일장 대회에서는 '꿈', '희망', '엄마' 등 단어를 던져주고 글을 쓰라고 할 때가 많은데, 이 단어들이 바로 주제어다.

주제어가 '경쟁'으로 결정되었기 때문에, 우리는 토끼와 거북이 이야기를 '경쟁'이라는 관점에서만 읽어야 한다. 이럴 때 우리는 경쟁이라는 주제어를 활용해 구체적인 질문을 만들 수 있다. 토끼는 경주 중에 낮잠을 자며 방심하지만 거북이는 포기하지 않고 최선을 다했기 때문에 경쟁에서 승리한다. 여기서 우리는 '경쟁에서 승리하려면 어떤 태도가 필요한가?' 혹은 '경쟁에서 승리하는 데 필요한 태도는 무엇인가?'라는 질문을 찾을 수 있다. 이 질문은 견해의 방향을 결정하는 가장 중요한 질문이기 때문에 다른 질문과 구분하기 위해 **화제**라고 부를 것이다.

경험에서 주제어와 화제를 추론하는 능력이 없으면, 생각하기 위해 누군가에 의존해야만 한다. 나는 그런 학생들을 수없이 봐왔는데, 한국에서 교육받은 학생들이 대부분 이런 상태라고 봐도 크게 틀리지 않을 것이다. 우리가 비판하는 주입식 교육은 학생 스스로 개념을 선택하고 질문을 만드는 과정을 생략한 채 곧바로 열매를 따먹여준다. 씨앗을 심는 것도, 질문으로 싹을 틔우는 것도, 열매를 따는 것도 모두 교사가 한다. 학생들은 다섯 개 선택지 중에서 자신이 익숙하게 봐왔던 열매를 하나 고르면 될 뿐이다. 물론 객관식 문제 풀이도 지적 능력을 향상하는 데 도움은 되겠지만, 자기 힘으로 질문하고 답을 찾는 능력은 키울 수 없다. 이런 교육을 받은 학생들은 답을 모르면 글을 쓸 수 없다. 그래서 한국 학생들은 언제나 답이 뭐냐고 묻는다.

답은 질문이 결정한다. 달리 말해 화제만 찾으면 답은 저절로 나오게 되어 있다. 예를 들어 '경쟁에서 승리하려면 어떤 태도가 필요한가?'라는 질문에 대응하는 답은 '토끼가 아니라 거북이의 태도다'가 될 것이고, 개념을 사용하면 '방심하는 태도가 아니라 최선을 다하는 태도다'라고 쓸 수 있다. 내 생각에는, 자기 힘으로 생각할 줄 아는 사람이라면 토끼와 거북이 이야기를 읽은 후 이런 과정을 거쳐 교훈을 추론해내는 것 같다. 그 과정은 견해의 내용과 상관없이 비슷하다.

화제에 대응하는 답변을 **결론**이라고 한다. 하나의 화제에 대응하는 결론은 여러 개다. '경쟁에서 승리하려면 어떤 태도가 필요한가?'라는 화제에는 '최선을 다하는 태도가 필요하다'는 결론도 가능하고, '방심하지 않는 태도가 필요하다'는 결론도 가능하다. 물론 둘 다 타당한 결론이다. 화제를 결정했다면 그다음에는 화제에 대응하는 가장 그럴듯한 답변을 찾으면 된다. 그러면 견해 전체의 방향을 결정할 수 있다.

이렇게 설명을 해도 누군가는 "경쟁에서 승리하려면 최선을 다하는 태도가 필요하다는 뻔한 결론을 찾으려고 주제어나 화제 같은 것을 생각할 필요가 있나요? 그냥 척 보면 아는 거지"라고 말할지도 모른다. 그렇다면 이렇게 물어보자. 당신은 토끼와 거북이 이야기에서 뻔한 결론 말고 조금 다른 결론을 찾을 수 있는가?

토끼와 거북이 이야기를 잘 안다고 믿는 성인들은 이 이야기가 아이들에게나 통할 유치한 우화라고 생각할 것이다. 그 이유는 그들이 토끼와 거북이 이야기로부터 찾아낸, 혹은 학습한 교훈은 '경쟁에서 승리하려면 성실한 태도가 필요하다'뿐이기 때문이다. 그러나 이것이 토끼와 거북이 이야기가 우리에게 말해주는 전부인가?

| 사건 | 토끼와 거북이 이야기

| 주제어 | **경쟁**

| 화제 | 경쟁 **결과**는 무엇이 **결정**하는가?

| 결론 | 경쟁 결과는 **사회 구조**가 결정한다.

똑같이 '경쟁'이라는 주제어에서 시작했지만 화제가 달라졌기 때문에 결론도 달라졌다. 결론인 "경쟁 결과는 사회 구조가 결정한다"는 결코 초등학생용 문장이 아니다. 물론 이 역시 어떤 의미에서는 뻔한 결론이긴 하지만, 우리의 관심은 어떻게 이런 견해를 추론할 수 있었는가다.

토끼와 거북이 이야기는 분명 열악한 조건이라도 개인이 노력하면 경쟁에서 승리할 수 있다는 것을 말해준다. 그러나 누군가는 이런 견해에 만족하지 않을 것이다. 왜냐하면 토끼와 거북이의 선천적인 **조건의 불평등**이 전혀 고려되지 않고 있기 때문이다. 토끼와 거북이는 선천적으로 달리기 능력에 차이가 있으며, 이런 차이를 무시한 채 토끼와 거북이가 달리기로 경쟁하는 것을 용인하는 사회구조 자체가 **불공정**하다고 볼 수 있다. 아마도 토끼는 다음 경주에서는 방심하지 않을 것이다. 거북이가 토끼를 이길 수 있었던 것은 단 한 번뿐이다. 그런데도 거북이에게 계속 "너도 최선을 다하면 다시 토끼를 이길 수 있어. 예전에도 한 번 이겨봤잖아"라고 말하는 것이 타당한가? 이 이야기는 노력하면 누구나 성공할 수 있다는 허황한 이데올로기를 유포하는 것 아닐까? 물론 어떤 사람은 위와 같은 견해에 다시 반대할 것이다.

| 사건 | 토끼와 거북이 이야기

|주제어| **경쟁**

| 화제 | 경쟁 **결과**는 무엇이 **결정**하는가?

| 결론 | 경쟁 결과는 **개인의 노력**이 결정한다.

화제는 같지만 결론은 반대다. '경쟁 결과는 개인의 노력이 결정한다'는 결론을 지지하는 사람들은 자신의 실패를 사회 구조 탓으로 돌리는 사람들을 비겁하며 게으른 자들이라고 생각할 것이다. 이 견해도 그럴듯하다. 달리 말하면 같은 화제에 대응하는 서로 다른 결론은 모두 어느 정도는 맞기도 하고 틀리기도 하다.

우리는 지금까지 '경쟁'이라는 주제어에 집중해서 화제를 만들었지만 꼭 그럴 필요는 없다. 똑같은 땅에 다른 씨앗(주제어)을 심으면 완전히 다른 열매(결론)를 얻을 수 있다. 예를 들어 토끼와 거북이의 달리기 능력이 선천적으로 다르다는 점에 착안하여, 우리는 '조건의 불평등'이라는 새로운 주제어를 추론할 수 있다. 주제어가 조건의 불평등으로 바뀌었으므로 이를 활용해 화제를 만들 수 있고, 이에 대응하는 결론을 찾을 수 있다.

| 사건 | 토끼와 거북이 이야기

|주제어| **조건의 불평등**

| 화제 | 조건의 불평등은 **개인의 노력**으로 **극복**할 수 있는가?

| 결론 | 조건의 불평등은 개인의 노력으로 극복할 수 **없다**.

| 결론 | 조건의 불평등은 개인의 노력으로 극복할 수 **있다.**

　'조건의 불평등은 개인의 노력으로 극복할 수 있는가?'라는 화제는 '경쟁에서 승리하려면 어떤 태도가 필요한가?'라는 화제와 다르지만, 모두 토끼와 거북이 이야기로부터 추론할 수 있다. 독자들은 또 다른 주제어를 사용하여 이와 다른 화제를 추론할 수도 있을 것이다. 여기까지 설명을 잘 이해했다면, 토끼와 거북이 이야기가 어린 아이들에게나 통하는 유치한 이야기라는 생각은 하지 않을 것이다.

　사실(사건)이 끝나는 곳에서 질문(화제)이 시작된다. 사실에서 개념을 추론하고, 이를 활용하여 질문을 만들고 답하는 과정은 사실을 기록하는 것보다 복잡하고 어렵다. 그런데도 사람들은 성급하게 그럴듯한 견해를 쓰려고 한다. 그러나 대부분 실패하고 마는데 그 이유는 딱 하나다. 자기 경험 속에서 적절한 주제어를 찾지 못하고, 그 주제어를 사용하여 적절한 화제를 추론하지 못하기 때문이다. 그래서 자기 생각을 쓴다고 하면서 감상에 젖은 넋두리를 늘어놓거나, 어디선가 주워들은 말들을 자기 것인 양 복제하고 표절한다. 예를 들자면, 찌질하게 굴다가 버림받은 남자가 페이스북에 "사랑이란 무엇일까"라고 묻고, 뜬금없이 "알랭 드 보통에 따르면 사랑은 완벽함을 추구하는 것이다"라고 쓰거나, 윤종신의 〈좋니〉 같은 노래 가사를 옮겨놓고 자신의 찌질함을 정당화하는 식이다. 그럴 바에야 차라리 여자친구와 나눴던 대화나 자신이 저지른 잘못을 기록하는 것이 남은 인생이나 다음 연애에 훨씬 도움이 될 것이다.

견해를 쓸 준비가 되지 않은 상태에서 성급하게 견해를 쓰려다가 실패한 사람 중에는 "저는 창의성이 부족해서 글을 못 쓰는 것 같아요"라고 말하는 부류도 있다. 자신만의 독창적인 생각을 써야 한다는 환상은 일찌감치 버리는 게 좋다.

나는 독창성을 추구하는 태도를 일종의 허세나 나르시시즘의 반영이라고 생각한다. 세상에 자신만이 할 수 있는 생각이란 게 있다고 믿는 것 자체가 과대망상 아닌가? 내가 할 수 있는 생각이라면 누구든 할 수 있다. 다만 자신과 비슷한 생각을 하는 사람이나 글을 만나지 못했기 때문에 자신만이 그런 생각을 할 수 있다는 착각에 빠지는 것이다.

그렇다고 독창적인 글이 없느냐고 묻는다면, 그렇지는 않다. 독창적인 글을 쓰려면 다수의 관점에서 벗어나야 하고, 동시에 다수에게 인정받아야 한다. 자기 글이 독창적이라고 혼자 우겨봤자 다른 사람들이 인정해주지 않으면 소용없고, 거꾸로 자신은 형편없다고 생각한 글이라도 다른 사람들이 독창적이라고 인정하면 독창적인 글이 된다. 그러므로 독창적인 글을 쓰려면 다수의 관점을 알아야 하고 거기서 벗어나야 하며, 단순히 벗어나는 게 아니라 다수를 설득할 수 있는 새로운 견해를 제시해야 한다. 당연히 그런 글을 쓰기란 쉽지 않다.

그러므로 적어도 글쓰기를 시작하는 단계에서는 독창성이나 창의성과 같은 말들은 멀리하는 게 좋다. 굳이 독창성을 추구하고 싶다면 독창성을 포기하는 독창적인 태도로 써보는 건 어떤가. 독창성을 포기하는 대신 정확함과 진실함을 추구하다 보면, 언젠가는 남들에게 "독창적인 글이네요"라고 평가받는 영광을 누리게 될지도 모른다. 물론 그럴 때도 그냥 운이 좋아서 그런가 보다 하고 말 일이다.

이제 사실에서 시작하고 견해로 도약한다는 말의 의미를 좀 더 구체적으로 알게 되었다. 우리는 자신이 경험한 사건을 객관적으로 기록하는 데서 시작한다. 그래서 우리는 '이런 일이 있었다' 혹은 '어떤 일이 있었는가?'에서 시작한다. 사실을 기록하는 과정에서 우리는 처음에는 떠올리지 못했던 개념과 질문을 끌어낼 수 있다. 하나의 사실에서도 다양한 개념과 질문이 나올 수 있다. 우리는 사실에서 추론한 개념과 질문을 검토하고, 그중 가장 적절한 하나의 질문을 선택한다. 그리고 그 질문에 관한 자신의 답변을 기록한다.

인류 역사상 가장 위대한 논술 강사 중 하나인 소크라테스는 '질문하는 자'였다. 플라톤의 저작을 읽어보면 소크라테스가 했던 일이라곤 거의 상대의 답변에 다시 질문하고 상대를 '멘붕'에 빠지게 하는 것이었다. 소크라테스가 그렇게 집요하게 물었던 이유는 자신은 아는 게 별로 없다는 자각 때문이었다. 소크라테스는 많이 안다고 알려진 사람들에게 이것저것 묻고 다녔지만, 소위 '현명한 사람'들은 자신이 무엇을 모르는지도 모르는 상태였다. 역설적으로 소크라테스는 자신이 아는 게 별로 없다는 사실을 아는 자가 가장 현명한 자라는 결론에 도달한다.

잘 안다고 생각했던 내용도 글로 쓰려면 어려울 때가 많다. 글을 쓰면 자신이 아는 게 별로 없다는 사실을 뼈저리게 깨닫게 되는데 그런 깨달음은 부끄러운 게 아니다. 오히려 자신이 무엇인가를 많이 안다고 생각하는 태도가 문제다. 그런 사람들은 질문하지 않는다. 그들은 오직 상대방이 자신보다 아는 게 없다는 것, 자신이 더 많이 안다는 것을 증명하기 위해서만 질문한다.

아는 게 별로 없다고 생각하는 사람은 질문하고 답변에 귀 기울인다. 그리고 다시 묻는다. 반면 어설프게 아는 자는 어디선가 주워들은 답변을 반복할 뿐이다. 이것이 소크라테스가 희랍의 현자라고 불리던 사람들과 대화하면서 얻은 결론이다. 소크라테스에 따르면, 나 자신을 알게 해주는 질문이 좋은 질문이다.

우리는 자신을 더 정확히 알고 더 나은 '나'가 되기 위해서 쓴다. 그러므로 우리가 쓰는 글은 고백적일 수밖에 없으며 반성적일 수밖에 없다.

- "젊은 년이 싸가지 없이." 고개를 돌려 보니 예상대로 늙은 남자가 젊은 여자에게 삿대질하고 있었다. 아마도 처음에는 '좀 앉아 갑시다'로 시작했을 테고, 대꾸가 없자 무시당했다고 생각한 노인이 성깔을 부렸을 것이다. 전에도 비슷한 일을 몇 번 본 적 있다.

지하철에서 종종 겪는 일이다. 이런 일이 반복되면 자연스레 '왜 저래?'라는 질문을 하게 된다. 예를 들어 나는 윗글에 이어서 '나이 든 한국 남자들은 왜 여성에게 무례한가?'라는 화제를 사용하여 견해로 도약할 수 있다. 내가 여성이었다면 나를 불쾌하게 만들었던 셀 수 없이 많은, 무례한 남자들에 관한 글을 쓸 수 있었을 것이다. 그러나 이 질문에는 '나'가 빠져 있다. 이 질문은 '나는 **나이 든** 한국 남자가 아니다'라고 전제하고, '너(나이 든 한국 남자)는 왜 그따위냐?' 라고 묻는다.

때로는 타인의 행동이나 견해를 철저하게 비판하는 글을 써야 할 때도 있지만, 남을 비난하거나 탓하는 글은 자기변명으로 끝날 때가 많다. 그러므로 웬만하면 도도하고 중립적인 태도로 다른 사람들을 손가락질하면서 "너희는 왜 그따위냐?"라고 묻는 대신, 그 손가락을 자신에게 돌려 "나는 왜 이따위인가?" 혹은 "우리는 왜 이따위인가?" 라고 묻는 게 낫다.

'나이 든 한국 남성은 왜 여성에게 무례한가?'라는 화제에서 '나이 든'을 지우면 '한국 남자들은 왜 이렇게 여성에게 무례한가?'로 바꿀 수 있다. 나 역시 한국 남자이므로 이 질문은 '나'에 관한 질문이 되고, 나는 이 질문에서 벗어날 수 없다. 이제 나는 여성에게 무례하게 굴었던 적이 없었는지 떠올려본다. 집, 학교, 직장에서 여성에게 나이는 몇 살이냐, 애인은 있느냐, 결혼은 언제 할 거냐, 살을 좀 빼는 게 어떻겠냐 등등 관심을 가장한 무례한 질문으로 괴롭히거나, 나이가 어리다는 이유로 하대한 적이 있는가? '나는 왜 이렇게 여성에게 무례한가?'

불편하다. 매우 좋은 징후다. 좋은 질문은 불편하다. 그러나 어떤 남성은 이 불편함을 참지 못하고 "무례한 한국 여자도 많다", "모든 한국 남자가 그런 것은 아니다"라고 말하거나, "왜 모든 남자를 잠재적 잡놈으로 만드느냐?"라고 반박하고 싶을지도 모른다. 그렇다면 좀 덜 불편한 질문으로 만들어보자.

남성과 여성의 차이를 지우면, 화제는 '한국인은 왜 이렇게 무례한가?'로 바뀐다. 그러면 또 누군가는 "모든 한국인이 무례한 것은 아니다", "중국인들이 한국인보다 훨씬 무례하다"라고 말할 것이다. 그렇다면 한국인이라는 차이까지 지워버리자. 이제 질문은 '인간은 왜 이렇게 무례한가?'로 바뀐다. 상당히 편한 질문이 되었다.

질문이 나에게서 멀어질수록 편한 질문, 그럴듯한 질문, 고상한 질문이 되지만 그럴수록 내가 답할 수 없는 질문이 된다. 나는 '인간은 왜 이렇게 무례한가?'라는 질문에 답할 수 없다. 그것에 관해서는 아는 게 없고 깊게 생각해본 적도 없기 때문이다. '한국인은 왜 이렇게 무례한가?'라는 질문도 마찬가지다. 내가 그나마 답할 수 있는 질문은 '나는 왜 이렇게 무례한가?'이다.

물론 누군가는 인간의 무례함에 관해 매우 좋은 글을 쓸 수도 있을 것이다. 그러나 깊은 공부 없이 거창하고 고상한 질문에 답하는 글들은 대부분 비겁하고, 뻔뻔하고, 공허하며 남의 말을 반복하는 진부한 글이 될 가능성이 크다.

모든 글을 고해성사처럼 쓰라는 게 아니다. 윤동주처럼 "잎새에 이는 바람에도 괴로워"하며 자책에 빠질 필요도 없다. 읽는 이의 마음을 움직이려면 다른 누구도 아닌 자기 삶에 관한 구체적 질문을 해야 한다.

'등에' 소크라테스 선생은 그가 했던 질문들 때문에 미움을 샀고, 사형당했다. 질문은 사람을 죽일 수 있을 정도로 위험하고 강력하다. 좋은 질문은 우리를 불편하게 하고, 상식으로 가장한 편견과 무지를 드러낸다. 불편함을 견디고 질문으로 들통나버린 자신의 무지를 인정할 때만 좋은 글을 쓸 수 있다. 불편함 안에 쓸 만한 것들이 있다. 불편함 안에 새로움이 있고, 불편함 안에 배울 것이 있다.

얼마 전 리베카 솔닛의 《남자들은 자꾸 나를 가르치려 든다》를 읽었다. 불편했다. 그러므로 배울 점이 있었다. 남자 강사나 교사들이야말로 가르치려는 남자의 전형이다. 더군다나 논술 수강생 90퍼센트 이상은 여성이다. 수업 시간마다 어린 여성들이 마치 내가 소크라테스라도 되는 것처럼 내 말에 귀를 기울여주는데, 가르치려 드는 남자의 허세가 폭발하기에 이보다 좋은 조건이 있을까.

그녀의 글은 나에게 **'당신**은 왜 자꾸 여성을 가르치려 드는가?'라는 불편한 질문에 답하라고 종용한다. 이런 기회를 마다할 수 없다.

- 나는 종종 학생들에게 "시킨 대로 쓰라"거나 "가르쳐준 대로 쓰라"고 말한다. 이런 말들은 '나는 너희가 모르는 것을 알고 있다. 내가 이렇게 친절하게 가르쳐주는데 왜 말을 듣지 않느냐'라는 생각에서 나왔을 것이다. 나는 최근에서야 이런 태도에 심각한 문제가 있다는 생각을 하게 되었다. 리베카 솔닛의 《남자들은 자꾸 나를 가르치려 든다》와 자크 랑시에르의 《무지

한 스승》이 계기였다.

가르치는 행위는 지적 위계를 전제한다. 우리는 무엇인가를 더 많이 알고 있는 사람이 모르는 사람보다 지적으로 우월하며 가르칠 자격이 있다고 생각한다. 또한 우리는 무엇인가를 제대로 배우기 위해서는 가르치는 사람의 명령에 복종해야 한다고 생각한다. 그러므로 누군가를 가르친다는 것은 곧 누군가를 지배할 권력을 가진다는 뜻이다.

나는 가르치는 행위를 통해서 학생들의 정신을 지배하고 있다는 만족감과 우월감을 느끼고 있었다. 나는 학생들을 '백치'로 보고 그들의 머릿속에 내가 아는 것을 집어넣어야 한다고 생각했다. 내 말을 받아 적는 학생들을 보면서 만족했고, 내 꾸중에 고개를 숙이는 학생들을 보면서 흐뭇해했다.

생각해보면, 나는 아내도 이런 태도로 대한 적이 많다. 아내가 어떤 문제를 언급하면, 내가 답을 말해주어야 한다고 생각했고, 내 생각을 받아들이지 않으면 학생들을 대하듯 "그런 게 아니야"라고 훈계했다. 심지어는 아내가 십 년 이상 몸담아온 전문 분야에 관해서도 그런 식으로 말한 적이 많았다. 너무 오랫동안 누군가를 가르치는 일을 해왔기 때문에, 나는 당연히 누군가를 가르칠 자격이 있다고 생각하고, 나는 당연히 모든 문제에 관해 무엇인가 한마디 보탤 수 있는 사람이라는 생각을 해온 것이다. 이것은 치료해야 하는 질병이다. 불치병이 아니길 바랄 뿐이다.

리베카 솔닛의 글을 읽고 처음 떠올렸던 화제는 '남자들은 왜 여성을 가르치려 들까?'였다. 나도 남성이므로 이 정도의 화제로도 충분히 글을 쓸 수 있을 거라고 생각했다. 그러나 몇 줄 끄적인 후, 내가 이 질문에 답할 준비가 되어 있지 않다는 것을 깨달았다. 내가 여성이었다면 살아오면서 나를 가르치려 드는 수없이 많은 남성을 만났을 것이고, 그 사실들을 기초로 무엇인가 쓸 수 있었을지도 모른다. 그러나 나는 가르치는 남성 쪽이었고, 내가 누군가를 가르친다는 사실을 당연하게 받아들이고 있었다. 그러므로 나로서는 남성 일반에 관한 글을 쓰는 것보다 나 자신의 문제점을 쓰는 게 훨씬 쉬웠다. 그래서 화제를 '나는 왜 가르치려 드는가?'로 바꾸었다.

고백하자면, 윗글을 쓴 후에도 나는 가끔 학생들을 예전처럼 다그쳤다. 자신의 잘못을 되돌아보는 글 한 편 썼다고 해서 인간이 쉽게 달라질 수는 없다. 그러나 적어도 지금은 그런 태도가 문제라고 생각하고, 가능하면 수업 시간에 헛소리하지 않도록 주의하고, 아내에게도 말조심하고 있다. 글쓰기를 통해서 나는 나 자신을 좀 더 잘 알게 되었고 더 나은 인간이 되려고 노력 중이다.

소크라테스는 "너 자신을 알라"고 말했다. 너의 무지를 알라는 뜻이다. 무엇을 모르는지 알기도 어렵지만 자신이 무엇인가를 모른다는 사실을 솔직히 인정하기도 어렵다. 좋은 질문은 나의 무지를 드러내지만 동시에 무지에서 벗어나는 길도 제시한다. 거창한 문제들에 관해 어디서 주워들었는지도 모를 어설픈 견해를 쓰기 전에 '나'에 관해 묻고, '나'에 관한 견해를 써보자. 그러면 언젠가는 '너'에 관해서도, '우리'에 관해서도 쓸 수 있을지 모른다.

쓰기 연습

1. 초고에서 사실을 기록한 부분만 읽어보고, 견해로 도약할 때 사용할 수 있는 주제어, 화제, 결론을 추론해보라.
2. '토끼와 거북이' 이야기처럼 자신이 알고 있는 짧은 우화를 사건 중심으로 요약한 후 주제어, 화제, 결론을 추론하고 이를 활용하여 짧은 글을 써보라.
3. 초고에서 자신에 관한 질문을 찾고 솔직하게 답하는 글을 쓰라.

18장

'두서없지만' 같은 변명은 이제 그만!
: 결론과 뒷받침

학생들에게 역사와 철학 중 어느 과목을 좋아하느냐고 물어보면 열에 아홉은 역사가 재밌다고 답하는데, 역사는 이야기이기 때문이다. 아이들이 이야기에 흠뻑 빠지고, 서투른 이야기도 곧잘 지어내는 걸 보면 사건을 서술하는 '스토리텔링' 능력은 타고나는 것 같다.

이와 달리 인간은 성인이 되어서도 논리적인 사고와 글쓰기를 어려워한다. 아쉽게도 우리는 타고난 이야기꾼일지는 몰라도 변호사는 아닌가 보다. 논리적인 견해를 담은 글을 쓰려면 논리 구조를 만들 수 있어야 하는데, 이는 오랜 기간 그것을 익히고 가르쳐온 나 같은 사람에게도 어렵다. 짧은 감상이나 견해를 쓰는 수준이라면 굳이 뭘 배우지 않아도 어느 정도 쓸 수 있을지도 모른다. 그러나 사건(현상)의 의미를 분석하고, 평가하고, 문제를 설명하고, 해결 방안을 제시하는 글을 잘 쓰려면, 힘들고 시간이 걸리더라도 논리적 구조를 구축하는 기술을 익혀야 한다.

견해 쓰기는 건축과 비슷하다. 건물 전체의 구조를 설계하고, 개념을 갈아 만든 '문장'이라는 벽돌을 사용하여 토대부터 하나씩 세워 나가야 한다. 논리적으로 치밀한 글을 쓰려면 논리적 공간을 설계하고 구축하는 방법을 알아야 한다. 그러나 이 책은 '논리 구조기술사 1급 자격증'을 따기 위한 수험서는 아니므로 최대한 단순 명료하게 논리적 구조를 쌓아나가는 방법을 설명하겠다.

여기서 우리는 다시 '질문'의 도움을 받아야 한다. 연결 질문의 활용에 관해서는 앞에서 이미 설명했지만, 중요한 내용을 반복해서 익히는 것은 공부의 기본이므로 다시 한 번 설명하겠다. 다만 이번에는 여러 개의 연결 질문을 함께 사용하여 하나의 결론을 뒷받침해 가는 과정에 집중할 것이다.

얼마 전, 방송사 이직을 준비하는 경력직 아나운서의 에세이 지도를 한 적이 있다. 그는 자신이 쓴 세 편의 에세이를 가져왔다. 시간이 그리 많지 않았으므로 나는 그에게 각 문단에서 가장 중요한 문장 하나씩만 골라 표시해달라고 요구했다. 언론사 시험은 보통 주제어나 화제를 주고 자신의 견해를 자유롭게 쓰는 형식이지만, 시간제한 때문에 대개는 4~5문단 정도로 구성한다. 하나의 문단은 하나의 결론만을 포함해야 하므로 각 문단에서 가장 중요한 문장을 표시하라는 말은 곧, 각 문단의 결론에 표시하라는 뜻이다. 예컨대, 네 개의 문단으로 구성된 글이라면 문단마다 하나의 화제와 그에 대응하는 하나의 결론이 있어야 한다. 따라서 그가 이 요구에 제대로 대응하지 못한다면, 글쓰기 실력이 형편없는 상태일 것이 분명했다. 다행히 그는 생각보다 빨리 중요한 문장에 표시해 내게 건넸다. 나는 그가 표시한 문장들이 하나의 화제를 중심으로 논리적으로 연결되고 있는지만 판단했다. 두 편은 괜찮았고 한 편은 별로였다. 달리 말해 두 편은 말하고자 하는 바가 분명했고, 한 편은 그렇지 않았다. 나는 잘 쓴 두 편만 지도했다.

좋은 글의 기준이 하나일 수는 없겠지만, 적어도 말하는 바가 분명한 글은 좋은 글이다. 말하는 바가 분명한 글은 궁극적으로 답하고자 하는 하나의 화제에 대응하는 하나의 결론을 담는다. 그러나 글쓰기 초보는 자신이 쓴 모든 문장을 소중하게 생각하기 때문에 어떤 문장이 가장 중요한 문장인지 제대로 결정하지 못하고, 자기 글인데도 '뭣이 중헌지' 모른다. 그래서 글쓰기 초보는 자기가 쓴 글인데도 결론에 표시하라고 하면 머뭇거린다.

나는 주제어, 화제, 결론에 관한 이론적 설명을 마치면 언제나 아래 예문을 보여주는데, 견해 쓰기가 힘들면 고민하지 말고 아래의 형식을 이용해보자.

이 글의 주제는 '의지의 자유'가 아니라 '시민적 또는 사회적 자유'이다. 다시 말하면 사회가 개인에 대해서 정당하게 행사할 수 있는 권력의 본질과 그 권력 행사의 한계의 문제를 주제로 삼고 있다. 문명사회의 구성원에게 그 사람의 동의 없이도 물리력을 사용하여 그 사람의 행위를 막는 것이 정당화되는 유일한 경우는, 그 사람의 행위가 다른 구성원에게 피해를 줄 때이다.

존 스튜어트 밀의 《자유론》은 사실이나 사건을 기록하는 데서 시작하지 않고, 첫 문장에 곧바로 '시민적 자유 또는 사회적 자유'라는 **주제어**를 제시한다. 이처럼 견해 중심의 글을 쓸 때는 사실에서 시작하지 않고 주제어에서 시작할 수 있다.

밀은 두 번째 문장에서 '사회가 개인에게 정당하게 행사할 수 있는 권력의 본질과 한계는 무엇인가'라는 **화제**를 알려준다. 쉽게 말하자면, '사회는 시민의 자유를 어떤 조건에서 제한할 수 있는가?'로 바꿀 수 있다.

세 번째 문장에서 밀은 곧바로, 사회는 시민의 행위가 다른 구성원에게 피해를 줄 때 시민적 자유를 제한할 수 있다는 **결론**을 제시한다.

윗글은 주제어-화제-결론을 연결하여 견해를 시작하는 매우 모범적인 사례다. 윗글을 읽은 사람들은 적어도 글쓴이가 뭘 말하려고 하는지 곧바로 확인할 수 있다. 독자에게는 읽을지 말지 빨리 판단하게 해주는 글이 좋은 글이다. 간혹 견해를 써놓고 뭔가 찜찜한 사람들은 "두서없지만"이라는 표현으로 은근슬쩍 면죄부를 받으려고 한다. "두서없지만"이라고 쓸 시간에 두서 있는 글을 쓰려고 노력하고, 계속 두서가 없는 것 같으면 쓰지 말라.

어떤 화제에 관해서는 결론을 뭐로 해야 할지 확신이 서지 않을 때도 있다. 그럴 때는 자신에게 편한 결론을 선택하면 된다. 예를 들어 '남자 교사 할당제를 시행해야 하는가?'라는 화제에 관해, 우리는 '남자 교사 할당제를 시행해야 한다'와 '남자 교사 할당제를 시행하면 안 된다' 중 하나를 잠정적 결론으로 결정할 수 있다.

| 화제 | 남자 교사 할당제를 시행해야 하는가?
| 결론 | 남자 교사 할당제를 시행하면 안 된다.

분명히 나는 '잠정적 결론'이라고 말했다. 결론은 뒷받침에 따라서 얼마든지 바뀔 수 있다. 처음에는 남자 교사 할당제를 시행하면 안 된다는 결론에서 시작했더라도 결론을 뒷받침하는 과정에서 반대 결론이 더 타당하다고 판단했다면 결론을 바꿔야 한다. 뒷받침을 충분히 할 수 없는 결론이라면 어차피 쉽게 논박당할 것이므로 처음 선택한 잠정적 결론에 목맬 이유는 없다.

| 나 | 남자 교사 할당제를 시행하면 안 돼.
| 빙봉 | 남자 교사 할당제? **그게 뭐야?**
| 나 | 남자 교사 할당제란 교사의 일정 비율을 남성에게 할당하는 제도야.

- 남자 교사 할당제를 시행하면 안 된다. (무엇?) **남자 교사 할당제는 교사의 일정 비율을 남성에게 할당하는 제도다.**

독자가 "남자 교사 할당제를 시행하면 안 된다"라는 문장을 받아
들이려면, 먼저 남자 교사 할당제가 무엇인지 알아야 한다. 따라서
우리는 '남자 교사 할당제란 **무엇**인가?'라는 질문에 먼저 답해야 한
다. 개념의 의미를 확인했다면, 다음으로 '왜?'라는 질문을 사용해야
한다. 특히 무엇인가를 하라거나 하지 말라고 주장하려면 반드시 그
래야 하는 이유를 제시해야 한다.

> | 나 | 남자 교사 할당제를 시행하면 안 돼.
>
> | 빙봉 | 남자 교사 할당제? **그게 뭐야?**
>
> | 나 | 남자 교사 할당제란 교사의 일정 비율을 남성에게 할당하는 제도야.
>
> | 빙봉 | 남자 교사 할당제는 **왜** 시행하면 안 되는데?
>
> | 나 | 이 제도는 기회의 평등을 훼손해.

- 교사의 일정 비율을 남성에게 할당하는 남자 교사 할당제를 시행하면 안
  된다. (**왜?**) **이 제도는 기회의 평등을 훼손한다.**

'왜?'라는 질문은 반드시 두 번 해야 한다는 규칙을 떠올려보자.
두 번째 '왜?'는 두 문장 사이의 관계를 묻는다. 윗글에서는 '남자 교
사 할당제가 기회의 평등을 훼손한다고 해서 **왜** 꼭 남자 교사 할당
제를 시행하면 안 되지?'라는 질문이 가능하다.

> | 나 | 남자 교사 할당제를 시행하면 안 돼.

| 빙봉 | 남자 교사 할당제? **그게 뭐야?**

| 나 | 남자 교사 할당제란 교사의 일정 비율을 남성에게 할당하는 제도야.

| 빙봉 | 남자 교사 할당제는 **왜** 시행하면 안 되는데?

| 나 | 이 제도는 기회의 평등을 훼손해.

| 빙봉 | 기회의 평등을 훼손한다고 해서 **왜** 꼭 남자 교사 할당제를 시행하면 안 되지?

| 나 | 민주주의 사회에서 기회의 평등은 반드시 보장되어야 하거든.

- 교사의 일정 비율을 남성에게 할당하는 남자 교사 할당제는 기회의 평등을 훼손하므로 시행해서는 안 된다. **(왜?) 민주주의 사회에서 기회의 평등은 반드시 보장되어야 한다.**

윗글을 전제-이유-결론의 구조로 바꾸면 다음처럼 쓸 수도 있다.

- 민주주의 사회에서 기회의 평등은 반드시 보장되어야 하는데, 교사의 일정 비율을 남성에게 할당하는 남자 교사 할당제는 **기회의 평등을 훼손하므로** 시행해서는 안 된다.

논리적으로는 완결된 글이지만 빙봉은 느닷없이 튀어나온 '기회의 평등'이라는 단어 때문에 당황할 수 있다. 독자를 배려하는 친절한 작가라면 다시 한 번 '무엇?'이라는 질문을 사용해서 '기회의 평등'의 의미를 설명하는 문장을 써줄 것이다.

| 나 | 남자 교사 할당제를 시행하면 안 돼.

| 빙봉 | 남자 교사 할당제? **그게 뭐야?**

| 나 | 남자 교사 할당제란 교사의 일정 비율을 남성에게 할당하는 제도야.

| 빙봉 | 남자 교사 할당제는 **왜** 시행하면 안 되는데?

| 나 | 이 제도는 기회의 평등을 훼손해.

| 빙봉 | 기회의 평등을 훼손한다고 해서 **왜** 꼭 남자 교사 할당제를 시행하면 안 되지?

| 나 | 민주주의 사회에서 기회의 평등은 반드시 보장되어야 하거든.

| 빙봉 | 그런데 기회의 평등이 **뭐야?**

| 나 | 기회의 평등이란 모든 인간은 인종, 성별, 가정환경 등 선천적 요인과 무관하게 사회제도와 문화에서 동등한 기회를 얻을 수 있어야 한다는 이념이야.

- 민주주의 사회에서 기회의 평등은 반드시 보장되어야 하는데, 교사의 일정 비율을 남성에게 할당하는 남자 교사 할당제는 기회의 평등을 훼손하므로 시행해서는 안 된다. (무엇?) **기회의 평등이란 모든 인간은 인종, 성별, 가정환경 등 선천적 요인과 무관하게 사회제도와 문화에서 동등한 기회를 얻을 수 있어야 한다는 이념이다.**

기회의 평등이 무엇인지 이해한 빙봉은 다시 '남자 교사 할당제가 왜 기회의 평등을 훼손하는데?'라고 물을 것이다. 기회의 평등은 선천적 요인과 무관하게 동등한 기회를 얻어야 한다는 이념이다. 따라서 선천적 요인 때문에 동등한 기회를 얻지 못한다면 기회의 평등을 훼손하는 것이다. 그런데 남자 교사 할당제는 남성이라는 선천적 요인 때문에 교사가 될 기회를 더 많이 주고, 여성이라는 선천적 요인 때문에 교사가 될 기회를 덜 준다. 결국 남자 교사 할당제는 성별이라는 선천적 요인 때문에 여성의 기회를 제한하고 남성에게 특혜를 주는 제도다.

- 민주주의 사회에서 기회의 평등은 반드시 보장되어야 하는데, 교사의 일정 비율을 남성에게 할당하는 남자 교사 할당제는 기회의 평등을 훼손하므로 시행해서는 안 된다. 기회의 평등이란 모든 인간은 인종, 성별, 가정환경 등 선천적 요인과 무관하게 사회제도와 문화에서 동등한 기회를 얻을 수 있어야 한다는 이념이다. (남자 교사 할당제가 **왜** 기회의 평등을 훼손하는가?) **그런데 남자 교사 할당제는 여성이라는 이유만으로 교사가 될 기회를 빼앗고, 남성에게는 특혜를 주는 제도다.**

이제 마지막으로 '뭘 보면?'이라는 질문을 사용해보자. 빙봉은 아마도 '남자 교사 할당제가 기회의 평등을 훼손한다는 증거가 있어?' 혹은 '남자 교사 할당제가 남성에게 특혜를 주는 제도라는 증거가 있어?'라고 질문할 것이다. 실제로 교육 대학들은 입학 전형에서 20~40퍼센트의 남성 할당제를 이미 시행하고 있다. 남성은 교대 입학부터 특혜를 받는 셈이다. 그런데 남자 교사 할당제는 교사 임용 시험에서도 남성에게 다시 특혜를 준다. 따라서 남자 교사 할당제는 여성에 대한 이중 차별이자 여성의 직업 선택 기회를 제한하는 제도라 할 수 있다. 이 외에도 남자 교사 할당제 때문에 성적이 우수한 여성 대신 성적이 낮은 남성이 교사에 임용되는 사례를 제시한다면 기회의 평등 훼손을 더 구체적으로 뒷받침할 수 있다.

- 교사의 일정 비율을 남성에게 할당하는 남자 교사 할당제를 시행해서는 안 된다. 남자 교사 할당제는 기회의 평등을 훼손하기 때문이다. 기회의 평등이란 모든 인간은 인종, 성별, 가정환경 등 선천적 요인과 무관하게 사회제도와 문화에서 동등한 기회를 가져야 한다는 이념이며, 민주주의 사회에서 기회의 평등은 어떤 경우에도 보장되어야 한다. 그런데 남자 교사 할당제는 여성이라는 이유만으로 교사가 될 기회를 빼앗는다. 실제로 교대 입학 전형에서 이미 25~40퍼센트의 남성 할당제를 시행하고 있으므로 남자 교사 할당제는 여성을 이중으로 차별하여 여성의 직업 선택 기회를 심각하게 제한한다.

우리는 "남자 교사 할당제를 시행해서는 안 된다"는 단문에서 시작했지만 연결 질문을 반복 사용하여 뒷받침 문장을 만들었고, 단문을 복문으로 만들 수 있었다. 이렇게 쓰면 문장과 문장의 관계가 분명해지므로 쓰기도, 읽기도 쉽다. 지금까지 쓴 글을 단문으로 쪼개서 논리적 구조를 드러내면 다음과 같다.

| 화제 | **남자 교사 할당제를 시행해야 하는가?**

① 남자 교사 할당제는 시행해서는 안 된다.

② (**무엇 : 남자 교사 할당제**) 남자 교사 할당제는 교사의 일정 비율을 남성에게 할당하는 제도다.

③ (**왜 ①**) 남자 교사 할당제는 기회의 평등을 훼손한다.

④ (**③인데 왜 ①**) 민주주의 사회에서 기회의 평등은 어떤 경우에도 보장되어야 한다.

⑤ (**무엇 : 기회의 평등**) 기회의 평등이란 모든 인간은 인종, 성별, 가정환경 등 선천적 요인과 무관하게 사회제도와 문화에서 동등한 기회를 가져야 한다는 이념이다.

⑥ (**왜 ③**) 남자 교사 할당제는 여성이라는 이유만으로 교사가 될 수 있는 기회를 빼앗는다.

⑦ (**뭘 보면 ③**) 교대 입학 전형 때 25~40퍼센트의 남성 할당제를 이미 시행하고 있다.

①은 결론이므로 화제에 답하고, ②~⑦은 모두 뒷받침 문장이므로 연결 질문에 답한다. 결국 모든 문장은 질문에 답한다. 놀랍게도 이게 전부다. 문장을 뒷받침하는 방법을 자세하게 설명하려면 끝도 없지만, 지금까지 정리한 기본 원칙만 잘 지키면 논리적 구조를 갖춘 견해를 쓸 수 있다. 그러므로 질문을 제대로 사용하는 습관을 기르고, 단순한 규칙을 반복해서 자기 것으로 만들고, 여러 종류의 글을 써가는 과정에서 자기만의 글쓰기 방법을 찾아야 한다.

앞에서 설명한 원칙은 초고를 쓸 때보다는 퇴고할 때 더 자주 사용하게 될 것이다. 인간의 생각은 팝콘처럼 의도치 않은 방향으로 튀고, 때로는 생각지도 못한 문장을 낳기도 한다. 그러므로 초고를 쓸 때는 원칙에 제한받지 말고 마음껏 쓰자. 그러나 초고를 수정하면서 견해를 정리할 때는 문장 간의 논리적 관계를 분명히 해야 하고, 그러기 위해서는 질문을 매우 엄격하게 사용해야 한다.

여기서 많은 독자가 다음과 같은 의문을 가질 법하다. 어떻게 하면 논리 구조를 갖춘 글을 쓰는 연습을 효과적으로 할 수 있을까? 무작정 혼자 써보면 되는 걸까? 끈기가 있더라도 글쓰기에 관해 꾸준히 조언해줄 사람이 없다면, 혼자 논리가 탄탄한 글을 잘 쓰기는 어렵고 오랜 시간이 걸린다. 원칙을 이해하는 것과 그것을 사용해 문장을 쓰는 것은 다른 문제다. 따라서 우리는 처음부터 끝까지 혼자 힘으로 글을 써야 하는 부담을 덜 방법을 찾아야 한다.

가장 좋은 방법은 다른 사람이 쓴 글을 활용하는 것이다. 다른 사람의 글이 어떤 논리 구조를 갖추고 있는지 따져 읽고 요약하는 연습은 앞에서 설명한 글쓰기 원칙을 모두 사용하면서도 무작정 무엇인가를 써야 한다는 부담을 덜어준다. 다음 장을 읽으면 독자들은 쓰기와 읽기가 같은 원리를 다른 방식으로 반복할 뿐이라는 말의 의미를 이해하게 될 것이고, 왜 쓰기를 연습하지 않으면 잘 읽을 수 없는지도 알게 될 것이다.

쓰기 연습

초고에서 결론을 찾은 후 연결 질문을 사용하여 뒷받침 문장을 최대한 많이 만들고, 연결 질문에 대응하는 문장을 연결하는 방식으로 글을 써보라.

19장

정확하게 쓰는 사람이 정확하게 읽습니다

: 쓰기와 읽기

사람들은 잘 쓰려면 먼저 잘 읽어야 한다고 생각한다. 그런데 글을 잘 읽는다는 게 무슨 뜻일까? 빨리 읽는다는 것인가? 많이 읽는다는 것인가? 무협지를 쌓아두고 하룻밤 새 다 읽어 치우면 글을 잘 읽는 것인가?

시중에 나와 있는 숱한 독서법 책은 온갖 읽기 요령을 알려주는데, 글쓰기 책과 경쟁이라도 하듯 헛소리를 늘어놓기 바쁘다. 느리게 읽어라, 빨리 읽어라, 반복해서 읽어라, 꼼꼼히 읽어라, 대충 읽어라, 많이 읽어라, 다양하게 읽어라, 집중해서 읽어라 등등. 글을 읽는 속도나 요령은 읽기 능력의 본질과는 아무 상관이 없다. 읽기가 안 되는 이유는 읽기만 하기 때문이다. 초보 수준의 독서에서 벗어날 수 있는 유일한 방법은 더 많이 읽는 것이 아니라 더 많이 쓰는 것이다.

나는 읽기가 안 되는 학생들에게 언제나 다음과 같이 말한다.

"쓰는 것처럼 읽으세요."

이미 앞에서 글쓰기 기본 원리들을 살펴보았기 때문에, 잘 읽으려면 잘 써야 한다는 말의 의미를 어렴풋이나마 이해할 수 있을 것이다. 읽기와 쓰기는 같은 원리를 다른 방식으로 반복한다. 글을 쓰려면 사실을 엮어 사건을 서술하고, 질문과 답변이라는 관점에서 주제어, 화제, 결론, 뒷받침을 활용한 문장들로 완결된 논리 구조를 만들어야 한다. 읽기는 이를 역추적하여 재구성하는 과정일 뿐이다.

뛰어난 장치나 기계를 분해한 후 어떤 원리로 작동하는지 추론하여 더 나은 장치나 기계를 만드는 데 응용하는 것을 '리버스 엔지니어링'이라고 한다. 공학자들은 이 과정에서 기술 응용 방식을 배울 수 있고 창조의 영감을 얻는다.

글쓰기도 마찬가지다. 글은 하나의 구조물이며 겉으로는 완전히 다른 것처럼 보이는 글도 그것을 설계하는 기본 원리는 같다. 자신이 직접 무엇인가 만들어보지 않은 사람이 리버스 엔지니어링을 할 수 있겠는가. 읽기도 마찬가지다. 자기 글을 쓸 수 있어야 다른 사람의 글을 분석하고 평가하여 자기 글을 쓸 때 활용할 수 있다.

그러므로 쓰기를 가르치지 않는 국어 교육이란 반쪽짜리도 되지 않는다. 무엇인가를 읽었다면 그것을 자기 언어로 설명하거나 평가하고, 견해를 덧붙일 수 있어야 한다. 말로 하느냐 글로 쓰느냐는 부차적 문제다. 말이든 글이든 문장을 사용한다는 점은 같기 때문이다. 읽기에서 쓰기로 넘어가고, 쓰기 경험을 바탕으로 다시 읽기로 돌아가는 순환 과정 속에서 정신은 성장한다. 그러나 우리는 대부분 쓰기를 배워본 적이 없으므로 읽기와 쓰기의 순환은 읽기 단계에서, 그것도 아주 낮은 수준의 읽기 단계에서 멈춘다.

쓰는 것처럼 읽으려면 자신이 읽는 모든 글을 자기가 쓴 글이라고 생각해야 한다. 어떻게 하면 더 좋은 글이 될지 고민하면서 읽지 않으면 잘 읽을 수 없을 뿐 아니라 읽기를 쓰기에 활용할 수 없다. 읽기의 본령은 양이나 속도가 아니라 정확함이다. 정확함이 언제나 속도와 반비례하는 것은 아니다. 오히려 정확하게 읽어낼 수 있는 사람은 많은 분량의 글도 빠르게 읽을 수 있다.

쓰기 능력을 향상하는 가장 효과적인 방법은 단순한 쓰기 원리를 바탕으로 다른 사람의 글을 분석하고 평가하는 것이다. 이런 방식으로 읽기를 반복하면 쓰기 원리를 체화할 수 있고, 자기 글을 객관적으로 평가할 수 있는 능력도 생긴다. 그래서 나는 모든 글쓰기 수업 첫 시간에 앞 장에서 설명한 단순한 원리를 설명하고, 곧바로 짧은 글을 요약시킨다. 요약하는 것을 보면 곧바로 그 학생의 쓰기 능력을 평가할 수 있기 때문이다.

사람들은 '요약'이라고 하면 글자 수를 줄이는 것으로 생각한다. 그러나 요약문의 글자 수가 줄어드는 현상은 결과이지 목적이 아니다. 요약 목적은 주어진 글의 구조를 재구성하는 것이다. 비유하자면 복잡한 기계를 분해해서 최소의 부품으로 작동할 수 있게 만드는 것이다. 그러려면 꼭 필요한 부품과 그렇지 않은 부품을 구분할 수 있어야 하고, 꼭 필요한 부품으로만 기계가 작동하게 만드는 최적의 배치를 찾아야 한다. 아랫글을 읽고 짧은 요약문을 먼저 작성해보라.

요약 연습

① 예술이란 무에서 유를 창조하는 과정이다. ② 그 과정은 매우 고통스럽고 심지어는 그 고통 때문에 예술을 포기하는 사람도 있을 정도이다. ③ 이런 이유에서 현대 예술은 예술이라 불릴 자격이 없다. ④ 현대 예술은 장난기만 가득하고 진지하지 않으며, 무엇인가 새로운 것을 창조하는 게 아니라 기존 작품들을 너무 많이 참조하는 경향이 있기 때문이다.

앞에서 설명한 글쓰기 원리를 따른다면 견해를 담은 글은 주제어에서 시작한다. 또한 주제어는 결론 문장의 주어로 사용되어야 한다. 따라서 어떤 글의 주제어를 찾는 가장 쉬운 방법은 글을 읽으면서 각 문장의 주어를 확인하는 것이다. 주제어는 중요하므로 반복될 것이다. 주어로 자주 사용되는 단어가 곧 주제어다. ①~④의 주어는 각각 예술, 그 과정(창조 과정), 현대 예술인데, 이 중 현대 예술이 두 번 주어로 사용되었다. 따라서 원칙에 따른다면 현대 예술이 주제어가 되어야 한다. 그러나 상당히 많은 학생이 '예술'이 주제어라고 답한다. 주제어 찾기부터 틀리면 허탈하겠지만 걱정하지 말자. 첫 단추를 잘못 끼워도 원칙만 따르면 다시 제대로 된 길로 돌아올 수 있다.

'예술'이 주제어라면 결론 문장의 주어도 예술이어야 하므로 첫 문장인 "예술이란 무에서 유를 창조하는 과정이다"가 결론이어야 한다. 그러나 이것만으로는 부족하다. 위 문장은 첫 문장을 그대로 옮긴 것이기 때문에 요약이 아니라 인용이나 표절이다. 나는 학생들에게 절대로 다른 사람이 쓴 문장을 그대로 옮겨서는 안 된다고 강조한다. 그것은 도둑질이다. 그렇게 살다가 자기소개서도 표절하고 리포트도 표절하고 논문도 표절하게 된다.

| 나 | 이 글의 결론이 뭡니까?
| 학생 | '예술이란 무에서 유를 창조하는 과정이다' 아닌가요?
| 나 | 표절인데요.
| 학생 | 그럼 어떻게……
| 나 | 주어는 뭡니까?
| 학생 | 예술이요.
| 나 | 서술어는 뭘까요?
| 학생 | 과정이다?
| 나 | 더 중요한 단어가 있지 않나요?
| 학생 | 창조?
| 나 | 그걸로 서술어를 만들어보세요.
| 학생 | 예술은 창조다?
| 나 | 좋네요. '예술은 창조 과정이다'라고 써도 되겠죠.

주어 다음에는 서술어를 결정해야 한다. 그리고 서술어에는 가장 중요한 단어가 들어가야 한다. ①에서 예술 빼고 가장 중요한 단어

는 창조다. 예술과 창조가 최소 부품이다. 따라서 "예술은 창조다"가 최소 부품으로 만든 문장이다. 이 문장을 만들려면 주어를 선택했으니 서술어를 결정해야 한다는 생각, 주어를 빼고 가장 중요한 단어가 서술어가 되어야 한다는 생각, 윗글에서는 예술과 창조가 가장 중요한 단어라는 생각, 창조를 서술어로 만들려면 "창조이다"라고 써야 한다는 생각, 이렇게 쓰면 "무에서 유를 창조하는"이라는 부분을 버려야 한다는 생각이 필요하다.

"예술은 무에서 유를 창조하는 과정이다"가 "예술은 창조다"로 바뀌는 과정은 단순히 단어 몇 개 더하고 빼는 과정이 아니라, 글쓰기 원칙을 자기 문장에 적용하면서 결단하고 선택하는 과정이다. 이런 과정을 거쳐야만 누군가 "이 글이 뭐라는 거에요?"라고 물어봤을 때, "예술은 창조라는 거에요"라고 답할 수 있다. 결코 쉬운 과정이 아니다. 이 과정을 거치는 사람과 대충 첫 문장을 변형해서 옮기는 사람의 사고 능력의 차이는 시간이 지날수록 커져서 나중에는 극복하기 어려운 수준까지 벌어진다.

그런데 문제가 있다. 앞에서 미리 말했듯 '예술은 창조다'는 이 글의 결론이 아니다. 기껏 고민해서 자기식으로 문장까지 만들었는데 김빠지는 일이다. 수업 시간에 요약하는 글을 쓰게 하고 해설 강의를 할 때, "이 글의 결론은"이라고 말을 꺼내면 교실이 조용해지는데, 결론이 틀리면 모든 것이 어그러진다는 사실을 알기 때문이다.

| 나 | '예술은 창조다'가 결론이라는 거죠?

| 학생 | (자신 있게) 네!

| 나 | 그래서요? 예술은 창조라는 건 알겠는데, 그래서 뭐가 어떻다는
       건가요?

| 학생 | ???

| 나 | '예술은 창조다'가 결론이라면 화제는 뭔가요?

| 학생 | 예술이란 무엇인가?

| 나 | 그러면 '현대 예술'을 언급하는 세 번째 문장은 왜 나오는 건가요?
       이 글의 목적이 정말 예술이 무엇인지 밝히는 건가요? 아니면 예
       술의 정의를 바탕으로 현대 예술에 관해 쓰려는 건가요? 1분 줄
       테니 다시 읽어보세요.

(1분 후)

| 나 | 이 글의 주제어가 뭔가요?

| 학생 | 현대 예술이네요.

| 나 | 결론은?

| 학생 | '이런 이유에서 현대 예술은 예술이라 불릴 자격이 없다'

| 나 | 표절이네요.

| 학생 | 아, 현대 예술은 예술이라 불릴 자격이 없다.

| 나 | 더 줄여보세요.

| 학생 | 현대 예술은 예술 자격이 없다?

| 나 | 좋네요. 더 과감하게 줄이면 '현대 예술은 예술이 아니다'라고 해

도 되겠죠. 그러면 이 글의 화제는 뭔가요?

| 학생 | 현대 예술은 예술 자격이 있는가?

| 나 | 좋습니다.

한참 돌아왔지만 어쨌든 결론에 도달했다. 글을 읽을 줄 모르는 사람들은 말한다. "글은 이렇게도 읽을 수 있고 저렇게도 읽을 수 있어요." 혹은 "글은 자유롭게 상상력과 창의력을 발휘해서 읽어야 해요." 글을 정확하게 읽을 줄 모르기 때문에 부끄러운 줄 모르고 저런 개 풀 뜯는 소리를 한다. 자신도 무슨 뜻인지 정확히 모르는 상상력이나 창의력이라는 그럴듯한 단어로 난독증을 정당화하는 것일지도. 안도현식으로 말한다면, "함부로 창의력 운운하지 말라. 너는 누구에게 한 번이라도 창의적인 사람이었느냐." 정확하게 읽는 능력이 창의력이고, 정확하게 쓰는 능력이 창의력이다. 창의적인 글을 쓰고 싶다면 정확해져야 한다. 창의력이란 존재하지 않는 것을 창조하는 능력이 아니라 남들이 파악하지 못하는 사물과 사태의 본질을 정확하게 꿰뚫어 보고 그것을 드러내는 능력이다. 그러니 창의적으로 읽겠다는 헛소리는 집어치우고 정확하게 읽도록 하자.

| 주제어 | 현대 예술

| 화제 | 현대 예술은 예술 자격이 있는가?

| 결론 | 현대 예술은 예술 자격이 없다.

우리는 예문에서 주제어, 화제, 결론을 찾았다. 달리 말해 우리는 정확하게 읽고 있다. 읽기 능력이 일정 수준 이상이라면 주제어, 화제, 결론이라는 용어를 몰라도 이 글이 현대 예술을 비판하는 글이라는 것쯤은 알 수 있다. 그러나 결론을 아는 것만으로 글을 정확하게 읽었다고 말할 수 없다. 뒷받침이 없는 결론은 아무 쓸모없는 문장일 뿐이다. 국민의 지지를 받지 못하는 대통령이 탄핵당하듯 뒷받침 없는 결론을 기다리는 것은 지우개나 백스페이스키다.

결론을 구하려면 연결 질문을 사용해서 뒷받침해야 한다. 그러나 그 전에 먼저 내가 선택한 문장이 결론인지 다시 한 번 확인해야 한다. 어떤 문장이 진짜 결론인지 아닌지 확인하려면 '그래서?'라고 물어야 한다. '현대 예술은 예술 자격이 없다는 건 알겠는데, 그래서 어떻다는 거야?'라고 묻고 예문을 다시 읽어보자. 예문에는 이 질문에 답하는 문장이 없다. 즉, 상위 문장을 찾을 수 없다. 따라서 "현대 예술은 예술 자격이 없다"는 최상위 문장(=결론)이다. 결론을 결정했다면 이제 결론을 뒷받침하기 위해 '왜?'라는 질문을 사용할 수 있다.

| 나 | 화자는 **왜** 현대 예술은 예술 자격이 없다고 생각하나요?

|학생| 현대 예술은 장난기가 가득하고, 진지하지 않으며, 창조하는 게 아니라 기존 작품들을 너무 많이 참조하는 경향이 있어서요.

| 나 | 또 표절하네요. 주어는 현대 예술로 할 거니까 서술어에 들어갈 단어를 하나만 결정하세요. '장난기', '진지', '창조', '참조', 이 중 어느 걸 서술어로 쓸 건가요?

| 학생 | ……

| 나 | 뒷받침 문장에 사용되는 단어니까 앞에서 쓴 '현대 예술'과 '예술'을 제외하고 이 글 전체에서 가장 중요한 단어를 찾아보세요.

| 학생 | 창조?

| 나 | 맞아요. 그럼 뒷받침 문장을 주어-서술어 형태로 만들면?

| 학생 | **현대 예술**은 **창조**하지 않는다.

| 나 | 이제 결론 문장과 뒷받침 문장을 연결해서 하나의 복문으로 만들어 보세요.

| 학생 | 현대 예술은 예술 자격이…… 아니, 현대 예술은 창조하지 않으므로 예술 자격이 없다.

| 나 | 브라보!

요약문

현대 예술은 예술 자격이 없다. (왜?) 현대 예술은 창조하지 않기 때문이다.

| 나 | '왜?'라는 질문은 몇 번 사용해야 하나요?

| 학생 | 두 번이요.

| 나 | 그러면, 요약문에서 두 문장의 관계를 묻는 '왜'를 사용하면 뭐라고 물을 수 있을까요?

| 학생 | 창조하지 않는데 왜 예술 자격이 없지?

| 나 | 좋아요. 답변 문장은 뭘까요?

| 학생 | ……

| 나 | 예술과 창조의 관계를 설명하는 문장이 있잖아요. 앞에서 정리도 했는데.

| 학생 | 아! 예술은 창조다.

| 나 | 세 문장을 연결해서 하나의 복문을 만들어보세요. '~인데, ~이므로, ~이다' 형식을 사용하세요.

| 학생 | 예술은 창조인데, 현대 예술은 창조하지 않기 때문에, 현대 예술은 예술 자격이 없다.

| 나 | 좋은데, 같은 내용이면 짧게 쓰세요. 좀 더 줄일 수 있어요. 중복 단어를 빼보세요.

| 학생 | 예술은 창조인데, 현대 예술은 창조하지 않기 때문에, 예술 자격이 없다.

| 나 | 잘했습니다.

요약문

① 현대 예술은 예술 자격이 없다. (왜?) ② 현대 예술은 창조하지 않기 때문이다. (②인데 왜 ①?) ③ 예술은 창조다.

- 예술은 창조인데, 현대 예술은 창조하지 않으므로 예술 자격이 없다.

위와 같이 논리적 뼈대를 재구성하면 기본 요약은 끝난다. 여기서 요약을 마칠 수도 있지만, 마지막으로 몇 가지 질문과 개념을 보충하는 작업을 덧붙일 수도 있다. 예를 들어 ③에서 현대 예술은 창조하지 않는다고 했는데, 그러면 '현대 예술은 뭘 하는 건가?'라는 질문을 할 수 있다. 원문에서는 현대 예술이 기존 작품을 **참조**한다고 했다. 따라서 ②는 다음과 같이 보충해 쓸 수도 있다.

- 현대 예술은 기존 작품을 **참조**할 뿐 창조하지 않는다.
  혹은,
  현대 예술은 창조하지 않고, 기존 작품을 **참조**할 뿐이다.

또한 ③에서 예술은 창조라고 했는데, 여기서 '창조란 무엇인가?'라는 질문을 해볼 수 있다. 원문에는 창조란 **무**에서 **유**를 만들어내는 과정이고, **고통**스럽다는 설명이 있다. 이를 반영하면 ③은 다음과 같이 보충해 쓸 수 있다.

- 예술은 **무**에서 **유**를 만드는 **고통**스러운 창조다.

의미나 논리를 보충하려면 질문하고 답하면 된다. 그러면 반드시 새로운 개념이 추가될 것이다. 위 내용을 반영해서 요약문을 다시 쓰면 다음과 같다.

요약문

현대 예술은 예술 자격이 없다. 현대 예술은 기존 작품을 참조할 뿐 창조하지 않기 때문이다. 예술은 무에서 유를 만드는 고통스러운 창조다.

예술은 무에서 유를 만드는 고통스러운 창조인데, **현대 예술은** 기존 작품을 참조할 뿐 창조하지 않으므로 **예술 자격이 없다.**

요약은 다른 사람의 글을 통해 글이 어떻게 구성되는지를 알게 해준다. 글쓰기를 잘하고 싶다면 쓰기 위해 읽어야 하고, 그렇다면 언제나 자기 글을 쓰는 것처럼 읽고 요약할 수 있어야 한다. 정확하게 읽을 수 있는 사람이 정확하게 쓸 수 있고, 정확하게 쓸 수 있어야 정확하게 읽을 수 있다. 독서량에 집착해 잡다한 지식을 습득하려 들지 말고, 그 지식이 어떤 방식으로 체계화되는지 파악할 수 있어야 글쓰기 수준을 높일 수 있다.

 쓰기 연습

1. 견해를 담은 글을 찾아 앞에서 설명한 원리에 따라 요약하라.
2. 자신이 쓴 글 중에서 견해 부분을 찾아 요약하라.

20장

많이 알면 뭐하나요
써먹지 못하는데

: 분석과 비평

　견해를 쓰려면 경험을 해석하고 평가할 수 있어야 한다. 그런데 이렇게 말하면 학생들은 못 알아듣는다. 해석이나 평가라는 단어도 어렵기 때문이다. 학생들에게 해석과 평가가 무엇인지 설명하기 시작하면, 학생들은 수면 모드로 자동 전환된다. 그래서 요새는 그냥 "견해를 쓰려면 색안경을 써야 한다"고 말하고 곧바로 그림을 하나 보여준다.

　뒤샹의 〈샘〉이라는 작품이다. 학생들에게 이 작품을 아느냐고 물어보면 열 명 중 서너 명은 안다고 대답하고, 그중 한둘은 자신이 이 작품을 안다는 사실에 뿌듯한 표정을 짓는다. 나는 그 학생에게 이 작품에 관해 어떻게 생각하느냐고 물어본다.

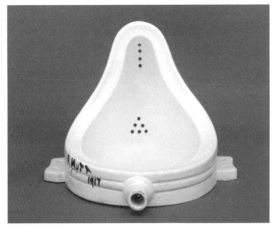

| 나 | 이 작품 어떻게 생각해요?

| 학생 | 뒤샹의 〈샘〉이에요. 변기를 뒤집은.

| 나 | 그래요. 뒤샹의 〈샘〉이라는 건 나도 알아요. 내가 물은 건 이 작품
의 제목이나 작가가 아니라 이 작품을 어떻게 생각하느냐는 거였
어요.

| 학생 | ……

이 학생은 퀴즈쇼에서 좋은 성적을 거둘 수 있을지 몰라도, 이 작
품에 관해서 자기 견해는 한 마디도 쓸 수 없을 것이다. 어떤 사람들
은 잡다한 정보를 많이 외우고 있는 사람들을 똑똑하다고 말한다.
그래서 어린 나이에 뭔가 잔뜩 알고 있는 아이를 보면 신동이나 천

214

재라고 추켜세운다. 많은 정보를 암기하는 능력은 분명 재능이다. 그러나 그 재능은 절대로 인공지능을 능가하지 못할 것이다. 요새라면 인공지능도 아래 같은 글을 써낼 수 있다.

> (ㄱ) 1917년 뒤샹은 기성품 변기를 구입해 거꾸로 세운 후 서명하고 〈샘〉이라는 제목을 붙여 뉴욕에서 열린 앙데팡당전에 출품하여 논란을 불러일으켰다.

윗글에는 역사적 사실만 정리됐을 뿐 견해를 담은 문장이 없다. 이처럼 어떤 대상에 관한 객관적 사실만 서술하는 글을 **설명문**이라고 한다. 넘쳐나는 정보 중 어떤 것을 빼고 넣을지 선택하기도 쉽지 않지만, (ㄱ)과 같은 설명문을 쓰는 것은 견해 쓰기보다는 쉽다. 문제는 여기서 어떻게 견해로 도약할 것인가다.

〈샘〉에 관한 견해를 쓰려면 적절한 화제를 찾아야 한다. 그러나 미술 전공자가 아니라면 처음 보는 작품에서 그럴듯한 화제를 찾기란 어렵다. 이럴 때 사람들은 은근슬쩍 전문가의 견해를 가져다가 자기 견해인 것처럼 쓰기도 한다. 우리는 대부분 글쓰기를 제대로 배운 적이 없고, 글쓰기 윤리에 관해서도 진지하게 생각해볼 기회가 없었다. 그래서 많은 사람이 조회 수를 높이고 '좋아요'만 받을 수 있다면, 남의 생각을 도둑질해 그럴듯하게 마사지한 글을 써놓고도 아무렇지 않게 생각한다. 그럴듯한 글을 쓰고 싶은데 도저히 못 쓰겠으면, 그냥 다른 사람의 견해를 정확히 요약하는 글을 쓰고 출처를 분명히 밝히는 게 낫다.

다행히 우리는 앞에서 현대 예술에 관한 견해를 하나 요약해둔 게 있다. 나는 지금부터 그 견해를 색안경 삼아 견해로 도약하는 과정을 설명할 것이다. 이 방법은 거의 모든 견해 쓰기에 보편적으로 적용할 수 있으므로 잘 익혀두기 바란다.

> (ㄴ) 예술은 무에서 유를 만드는 고통스러운 창조인데, 현대 예술은 기존 작품을 참조할 뿐 창조하지 않으므로 예술 자격이 없다.

색안경을 쓴다는 말은 하나의 관점을 취한다는 뜻이다. 색안경은 세상을 바라보는 하나의 틀을 제공하고, 다른 색안경으로 바꿔 쓸 때까지 우리의 관점을 지배한다. 우리는 (ㄴ)을 선택했으므로 오직 이 관점에서만 〈샘〉을 바라볼 것이다.

> | 나 | (ㄴ)을 활용할 때, 〈샘〉에서 어떤 화제를 추론할 수 있을까요? 주제어는 당연히 〈샘〉입니다.
>
> |학생| 〈샘〉은 예술 자격이 있는가?
>
> | 나 | 맞아요. '〈샘〉은 현대 예술인가?'라는 화제도 생각해볼 수 있지만, 여기서는 〈샘〉은 예술 자격이 있는가를 화제로 해보죠. (ㄴ)의 관점에서 〈샘〉은 예술 자격이 있나요?
>
> |학생| 네.
>
> | 나 | 왜요?

| 학생 | 무엇인가 새로운 것을 창조했으니까요.

| 나 | (ㄴ)에서 창조를 어떤 의미로 사용했는지 다시 읽어보세요.

| 학생 | 무에서 유를 만드는 것이요.

| 나 | 〈샘〉이 무에서 유를 만들어냈나요? 아니면 기존에 있던 것을 재활용했나요?

| 학생 | 재활용이요.

| 나 | 그럼 〈샘〉은 창조인가요?

| 학생 | 아니요.

| 나 | 그렇다면……

| 학생 | 〈샘〉은 예술 자격이 없어요.

| 나 | 왜요?

| 학생 | 〈샘〉은 창조하지 않았으니까요.

(ㄴ)에 따르면, 예술은 무에서 유를 창조하는 고통스러운 과정이다. 예술가 하면 떠오르는 이미지를 생각해보자. 머리를 쥐어뜯으며 아이디어를 짜내고, 며칠간 식음을 전폐한 채 무언가에 몰두하여 새벽 즈음 창조의 희열에 몸을 부르르 떠는 그런 형상 아닌가? (ㄴ)은 이러한 예술관을 담고 있다. 따라서 〈샘〉이 예술인지 아닌지는 〈샘〉이 무에서 유를 창조하는 고통스러운 과정을 거쳤는지만 살펴보면 된다.

〈샘〉을 만드는 데는 고통이 아니라 돈과 아이디어가 필요했다. 뒤샹은 기성품 변기를 살 돈이 있었고, 변기를 뒤집어 〈샘〉이라는 이름을 붙이면 뭔가 그럴듯하겠다는 아이디어가 있었다. 그러나 돈과 아이디어는 (ㄴ)에서 말한 무에서 유를 창조하는 고통과 거리가 멀다. 이런 식이라면 나도 분필과 칠판지우개를 사서 분필 두 개를 교차해 십자가를 만들고, 그것을 칠판지우개에 붙여 세운 후 아무 제목이나 적당히 붙여(이를 테면, '글쓰기 강사의 죽음' 같은) 앙데팡당전에 출품할 수 있을 것이다. 독자들도 주변에 굴러다니는 물건들을 뒤집고 붙인 후 그럴듯한 제목을 붙여 작품이라고 주장해보라. 주변 사람들은 분명 이렇게 말할 것이다. "그런 게 예술이면 개나 소나 다 예술가겠네."

나는 분명히 (ㄴ)의 관점에서 〈샘〉을 바라보라고 말했는데, 놀랍게도 상당히 많은 학생이 〈샘〉은 예술 자격이 있다고 말한다. 나는 이 현상이 한국 교육의 문제점을 드러내는 매우 중요한 증상 혹은 징후라고 생각한다. 빨간 안경을 쓰고 "온 세상이 파랗게 보여요"라고 말하는 것은 시신경의 이상이 아니라면 정신착란 아닌가.

학생들은 개별 정보를 습득하고 외우는 건 잘하지만 정보를 연결해 의미를 만들 줄 모른다. 글쓰기 수업은 학생들에게 이걸 할 수 있게 만들어야 하는데, 그러려면 몇 달 동안 눈물 없이는 보기 힘든 '개고생'을 해야 한다. 그 고생을 하고 난 후, 학생들은 아래와 같은 글을 쓸 수 있고 그중 몇은 논술 전형으로 대학에 가기도 한다.

> (ㄷ) 1917년 뒤샹은 기성품 변기를 구입해 거꾸로 세운 후 서명을 한 다음 〈샘〉이라는 제목을 붙여, 뉴욕에서 열린 앙데팡당전에 출품하여 논란

을 일으켰다.

나는 뒤샹의 〈샘〉은 예술 자격이 없다고 생각한다. 예술이란 무에서 유를 창조하는 고통스러운 창조 과정인데, 〈샘〉은 기존 작품을 참조했을 뿐 창조하지 않았기 때문이다. 기성품 변기를 거꾸로 세워 서명한 〈샘〉은 기존의 것을 참조하고 약간의 변형을 가했을 뿐 무에서 유를 만들어냈다고 볼 수 없다.

나는 〈샘〉에 대해서도, 예술이 무엇인지에 관해서도 가르치지 않았다. 그저 글을 읽는 방법과 읽은 글을 색안경 삼아 대상을 바라보는 법을 가르쳤을 뿐이다. 그리고 다양한 색안경을 주고, 다양한 대상을 분석하고 평가하는 과정을 반복했다. 그러면 학생들은 알아서 생각하고 글을 쓰기 시작한다. 그 지점까지 도달하기는 어렵지만, 한 번 도달하면 평생 활용할 수 있는 능력을 얻게 된다. 컴퓨터로 치자면 하드웨어와 운영체제를 동시에 업그레이드하는 것과 비슷하다. 업그레이드의 핵심은 기준을 대상에 적용하고 추론하는 능력을 키우는 것이다.

(ㄷ)의 두 번째 문단은 현대 예술에 관한 (ㄴ)의 관점을 〈샘〉에 **적용**했다. 우리가 두 번째 문단을 쓸 수 있었던 이유는 '예술은 창조'라는 색안경을 쓰고 〈샘〉이라는 작품을 바라보았기 때문이다. 달리 말해 기준이 달라지면 견해도 달라진다. 빨간 색안경을 쓰다가 파란 색안경으로 바꿔 쓰는 것과 비슷하다. 달라지는 것은 대상이 아니라 기준이다.

(ㄹ) 예술이 새로운 것을 창조할 수 있다는 생각은 환상이다. 예술의 본질은 기존 예술을 반영하는 모방이다. 단, 예술은 기존 작품을 반복하지만 반드시 차이를 담고 있어야 하고, 동시에 예술가의 고유한 관점이 드러나야 한다.

(ㄹ)은 우리가 앞에서 기준으로 사용했던 (ㄴ)과는 정반대로, 예술은 창조가 아니라 모방이라고 주장한다. '〈샘〉은 예술 자격이 있는가?'라는 화제를 그대로 유지하면서 기준을 (ㄹ)로 바꾸면 다음과 같은 견해를 쓸 수 있다.

(ㅁ) **〈샘〉은 예술 자격이 있다.** 예술은 차이를 내포한 반복(모방)이며, 예술가 고유의 가치관이 담겨 있어야 하는데, 〈샘〉 역시 기존 대상을 모방하는 데 그치지 않고, 예술가 고유의 관점을 포함하고 있다. 〈샘〉은 기성품 변기를 그대로 사용했지만(반복했지만), 위아래를 뒤집고 서명해서 차이를 만들었다. 또한 〈샘〉에는 익숙한 대상에 새로운 의미를 부여하는 행위도 예술이 될 수 있다는 뒤샹의 고유한 예술관이 담겨 있다.

〈샘〉이라는 대상은 그대로이지만 관점이 달라졌기 때문에(다른 색안경을 쓰고 대상을 바라보기 때문에), 평가도 달라졌다. 여기서 (ㄷ)과 (ㅁ)의 결론은 다르지만, 둘 다 앞에서 설명한 주제어, 화제, 결론, 뒷받침을 연결하는 방식을 사용했다는 점에 주목해야 한다.

| 주제어 | 〈샘〉

| 화제 | **〈샘〉은 예술 자격이 있는가?**

① 〈샘〉은 예술 자격이 있다/없다.

② (예술이란 **무엇**인가?) 예술이란 A다.

③ (②인데 **왜** ③인가?) 〈샘〉은 A/~A다.

④ (**뭘 보면** 〈샘〉은 A/~A인가?) 〈샘〉은 ~다.

놀랍지 않은가? 전혀 다른 내용을 담은 두 글이 정확하게 같은 구조로 되어 있다. 여기서 다시 한 번, 모든 글쓰기는 결국 묻고 답하는 과정이라는 단순한 원칙을 기억하자.

색안경을 쓰고 대상을 바라본다는 관점에서 보면, 견해(분석+비평)는 기준을 대상에 적용하여 추론하는 과정이다. 적용하려면 대상이 있어야 한다. 〈샘〉과 같은 예술 작품뿐만 아니라 행동과 말, 역사적 사실과 사건, 문학 작품, 사회 현상, 정부 정책도 적용 대상이 될 수 있다. 다음으로 기준이 있어야 한다. 같은 대상이라도 어떤 기준을 적용하느냐에 따라 해석과 평가 내용이 달라진다. 기준에 따라 결론이 달라지므로 견해를 쓸 때는 기준을 분명히 제시해야 하고, 기준이 타당하다는 것도 논증해야 한다. 마지막으로 대상과 기준을 연결하여 추론해야 한다. 추론은 대상이 기준에 부합하는지 판단하는 과정이다. 윗글에서도 '예술은 창조다/모방이다'라는 기준을 〈샘〉이라는 대상에 적용하여 〈샘〉은 예술 자격이 없다/있다는 결론과 이를 뒷받침하는 문장을 만들었다. 추론은 조건(기준)을 설정하고, 어떤 대상이 그 조건을 충족하는지 따지는 과정이라고 할 수도 있다.

창의력은 새로운 기준을 제시하는 능력이기도 하지만, 대개는 기존의 기준을 대상에 꼼꼼하게 적용하는 능력에 가깝다. 모든 학생에게 똑같은 기준과 대상을 주어도 어떤 학생은 남들이 하는 수준의 추론만 하지만, 어떤 학생은 남들이 지나치거나 신경 쓰지 않은 연결을 만들어낸다.

- 테러리스트란 정치적 목적을 달성하기 위해 계획적으로 폭력을 사용하는 사람이다.

적용이라는 관점에서 볼 때 테러리스트의 정의가 기준이다. 이 기준을 남들은 잘 적용하지 않는 대상에 적용하면 다음과 같은 글을 쓸 수 있다.

- **안중근은 테러리스트다.** 테러리스트란 정치적 목적을 달성하기 위해 계획적으로 폭력을 사용하는 사람이다. 안중근은 조선의 독립이라는 정치적 목적을 달성하기 위해 이토 히로부미를 계획적으로 암살했다.

윗글은 테러리스트의 정의를 안중근이라는 역사적 인물에 적용했는데, "안중근은 애국자이다" 혹은 "안중근은 민족의 영웅이다"로 시작하는 글보다는 창의적이다. 애국자와 영웅이라는 개념은 언제나 안중근과 붙어 다니기 때문에 진부하다. 누군들 안중근을 애국자나 영웅이라고 생각하지 않겠는가. 그러나 "안중근은 테러리스트다"라는 문장은 논란이 될 수 있을지언정 새롭다. 이 문장은 '테러리스트'라는 단어를 부정적 의미로만 사용하는 상식에 균열을 내고, 더 나아가 숭고한 목적을 이루기 위해서는 어떤 수단이든 사용해도 좋은지에 관해 생각하게 만든다.

- 권력이란 타인에게 자신의 의지를 강제할 수 있는 힘이다.

사람들은 권력이라고 하면 일상생활과 동떨어진 거시적 수준에서 작동하는 것으로 이해한다. 그러나 권력 개념을 학교에 적용하면 다음과 같은 글을 쓸 수 있다.

- **학교는 권력기관이다.** 권력이란 타인에게 자신의 의지를 강제하는 힘이다. 학교는 시간표와 교칙을 정하고, 이를 학생들에게 일방적으로 강제한다.

윗글은 권력 개념을 학교에 적용했는데, "학교는 교육기관이다"로 시작하는 글보다 창의적이다. 사람들은 학교는 학생들을 교육하여 인간다운 인간으로 만드는 곳이라고 생각한다. 그러나 학교에 권력 개념을 적용하면 학교는 감옥과 다를 바 없다. 시간표와 교칙에 따라 언제 무엇을 배워야 하고, 무엇을 해서는 안 되는지 정한 후, 모든 학생에게 이를 따르라고 강제한다. 이러한 적용 과정에서 우리는 권력이 일상적이고 미시적인 영역에서도 작동한다는 생각을 해볼 수 있다.

위와 같은 사례는 얼마든지 만들 수 있다. 사람들은 글을 쓰려면 뭔가 많이 알아야 한다고 착각한다. 그러나 우리는 적게 아는 게 아니라 정확히 알지 못하며, 오히려 잡다한 것을 너무 많이 알려고 한다. 글을 못 쓰는 이유는 아는 게 없어서라기보다 아는 걸 꼼꼼하게 적용하지 못하기 때문이다. 이를 극복하지 못하면 평생 "안중근은 애국자다"라든가, "학교는 교육기관이다" 같은 진부한 문장만 쓰게 될 것이다.

얼마 전 수업 시간에 이문열의 소설 《우리들의 일그러진 영웅》의 한 장면을 주고 작품에 등장하는 학생들의 행동을 비평하는 글을 쓰게 했다. 독자들도 아래 기준과 대상을 활용해서 짧은 글을 써보라. 기준과 대상 모두 원래 좀 더 긴 글이었지만 독자들을 위해 줄였다.

| 기준 | 사회가 발전하기 위해서는 몽상과 허위의식에서 벗어나 공포를 이용하여 대중을 억압하는 부당한 권력에 불복종해야 한다.

| 대상 | 학생들은 반에서 우두머리로 군림하는 석대가 두려워 부정 시험에 동조하고 묵인한다. 이 사실을 알게 된 담임교사는 학생들을 꾸짖는다. 그는 학생들의 자초지종을 듣고서는 한 사람 앞에 열 대씩 매질한다. 그리고는 "불의에 굴복한 학생들이 만드는 세상을 상상하면 끔찍하다"고 훈계한 후 교단 위에 손들고 앉아 반성하라고 지시한다.

학생들은 요약 연습을 꾸준히 해왔기 때문에 기준과 대상을 요약 정리하는 부분은 잘했지만 견해 부분은 성에 차지 않았다. 아래는 한 학생이 제출한 글 일부다. 독자들도 자신이 쓴 글과 비교하면서 읽어보시라.

- 학생들의 행동은 바람직하지 않다. 석대의 부당한 억압에 복종했기 때문이다. 석대는 폭력과 회유로 학생들을 협박해서 시험 시간에 부정을 저지른다. 학생들은 석대의 폭력이 두려워 석대의 억압에 저항하지 못하고 복종한다. 석대에게 복종할 때 학교생활이 더 편해질 것이라는 몽상과 허위의식에 빠져 있었기 때문이다.

얼핏 보기에도 글쓰기 연습이 잘된 학생의 글임을 알 수 있다. 첫 문장인 "학생들의 행동은 바람직하지 않다"는 평가 결론이다. 적용 기준이 '부당한 권력에 불복종해야 한다'였는데, 작품 속에서 학생들은 석대의 부당한 권력에 복종하고 있으므로 타당한 결론이다. 또한 윗글은 몽상, 허위의식, 공포, 억압, 복종 등의 개념을 작품 속 학생들의 태도와 잘 연결했다.

수업 시간에 잘 쓴 글이라고 칭찬하기는 했지만, 나는 수강생들이 석대와 다른 학생의 대립에만 주목하는 게 못마땅했다. 작품 속에는 분명히 담임교사가 부정을 저지른 학생들을 매질하는 장면을 "맞는 동안에 두어 번씩은 몸이 교실 바닥으로 내려앉을 만큼 모진 매질이었다"라고 서술하는 부분이 있다. 그런데 왜 수강생들은 담임교사와 학생의 대립에는 주목하지 않았을까?

평소 같으면 그냥 넘어갈 수도 있었다. 학생들의 글이 심각한 문제가 있었던 것도 아니고, 이 정도면 꽤 잘 썼다 싶은 글도 많았다. 그러나 그날따라 무슨 이유에서인지 오기가 발동했다. 어쩌면 내 학창 시절이 떠올라서 그랬을지도 모른다. 그래서,

- 여러분은 어째서 '공포에 기초한 지배자의 억압에 불복종하라'는 기준을 학생을 구타하는 교사에게는 적용하지 않았습니까? 학교가 가장 지독하고 교묘한 권력 순응 기제라는 진실을 보려 하지 않고, 학교가 학생의 인성과 지성을 위해 헌신하는 교사들이 정성을 다하는 교육기관이라는 허황한 몽상과 허위의식에 빠진 결과가 아닙니까?

  교사는 학교라는 권력기관의 지배구조를 이용해서 폭력을 정당화합니다. 국가가 공권력을 독점하는 것처럼, 교사는 폭력을 독점하려고 합니다. 그래서 담임교사는 석대와 같은 일개 학생 나부랭이가 오직 교사에게만 주어진 '체벌할 권리'를 넘본다고 생각하고, 무지몽매한 학생들에게 매를 휘두르며 신성한 폭력의 위대함을 상기시킵니다.

  담임교사는 부도덕한 학생들을 처벌하고 계몽하겠다는 명분으로 석대보다 더 지독하게 학생들을 매질합니다. 그러나 몽상과 허위의식에 빠진 학생들은 절대로 "선생님, 왜 때립니까! 자기 생각을 강요하고, 그것을 따르지 않으면 폭력을 쓰는 것은 석대나 하는 짓 아닙니까?"라고 불복종을 선언할 수 없습니다.

  담임교사는 "불의에 굴복한 학생들이 만드는 세상을 상상하면 끔찍하다"

고 개탄합니다. 그러나 '상상 속의 세상'은 이미 현실이며, 그러한 현실을 공고히 하고, 석대와 같은 괴물을 만들어낸 것은 바로 담임 같은 자들입니다. 그들은 학생의 인권보다 알량한 교사의 권위를 중요하게 여기며, 학생을 아직 성숙하지 않은 반인반수로 여깁니다. 자신의 고상한 생각을 이해하지 못한 학생들을 개처럼 패면서 혀를 차는 저 인간이야말로 이 작품 전체에서 가장 사악한 존재 아닙니까?

학교에 존재하는 부당한 폭력의 본질을 파악하지 못하고, 교사의 폭력을 당연한 것으로 취급한 여러분들이 어른이 되어 만들 세상은 상상만으로도 끔찍합니다.

라고 말하고 싶었지만, 대신 "여러분이 부당한 권력에 불복종해야 한다는 기준을 잘 찾았으면서도 이를 석대와 학생의 관계에만 적용하고 학생과 교사의 관계에 적용하지 못한 이유는 꼼꼼함이 부족했기 때문입니다"라고 했다.

적용할 때는 기준을 분명히 정해 대상에 꼼꼼하게 적용하는 끈기가 필요하다. 이 끈기와 꼼꼼함의 차이가 글의 수준을 가른다. 수강생들은 석대-학생의 관계에만 정신이 팔려 뻔히 보이는 학생-담임의 관계를 소홀히 다뤘다. 자신이 사용한 기준으로 적용 가능한 모든 대상을 검토하지 않았기 때문이다.

그러나 하나의 기준을 다양한 대상에 꼼꼼하게 적용하는 것만으로는 부족하다. 다양한 기준을 활용하지 못하면 꼼꼼하지만 편협한, 꼰대 같은 글을 쓸 수 있기 때문이다. 누군가 당신의 글을 보고 이렇게 말한다고 생각해보라. "당신의 글은 꼼꼼하고 편협한 꼰대가 쓴 글 같아요."

좋은 글을 쓰려면 색안경 컬렉션이 필요하다. 다양한 기준을 활용할 수 있어야 한다는 말이다. 그러기 위해서는 공부를 해야 한다. 공부란 지식과 정보를 머릿속에 잔뜩 집어넣는 게 아니라 끊임없이 새로운 기준을 마련하고, 그것들을 돌려 써가면서 대상으로부터 다양한 의미를 추론하는 방법을 배우고 익히는 것이다.

색안경을 만드는 사람을 이론가 또는 철학자라고 하고, 색안경을 쓴 채 대상을 해석·평가하는 사람을 평론가 또는 비평가라고 한다. 또한 자신이 어떤 색안경을 썼는지도 모르면서 아무 말이나 지껄이는 자와 오직 하나의 색안경만 쓰고 그것을 벗을 줄 모르는 자를 멍청이라고 한다.

멍청이가 되고 싶지 않다면, 세상이 무지갯빛이라는 것을 인정해야 한다. 그리고 자신이 쓴 색안경은 무지갯빛 세상을 이해하기에 형편없다는 것도 인정해야 한다. 그러나 일단 어떤 색안경이든 썼다면 물러서지 않고 끝까지 밀어붙여야 한다. 그다음에 미련 없이 색안경을 벗을 수 있어야 한다.

쓰기 연습

1. 초고의 견해 부분에서 기준, 대상을 다시 검토하고, 앞에서 설명한 방식으로 견해를 다시 쓰라.
2. 최근에 본 소설, 영화, 만화, 드라마 등에서 인상 깊었던 장면을 정리한 후, 앞에서 설명한 방법을 활용하여 견해로 도약하는 글을 쓰라.

21장

비판할 때는
몸통보다 뒤꿈치를 노려야죠
:논쟁과 비판

    나는 논객論客이라는 말을 싫어한다. 검객劍客이 연상되기 때문이다. 이성적 행위인 글쓰기를 폭력적이고 야만적인 칼싸움과 비교하는 것 자체가 마음에 들지 않는다. 논쟁은 타인의 논리를 무너뜨리고 짓밟아 승리하는 유치한 싸움이 아니다. 우리가 사는 세계를 더 정확하게 이해하고 더 나은 곳으로 만드는 방법을 모색하는 협의의 과정이다. 그러나 현실은 말과 글로 치고받는 살벌한 전쟁통이기도 하다. 끊임없이 너는 누구 편이냐고 묻는 무례하고 무지한 자들과 뒤섞여 살아가려면, 자기를 방어하고 약자를 보호하기 위해 논쟁하는 방법을 익혀야 한다. 검을 쓰려거든 살인검이 아니라 활인검活人劍을 쓰는 게 낫지 않겠는가. 이번 장에서는 논쟁과 비판에 사용할 수 있는 몇 가지 방법을 간략히 살펴보겠다.

첫째, 상대가 인간인지 좀비인지 확인하라. 세상에는 인간의 탈을 쓴 좀비들이 있다. 좀비에게는 이성을 찾아볼 수 없고 윤리 의식도 없다. 예를 들어 세월호 유족의 단식 농성장 앞에서 피자나 짜장면을 시켜 먹는 짓을 한 자들은 좀비다. 정치적 지향이 다르다는 이유만으로 상대방을 비방하거나 욕설을 퍼붓는 자들 역시 좀비다.

영화 속 좀비는 두 팔을 들고 괴성을 지르며 인간을 쫓지만, 현실 세계의 좀비는 겉모습만으로는 구분하기 어렵다. 그러나 좀비가 쓰는 말과 글에는 특징이 있다. 혹시 다음과 같은 말과 글을 쓰는 사람이 있다면 논쟁을 피하라. 똥은 더러워서 피하지만 좀비는 더러울 뿐만 아니라 무섭기도 하다.

좀비가 쓴 글은 일단 맞춤법과 띄어쓰기가 엉망이고, 거짓, 편견, 증오, 혐오가 드러난다. 좀비는 더 많은 사람을 물어뜯어 좀비로 만들기 위해, 오직 사람들에게 상처를 입히기 위해서만 쓴다. 어떤 이들은 용감하게도 좀비와 싸우는 논객이 되고 싶어 하는데, 괴물과 싸우다 보면 괴물과 닮는다. 좀비와 싸우면 언젠가는 좀비에게 물릴 것이고, 어느새 다른 사람을 물어뜯게 될 것이다. 좀비를 만나면 무조건 도망치라.

둘째, 상대의 초식을 파악하라. 겉멋 든 하수일수록 몸동작이 요란하다. 고수는 움직임 없이 상대가 어떤 초식을 쓰는지 파악한 후 단숨에 제압한다. 글쓰기에서 초식은 결론과 뒷받침이 연결되는 방식이다. 아무리 복잡해 보이는 글이라도 초식은 단순하다. 초식을 파악하려면 상대의 주장을 결론과 뒷받침 형태로 요약할 줄 알아야 한다. 여기서는 요약을 못하는 독자를 위해 아주 단순한 예문으로 설명하겠다. 만약 이 설명이 이해되지 않는다면 논쟁에 뛰어들 생각은 접어라. 잘못하면 개망신당하는 수가 있다.

| 철수 | 짬뽕 먹자.
| 영희 | 왠 짬뽕?
| 철수 | 비 오잖아.

나는 수업 시간에 위와 같은 대화를 써주고 학생들에게 철수를 비판해보라고 한다. 독자들도 설명을 읽기 전에 철수를 비판하는 짧은 글을 써보라. 생각보다 쉽지 않을 것이다.

철수를 비판하려면, 먼저 철수의 견해를 결론과 뒷받침 형태로 재구성해야 한다. 철수의 결론은 '짬뽕 먹자'이고 뒷받침은 '비가 온다'이다. 두 문장은 '왜?'로 연결된다.

(ㄱ) 짬뽕을 먹어야 한다. 비가 오기 때문이다.

셋째, 다리를 꺾으라. 비판할 때는 결론이 아니라 뒷받침에 집중해야 한다. 결론이 몸통이라면 뒷받침은 다리다. 반인반신 아킬레우스도 결국 뒤꿈치가 약점이었다. 다리 힘줄을 자르면 힘들이지 않고 상대를 제압할 수 있다. 철수는 비가 온다는 이유에서 짬뽕을 먹자고 했다. 따라서 비가 안 오거나 눈 또는 우박이 온다면 짬뽕을 먹을 필요가 없을 것이다.

> |철수| 짬뽕 먹자.
>
> |영희| 왜?
>
> |철수| 비 오잖아.
>
> |영희| **비 안 와.**
>
> |철수| 무슨 소리야. 아까 비 왔는데.
>
> |영희| (창문을 열어젖히며) 봐. 햇볕 쨍쨍.

(ㄴ) 철수는 비가 오기 때문에 짬뽕을 먹어야 한다고 주장한다. 그러나 **창 밖을 확인했더니 비가 오지 않는다.** 따라서 짬뽕을 안 먹어도 된다.

'비가 온다'는 뒷받침을 꺾으려면 '비가 안 온다'는 것을 증명하기만 하면 된다. 위 예문에서는 비가 오지 않는다는 사실을 확인하기 위해 창문만 열면 되지만, 다른 글에서는 뒷받침에 해당하는 문장이 거짓임을 입증할 구체적 증거를 열심히 찾아야 할 것이다.

넷째, 감춘 다리를 찾아 꺾으라. 비가 오지 않으면 다행이지만 창문을 열어봤더니 진짜 비가 내리고 있다. "비 오잖아"라는 문장이 참이므로 영희는 철수 손에 이끌려 짬뽕을 먹으러 가야 할까? 겉으로 드러나는 뒷받침을 반박할 수 없을 때는 숨겨진 뒷받침 문장이 있는지 확인해야 한다. '왜?'라는 질문은 항상 두 번 하라는 원칙을 사용하면 된다.

| 철수 | 짬뽕 먹자.

| 영희 | 왜?

| 철수 | 비 오잖아.

| 영희 | (창문을 연다) 어라, 진짜네.

| 철수 | 갈 거지?

| 영희 | 비가 오는 건 알겠는데, **비 온다고 왜 꼭 짬뽕을 먹어야 해?**

| 철수 | 비 올 때는 짬뽕이지.

| 영희 | 그건 네 생각이고. **비 온다고 해서 항상 짬뽕을 먹을 필요는 없어.**

| 철수 | 뭐라고? 왜?

| 영희 | 뭘 먹을지는 날씨가 아니라 개취(개인취향)에 따라 결정해야지.

(ㄷ) 짬뽕을 먹어야 한다. 비가 온다. **비가 오면 항상 짬뽕을 먹어야 한다.**

영희는 "비 온다고 왜 꼭 짬뽕을 먹어야 해?"라는 질문으로 철수의 숨겨진 뒷받침 문장(비가 오면 항상 짬뽕을 먹어야 한다)을 찾았다. 뒷받침 숨기기는 매우 고전적인 글쓰기 전략이다. 특히 논리적 훈련이 되지 않은 미숙한 독자들을 속이기에 이것만큼 손쉬운 방법도 없다. 그러나 수준 높은 독자는 숨겨진 뒷받침 문장을 찾아낼 뿐만 아니라 논박할 수 있다.

'비가 오면 항상 짬뽕을 먹어야 한다'는 철수의 숨은 뒷받침은 '비가 온다고 해서 항상 짬뽕을 먹을 필요는 없다'고 비판할 수 있다. 그러나 고집 센 철수는 영희에게 되려 "왜?"라고 물을 것이다. 영희는 "뭘 먹을지는 날씨가 아니라 '개취'에 따라 결정해야지"라고 답한다. 누군가 우리에게 "식사 메뉴를 결정하는 기준은 날씨인가요, 아니면 개인의 취향인가요?"라고 묻는다면, 대부분 개인 취향이라고 답할 것이다.

(ㄹ) 철수는 비가 오기 때문에 짬뽕을 먹어야 한다고 주장한다. 지금 비가 오는 것은 맞다. **그러나 비가 온다고 해서 항상 짬뽕을 먹어야 하는 것은 아니다.** 무엇을 먹을 것인지는 날씨가 아니라 개인의 취향에 따라서 결정해야 한다.

다섯째, 부정적 결과를 추론하라. 상대 주장의 논거를 반박할 수 없을 때는 상대 주장을 받아들일 때 나타날 수 있는 부정적 결과를 제시하면 된다. 쉽게 말해, 논리적으로는 말이 되지만 현실에서는 부작용이 있다는 식이다.

(ㅁ) 철수는 비가 오기 때문에 짬뽕을 먹어야 한다고 주장한다. 철수 말대로 비가 올 때마다 짬뽕을 먹는다고 가정하자. 그러면 **건강에 문제가 생길 것이다.** 짬뽕은 나트륨이 많이 함유된 음식인데, 나트륨 과다 섭취는 고혈압과 그에 따른 합병증, 위암 등을 유발하는 요인이다.

짬뽕에는 나트륨이 많이 들어 있으므로 비가 올 때마다 짬뽕을 먹는다면 나트륨 과다 섭취로 건강에 문제가 생길 수 있다. 물론 이렇게 비판한 후에도 건강에 생기는 문제가 '무엇'이고 그런 문제가 '왜' 생기는지 뒷받침해야 한다.

이처럼 비판은 크게 상대 견해의 논거를 부정하거나, 논거와 결론의 관계를 부정하거나, 상대 견해를 받아들일 때 나타나는 부정적 결과를 추론하는 방식으로 나눌 수 있다. 이를 모두 종합해 철수의 견해를 비판하면 다음과 같은 글을 쓸 수 있다. 이렇게까지 비판을 했는데도 짬뽕을 고집한다면 철수는 아마도 좀비일 것이다. 그렇다면 재빨리 도망치는 수밖에 없다.

> (ㅂ) 철수는 비가 오니까 짬뽕을 먹어야 한다고 주장한다. 그러나 ㉠ **지금은 비가 오지 않으므로** 짬뽕을 먹을 이유가 없다. 설령 비가 오더라도 그것이 항상 짬뽕을 먹어야 할 이유가 될 수는 없다. ㉡ **무엇을 먹을지는 날씨가 아니라 개인의 취향에 따라서 결정**해야 한다. 또한 철수 말대로 비가 올 때마다 짬뽕을 먹는다면 ㉢ **건강에 문제가 생길 것**이다. 짬뽕은 나트륨이 많이 함유된 음식인데, 나트륨 과다 섭취는 고혈압과 그에 따른 합병증, 위암 등을 유발하는 요인이다.

완전무결한 견해는 없다. 모든 논증은 논리적 약점이 있기 마련이므로 마음만 먹으면 어떤 견해든 비판할 수 있다. '어떤 견해' 안에는 자기 견해도 포함된다. 내가 남의 견해를 비판하는 것과 똑같은 방식으로 남도 내 견해를 비판할 수 있다. 그러므로 논쟁에서 살아 남으려면 상대 견해를 비판하기 전에 자기 견해를 스스로 비판할 수 있어야 한다. 사람들은 '비판'이라고 하면 자신과는 다른 견해의 문제점을 지적하는 것쯤으로 이해하는데, 비판의 첫 번째 대상은 자신의 견해다. 이를 위해서는 글을 쓸 때 '중립적 제삼자'의 입장이 되어보려는 태도가 필요하다.

예를 들어 '사형제도는 폐지되어야 하는가?'라는 화제에 관해서는 '사형제도는 폐지되어야 한다'는 견해와 '사형제도는 유지되어야 한다'는 견해가 공존한다. 둘 중 하나를 자기 견해로 택하려면, 먼저 두 견해를 모두 비판적으로 검토해야 한다. 앞에서 설명한 비판 원리를 활용하여 두 견해를 비판적으로 검토한 후 자기 견해를 전개하는 방식을 알아보자.

비판할 때는 비판하려는 견해를 결론과 뒷받침 형태로 재구성해야 한다. 결론을 뒷받침하는 논거는 많으면 많을수록 좋지만, 여기서는 결론마다 두 개의 논거만 검토할 것이다. 이를 위해서 '왜?'라는 질문을 두 번 사용해야 한다.

(ㅅ-1) ① 사형제도는 **폐지되어야 한다. (왜?)** ② 사형제도는 인간 존엄성을 훼손한다.

(ㅇ-1) ① 사형제도는 **폐지되어서는 안 된다. (왜?)** ② 사형제도는 흉악범죄를 예방한다.

(ㅅ)과 (ㅇ) 모두 '왜?'를 이용하여 뒷받침 문장을 하나씩 찾았다. 다음으로 문장과 문장의 관계를 묻는 '왜?'를 이용하여 숨은 뒷받침 문장을 찾아보자. (ㅅ)에서 숨은 뒷받침을 찾으려면 '②인데 왜 ①인가?' 즉, '사형제도가 인간 존엄성을 훼손한다고 해서 왜 꼭 폐지해야 하는가?'라고 물어야 한다.

(ㅅ-2) ① 사형제도는 폐지되어야 한다. ② 사형제도는 인간 존엄성을 훼손한다. **③ 인간의 존엄성은 어떤 경우에도 훼손되어서는 안 된다.**

③은 ①과 ②의 관계를 보충하는 '전제' 역할을 한다. 그런데 잘 보면, 윗글에는 숨은 문장이 하나 더 있다. (ㅅ)이 타당해지려면 인간 존엄성이 실제로 존재해야 한다. 존재하지도 않는 것을 보호할 수는 없지 않은가. 따라서 (ㅅ)에는 다음과 같은 문장이 하나 더 숨어 있다고 생각해야 한다.

(ㅅ-3) ① 사형제도는 폐지되어야 한다. ② 사형제도는 인간 존엄성을 훼손한다. ③ 인간의 존엄성은 어떤 경우에도 훼손되어서는 안 된다. **④ 인간 존엄성은 분명히 존재한다.**

④를 **가정**假定이라고 한다. 사람들은 가정과 전제를 엄격하게 구분하지 않고 사용하는데, 둘은 분명히 다르다. 전제는 두 문장의 관계를 고정하는 역할을 하지만, 가정은 문장 간 관계와는 무관하게

도입되며 논증 자체를 가능하게 하는 근간이 된다. 따라서 가정이 무너지면 논의 자체가 불가능하다. 아래 예문을 보자.

- **(신이 존재한다고 가정한다면)** 신은 인간을 사랑한다. 신은 인간을 지구와 같은 풍요로운 행성에서 살게 해줬기 때문이다.

윗글의 견해가 타당해지려면 '신이 존재한다'는 가정이 필요하다. 만약 신이 존재하지 않는다면 견해 자체가 성립할 수 없다. 따라서 윗글을 비판하려면 결론과 뒷받침의 관계를 따져볼 것도 없이 그냥 신이 존재한다는 가정을 증명하라고 말하면 된다. 그런데 신의 존재는 객관적으로 증명할 수 없다. 신의 존재 여부는 논증이 아니라 믿음의 영역이기 때문이다. 무엇인가를 믿거나 믿지 않는 것은 논리와 무관하지는 않지만, 논리에 복종하지 않는다. 누군가는 이를 비합리적인 태도라고 비판하겠지만, 인간이란 그런 존재다.

신이 존재한다는 믿음과 인간 존엄성이 존재한다는 믿음은 다를 게 없다. 만약 '증명할 수도 없는 신을 어떻게 믿어?'라고 생각하는 사람이라면, 똑같은 논리로 "증명할 수도 없는 인간 존엄성 같은 것을 어떻게 믿어?"라고 말할 수 있어야 한다. 신과 마찬가지로 인간 존엄성이 존재한다는 객관적 증거는 온 우주를 뒤져도 찾을 수 없다. 인간 존엄성은 하나의 개념일 뿐이기 때문이다. 그러므로 진정한 무신론자가 되려면 단순히 종교인들이 말하는 신을 믿지 않는 게 아니라, 신과 비슷한 기능을 하는 모든 것을 믿지 말아야 한다. 진정한 무신론자라면 아마도 "현대인은 옛 신을 버리고 인간 존엄성이라는 새로운 신을 숭배하고 있다"라고 말할 것이다.

신이 존재한다거나 모든 인간은 존엄하다는 명제처럼 증명 없이 참으로 받아들이는 명제를 '공리axium'라고 한다. 공리는 원래 수학에서 유래한 말이지만, 여기서는 세계관이나 가치 체계의 뿌리가 되는 명제를 의미한다. 우리는 공리나 근본 신념의 타당성을 문제 삼을 수 있고 부정할 수도 있다. 실재하지도 않는 대상을 지칭하는 개념을 왜 믿어야 하는가? 그러나 공리나 근본 신념은 한 사회의 법과 제도의 뿌리가 되기 때문에 이를 공공연히 부정하는 사람은 그 사회에서 살아갈 자격을 잃게 된다. 예를 들어 기독교가 지배하던 중세 유럽에서 어떤 사람이 '신은 존재한다'는 명제는 거짓이라고 공공연하게 떠들었다면, 그(녀)는 분명 화형당했을 것이다.

시민 대다수가 헌법의 가치를 이해하고 존중하는 국가에서라면 인간 존엄성을 부정하거나 침해하는 말과 행동을 하는 사람은 현대적 방식으로 화형에 처할 가능성이 크다(역설적이게도 인간 존엄성을 부정하는 사람들은 바로 그 이유로 자신의 존엄성을 부정당하게 된다). 그러므로 이를 감당할 만한 자신이 없다면, 한 사회에서 통용되는 공리나 근본 신념을 부정할 때 닥칠 시련을 신중히 고려해야 한다. 근본 신념을 부정하고 새로운 신념을 제시하는 데 성공한다면 혁명가가 될 것이고, 실패한다면 마녀가 될 것이다.

견해를 결론과 뒷받침 형태로 구성했다면, 뒷받침 문장이 타당한지 확인해야 한다. 정말로 '인간의 존엄성'은 어떤 경우에도 훼손되어서는 안 되는 것일까? 반인륜적 범죄로 타인의 존엄성을 훼손한 인간에 한해서라면 존엄성을 제한할 수 있는 게 아닌가? 존엄성 훼손의 대가를 자신의 존엄성으로 치르게 하는 것이야말로 정의 아닌가? 만약 이러한 비판을 받아들인다면 (ㅅ)은 무너진다.

이번에는 사형제도가 폐지되어서는 안 된다는 (ㅇ)의 뒷받침을 검토해보자. (ㅇ)도 숨은 뒷받침까지 추가하면 다음과 같이 다시 쓸 수 있다.

(ㅇ-2) 사형제도는 폐지되어서는 안 된다. 사형제도는 흉악 범죄를 예방한다. **흉악 범죄는 막아야 한다.**

누구도 흉악 범죄가 일어나는 것을 원치 않을 것이다. 그렇다면 우리는 (ㅅ)과 (ㅇ)의 숨은 뒷받침이 강조하는 '인간 존엄성'과 '흉악 범죄 예방' 중 어느 쪽을 택해야 할까? (ㅅ)을 옹호하려면 흉악 범죄 예방보다 인간 존엄성 보호가 중요하다는 것을 증명해야 한다. 반대로, (ㅇ)을 옹호하려면 타인의 존엄성을 훼손한 인간의 존엄성까지 지켜줄 필요는 없다거나, 사형수의 존엄성을 훼손하더라도 사형제도를 통해 무고한 시민의 존엄성 침해를 예방해야 한다는 것을 논증해야 할 것이다.

다음으로 "사형제도는 흉악 범죄를 예방한다"는 문장을 검토해보자. 이 문장은 '뭘 보면?'이라고 묻고 객관적 자료로 뒷받침할 수 있다. 만약 사형제도가 존재하는 국가와 그렇지 않은 국가의 흉악 범죄 발생률이 통계적으로 유의미한 정도로 차이가 나타난다면, 이 문장은 참이다. 그러나 사형제도와 흉악 범죄 사이에 유의미한 상관관계가 존재하지 않는다면, 이 문장은 거짓이 될 것이고 견해는 무너진다.

이처럼 두 견해는 모두 타당한 면이 있지만 석연치 않은 부분도 있다. 모든 견해는 예외 없이 양면적 평가가 가능하므로 최종 결론을 확정하기 전에 양쪽 모두를 충분히 검토해야 한다. 여기서는 (ㅅ)을 옹호하는 글을 작성해보도록 하자.

> (ㅅ) ① **사형제도는 폐지되어야 한다.** ② 사형제도는 인간의 존엄성을 훼손하기 때문이다. ③ 아무리 흉악한 범죄를 저지른 범죄자라 할지라도 인간의 존엄성은 보호해야 한다. ④ 사형제도에 찬성하는 사람들은 사형제도가 폐지되면 흉악 범죄가 증가할 거라고 주장한다. ⑤ 그러나 범죄 예방이라는 사회적 이익을 위해 인간의 존엄성을 훼손하는 제도는 결코 정당화할 수 없다. ⑥ 뿐만 아니라 사형제도 찬성론자들의 주장과는 달리 사형제도는 흉악 범죄 발생과 직접적 연관성이 없다. ⑦ 전 세계적으로 진행된 조사에 따르면, 사형제도와 흉악 범죄 발생 빈도 사이에는 특별한 상관관계가 발견되지 않았다.

①은 결론이고 ②와 ③은 뒷받침이다. 여기까지는 앞에서 정리한 내용을 그대로 반복했다. (ㅅ)에서 눈여겨볼 부분은 ④~⑦의 전개다. ④는 사형제도가 폐지되어서는 안 된다는 반론을 제시했다. 반론 역시 뒷받침(흉악범죄 증가)을 거느린다. 반론을 제시한 후에는 ⑤~⑦처

럼 곧바로 반론을 비판해야 한다. 정리하자면, ④-⑤-⑥-⑦은 반론(④)-비판 1(⑤)-비판 2(⑥⑦)로 분석할 수 있다. 반론과 그에 대한 비판을 묶어 결론을 뒷받침하는 전략은 견해를 확장할 때 자주 사용된다. 논증을 확장하려면 자신이 지지하는 견해와 반대되는 반론을 끌어와 비판하면 된다.

역설적이게도, 자기 견해의 문제점을 검토하는 가장 좋은 방법은 자신과 다른 견해를 가진 사람과 논쟁하는 것이다. 인간의 경험과 지식에는 한계가 있다. 우리는 모두 우물 안 개구리일 수밖에 없다. 다만 우물의 크기가 조금씩 다를 뿐이다. 혼자서 머리를 아무리 굴려봐야 자기 한계 안에서만 생각하게 된다. 이럴 때는 자신과 전혀 다른 우물에 사는 사람의 생각을 들어봐야 한다. 누구든 자기 견해가 비판당하면 기분이 상하고, 비판자에게 적의를 품을 수도 있다. 그러나 그런 과정을 견디고 비판을 제대로 수용하지 않으면 좀비 개구리가 된다. 좁은 우물 속 개구리들일수록 과격하게 운다.

 쓰기 연습

신문의 사설을 하나 골라서 결론과 논거의 구조로 단순화하고, 앞에서 설명한 내용을 바탕으로 반박하는 글을 써보자.

22장

신념의 노예가 되실 건가요?
: 견해와 신념

자기 견해를 비판적으로 검토하려면 다음의 몇 가지 원칙을 지켜
야 한다.

첫째, 참과 거짓, 사실과 견해를 혼동하지 말라. 딸과 함께 픽사의 장편
애니메이션 〈인사이드 아웃〉을 보러 간 적이 있는데, 영화 중간에 스
치듯 지나간 한 줄의 대사가 마음에 들었다.

사실과 견해는 정말 비슷해 보여.
Facts and opinions look so similiar.

정보의 조작 가능성이 커지고, 정보량이 기하급수적으로 증가한
환경 때문에 우리는 쉽게 사실을 견해로 착각하거나, 거꾸로 견해를

사실로 착각하고, 때로는 거짓을 사실로, 사실을 거짓으로 착각한다. 예컨대, "지구의 나이는 6천 살이다"라는 문장은 참일까, 거짓일까, 견해일까? 독자를 무시해서 하는 질문이 아니니 심각하게 생각해보기 바란다. 대부분 거짓이라고 답할 것이다. 맞다. 저 문장은 절대 견해일 수가 없다. 그냥 거짓이다. 지구의 나이는 대략 45억 살 정도이며, 우리가 뭐라고 믿든 지구의 나이는 변하지 않는다. 그러나 여전히 지구의 나이가 6천 살이라고 믿는 사람들이 있다. 말 그대로 무지한 자들이다. 얼마 전, 이런 무지한 자가 장관 자리를 얻겠다고 나섰다가 낙마했다. 다행이다. 지구의 나이를 6천 살이라고 믿는다면 뭘 못 믿겠는가. 그런 사람이 객관적 사실과 주관적 견해를 구분하고, 국민의 다양한 의견을 조율하여 정책적 판단을 내릴 리 없다.

사실과 견해를 혼동하는 사람들은 과학적 사실에 대해서도 "그건 단지 견해일 뿐이야"라고 말한다. 이들은 자신이 무지하다는 것 자체를 모르므로 무지를 자랑하면서도 부끄러운 줄 모른다. 예컨대, 상당히 많은 사람이 진화는 '진화론자'들이 주장하는 하나의 가설, 즉 견해일 뿐이라고 생각한다. 그러나 진화는 분자 수준까지 입증된 명백한 사실이며, 진지한 과학자라면 누구도 진화를 의심하지 않는다. 수십 년 동안 연구하고 증거를 축적하여 한 걸음씩 나아가고 있는 과학자들의 노력과 연구 결과를 모조리 무시하고, 그건 견해일 뿐이라고 말할 수 있는 용기가 놀라울 따름이다. 무식하면 용감하다는 말도 있지만, 무지한 자들의 용기는 그 끝을 모른다. 심지어는 창조론을 과학 시간에 가르쳐야 한다고 주장한다.

사실을 견해로 취급하는 사람들은 심지어 사실에 반대하는 멍청한 짓을 저지른다. 나는 언젠가 길거리에서 '동성애 반대'라는 팻말을 들고 서 있는 노인을 본 적이 있다. 동성애적 성향은 이성애나 양성애 성향처럼 인간이 선천적으로 지닐 수 있는 다양한 성적 지향 중 하나다. 이는 이미 오래전에 과학적 연구를 통해 밝혀진 사실이다. 사실에 관해서는 찬성한다거나 반대한다는 말 자체가 성립하지 않는다. 사실은 찬성과 반대의 대상이 아니라 배움의 대상이다. 누군가 "나는 지구가 둥글다는 것에 반대합니다"라거나 "나는 중력에 반대합니다"라고 주장한다고 해보자. 우리가 반대하면 지구가 사각형이 되거나 납작해지는가? 이렇게 말하면 많은 독자가 '나는 그런 글을 절대 쓰지 않을 거야'라고 생각할 것이다. 과연 그럴까?

앞의 노인이 '동성애 반대' 대신 '왼손잡이 반대'나 '곱슬머리 반대'라고 쓰인 팻말을 들고 있었다고 해보자. 인종차별주의자라는 것을 고백하려는 사람이 아니라면, 이런 터무니없는 주장에 장난으로라도 동의할 리 없다. 그런데 많은 사람이 동성애라고 하면 아무 생각 없이 눈살을 찌푸린다. 가치와 당위로 사실을 판단하기 때문이다. 동성애 반대가 가능하다면, 똑같은 논리로 이성애 반대도 가능하다. 나는 언젠가 '이성애 반대'라는 팻말을 들고 1인 시위를 해보면 어떨까 하는 생각을 해봤다. 이 팻말을 보고 이성애자들은 과연 뭐라고 할까?

둘째, 신념의 노예가 되지 말라. 자기 힘으로 참과 거짓을 확인하려고 하지 않고 권위나 상식에 의존하는 태도 때문에 거짓을 사실로 믿는 경우가 많다. 하지만 더 근본적 원인은 가치나 신념에 근거해 사실을 취사선택하는 태도다. 심리학에서는 이를 확증편향이라고 부르는데, 인간은 자기가 믿고 싶은 것을 사실로 믿고, 자신의 믿음에 따라 사실을 왜곡해 인식하려는 성향이 있다. 이와 관련해 재밌는 경험을 한 적이 있다.

- 얼마 전, 초등학교 1학년 딸의 야외 체험 활동에 따라갔다. 점심시간에 아이들과 둘러앉아 준비한 김밥과 떡볶이를 나눠 먹고 있을 때, 한 아이가 나에게 이렇게 물었다.

  "아저씨, 외계인이 있어요?"

  나는 종종 딸에게 외계인에 관한 이야기를 해주는데, 아마도 그 이야기를 들었나 보다.

  "아저씨 생각에는 있을 것 같은데."

  "증명해봐요."

  증명? 예상 밖의 요구에 나는 좀 당황했다. 직접 증명할 수 없는 문제였다. 문득 드레이크 방정식이 떠오르긴 했지만, 초등학교 1학년에게 설명하긴 무리였다.

  "증명하기는 어렵지만 우주는 엄청나게 크니까 있을 것 같아."

  나는 웃으며 대충 넘어가려고 했다.

  "그럼 없네."

  그 아이는 증명할 수 없다면 존재하지 않는다고 말하고 싶었을 것이다. 초등학교 1학년치고는 꽤 대견한 생각이었으므로 칭찬해주고 넘어갈 수도 있었지만, 몹쓸 장난기가 발동했다.

"요정은 있을까?"

그 아이는 주저하지 않고 답했다.

"있어요."

걸려들었다. 나는 다시 물었다.

"본 적 있니?"

아이의 얼굴에 순간 당황한 표정이 지나갔다.

"없어요."

나는 회심의 일격을 가했다.

"그럼 요정도 없는 거네."

나는 아이가 좀 더 당황하기를 바랐다. 자기가 사용하던 논리가 자기주장을 반박하는 경험을 해보는 것도 나쁘지 않을 것 같았다. 그러나 초딩은 초딩이었다. 아이는 잠시 머뭇거리더니 확신에 찬 목소리로 말했다.

"있어요."

"증명할 수 없는데?"

"그래도 있어요."

"그럼 외계인도 있겠네."

"아니요. 없어요."

그 이후에는 같은 대화가 무한 반복되었다. '외계인이 있다는 것을 증명하지 못하니까 없다'고 주장하던 아이는 '요정도 있다는 것을 증명하지 못하니까 없다'는 주장은 받아들이지 않았다.

수업 시간에 이 이야기를 학생들에게 해주었는데 대부분 너무하다는 반응을 보였다. 동심 파괴라는 말도 나왔다. 고백하자면, 나는 "요정은 있을까?"라고 묻는 대신 "산타가 있을까?"라고 묻고 싶었지만 참았다. 만약 아이가 이 대화 때문에 산타의 존재를 의심하고, 자기 부모에게 왜 거짓말을 했느냐고 따지면 한바탕 소란이 벌어질 수도 있기 때문이었다. 나는 그런 분란을 만들고 싶지 않아서 논리적으로는 크게 다르지 않은 요정에 관해 물었다. 증명할 수 없기는 마찬가지인데, 왜 외계인은 없고 요정은 있다고 믿는지 생각해볼 기회만 줄 수 있으면 충분하니까.

사실이나 논리적 타당성과 무관하게 자기가 믿고 싶은 대로 믿는 것은 아이들의 특권이다. 그러니까 '애'라고 하는 거다. 환상 속에 살아가던 아이들도 판단력이 생기면, 누가 말해주지 않아도 산타가 없다는 사실을 인정한다. 어떤 아이는 큰 충격을 받기도 하고 거짓말을 한 부모를 원망하기도 하지만, 대부분 자연스럽게 환상에서 벗어나 현실 세계를 객관적으로 인식할 수 있게 된다.

그러나 과연 우리는 이런 아이 같은 상태에서 완전히 벗어났다고 말할 수 있을까? 자신이 주관적으로 믿고 있는 것들에 부합하는 것만 사실로 받아들이고, 그렇지 않은 것들은 터무니없는 소리로 취급하는 것은 아닌가? 성인 중에도 자신들만의 산타를 믿고 있는 사람들이 많다. 아이들은 '산타는 없다'는 사실을 곧 받아들이지만, 성인들은 '산타는 있다'는 신념을 죽어도 지키겠다고 맹세하고, 다른 사람들도 그 사실을 믿어야 한다고 생각한다. 정치적·종교적 신념이

다른 개인이나 집단을 차별하고, 배제하고, 멸시하고 학살해온 인류 역사는 이를 잘 보여준다. 오직 인간만이 존재하지도 않는 것 때문에 같은 종을 죽인다.

참과 거짓, 사실과 견해는 구분하기 어렵다. 어느 쪽인지 불확실할 때는 아직은 잘 모르겠으니 좀 더 생각해보겠다는 태도가 합리적이다. 견해는 합리적 추론과 논증을 통해 언제든 논박될 수 있으며, 그 결과 기존의 견해를 대체하는 더 타당한 견해가 등장한다. 더 합리적인 견해를 선택하기 위해 기존의 견해를 버리는 것은 실패가 아니라 지적으로 성장하고 있다는 증거다. 그러나 인간은 불확실성을 견디지 못하고, 이를 '믿음' 혹은 '신념'으로 손쉽게 해결하려는 경향이 있다.

이런 자들은 어린 시절에 산타가 있다고 믿었던 것과 똑같은 방식으로 무엇이든 믿고 싶은 것을 '참'이라고 믿고, 믿고 싶지 않은 것을 '거짓'이라고 생각하는 환상에서 벗어나지 못한다. 자신이 믿는 것은 확실한 사실이고 남들이 믿는 것은 불확실한 견해일 뿐이라고 일축한다. 자기 믿음은 절대적으로 옳고, 자기 믿음과 다른 것은 절대적으로 그르다고 확신한다. 그들은 질문하고 답을 찾는 게 아니라 주어진 답을 주문처럼 반복해 외운다. 여기서 그치지 않고 모든 사람에게 같은 기도문을 외워야 한다고 강요한다. 거의 모든 저열한 문장과 글은 자신의 신념과 믿음을 타인에게 강요하는 태도에서 나온다.

이들의 논리는 단순하다. "나(우리)는 옳고 너(희)는 그르다. 그른 것은 사라져야 한다. 그러므로 너(희)는 사라져야 한다." 차이를 박멸

해야 하고, 모든 것을 똑같이 옳은 것으로 만들겠다는 강박감을 벗어나지 못하는 신념은 광신狂信이고 맹신이다. 신념을 선택하라. 그러나 절대로 신념이 당신을 이용하게 하지 말라.

 쓰기 연습

자신의 글에서 사실과 견해를 혼동하고 있는 부분이 없는지, 권위나 상식에 의존해 사실관계를 충분히 확인하지 않고 쓴 내용이 없는지 확인해보자.

23장

해결 못할 문제는 없지요.
다만……
: 문제와 해결

오랜만에 만난 지인이 "어떻게 지내요?"라고 물으면 "별일 없어요"라고 답할 때가 많다. 물론 거짓말이다. 내 인생은 문제투성이다. 알면서도 덮어두고 모르는 척할 뿐이다. '내 인생의 문제 목록' 같은 것을 만든다면 버킷 리스트 따위와는 비교할 수 없을 만큼 길어질 게 뻔하므로 안 만들 뿐이다.

그러나 글쓰기 관점에서 보자면 문제투성이 인생도 나쁘지 않다. 평생 소재 고갈을 걱정할 일은 없을 테니. 실제로 우리가 쓰는 진지한 글들은 대부분 자기가 현재 겪는 문제에 관한 것들이다. 이렇게 말하면 행여 글쓰기로 인생의 문제를 해결할 수 있는 것처럼 들릴지도 모르겠다. 미리 말해두자면, 우리는 글쓰기로 인생의 산적한 문제를 거의 해결할 수 없다. 문제를 해결하는 것은 생각이 아니라 행동이며, 행동에는 의지가 필요하다. 글만으로는 의지와 행동을 만들어낼 수 없다.

글이란 게으른 자의 여가, 의지박약한 자의 자기 고백이거나 변명일 때가 많다. 더군다나 글쓰기를 할 때 한껏 부풀어 오른 자아는 평소라면 넘어갈 문제들을 끄집어내 매우 심각한 것처럼 만든다. 그래서 별것 아닌 일에 과도한 의미를 부여하고 자신의 상황을 과장할 때도 있다. 이런 문제들을 어느 정도 자각하고 있다면, 자신이 겪는 문제에 관한 글쓰기는 문제를 직접 해결하지는 못하더라도 문제를 이해하고 해결 방향을 가늠해보는 데 도움을 줄 수는 있다.

어떤 사건이나 현상이 우리에게 부정적 결과를 불러올 때, 우리는 그 사건이나 현상을 '문제'로 인식한다. 달리 말해 나에게 아무런 해도 끼치지 않는 사건은 문제가 될 수 없다. 자신이 겪는 문제가 무엇인지 확인하려면, 그 문제 때문에 자신이 어떤 불행을 겪게 될지 생각해보면 된다. 경제적으로 큰 손실을 입거나, 사회적 지위와 위신이 떨어지거나, 비윤리적 행동을 하게 만들거나, 심리적으로 큰 고통을 주는 사건들이 문제가 된다.

예를 들어 글을 못 쓰는 것이 독자들에게 어떤 해를 끼치거나 불행하게 만드는가? 대부분 "아니다"라고 답할 것이므로 글을 못 쓰는 것은 사람들 대부분에게 문제가 아니다. 그러나 논술 시험을 봐야 하는 학생이나, 리포트·논문을 써야 하는 대학생, 입사·승진 시험을 준비하는 직장인에게 글을 못 쓰는 것은 큰 문제다. 수업 시간에 "논술을 못하는 게 왜 문제입니까?"라고 물으면, 학생들은 "논술로 대학에 못 가요"라고 대답한다. 일단 문제와 그로 인한 부정적 결과를 확인하면 곧바로 해결 방안을 제시할 수 있다. 부정적 결과만 제거하면 된다. 나는 학생들에게 "논술로 대학에 가는 걸 포기하고 수능에 올인하세요. 그러면 논술을 못해도 아무런 문제가 되지 않습니다"라고 말한다. 당연히 반응은 썰렁하다.

① 고3 수험생은 대부분 논술을 못한다는 문제를 겪고 있다. ② 이 문제 때문에 논술로 원하는 대학에 못 갈 가능성이 크다. ③ 이 문제를 해결하려면 논술로 대학 가는 것을 포기하면 된다.

①은 **문제**(논술을 못한다)를 규정했고, ②는 문제를 문제이게 만드는 **부정적 결과**(논술로 대학에 못 간다)를 썼고, ③은 부정적 결과를 제거하는 **해결 방안**(논술로 대학 가는 것을 포기)을 썼다. 내 딴에는 진지하게 논술 공부하지 말고 수능이나 하라고 조언했는데, 학생들은 썩 내켜하지 않는다. 아무리 논리적인 해결 방안이라고 해도 당사자가 받아들이지 않으면 꽝이다. 수능 성적이 안 좋아서 논술로 대학 가겠다고 찾아온 학생들에게 "수능에 올인하세요"라는 말은, 기껏 결혼정보회사에 찾아갔더니 결혼은 포기하라는 것과 같다. 이 해결 방안은 욕망을 이기지 못한다. 욕망은 힘이 세다.

우리는 더 행복해지기 위해 문제를 해결하려고 노력한다. 따라서 행복해지려는 욕망을 버리라는 식의 조언은 금욕적 수도승에게나 통할 것이다. 욕망은 조금 줄이기도 어려우니, 적절한 해결 방안

이라면 문제와 관련된 욕망을 포기하지 않으면서도 문제를 해결해야
한다.

부정적 결과를 줄이거나 없애기 어렵다면 문제의 원인을 찾아 제
거하면 된다. 모든 문제에는 원인이 있으며, 원인이 사라진다면 문제
자체가 사라질 것이므로 부정적 결과도 나타나지 않을 것이다. 원인
을 찾아 제거하는 것이 근본적 해결 방안이다. 원인 → 문제 → 부정
적 결과의 연쇄는 문제 해결 과정에서 매우 중요한 틀이므로 익숙해
져야 한다.

나는 학생들에게, 썰렁한 농담은 교육적 목적을 위한 피치 못할
선택이었다고 대충 둘러대고, 본격적으로 당신들의 문제를 해결해주
겠다고 선언한 후, "왜 여러분은 논술을 못할까요?"라고 다시 묻는다.
여기서 '왜?'는 문제의 원인을 찾는 질문이다.

학생들은 이런저런 답변을 하는데, 가장 자주 나오는 원인은 어릴
때부터 책을 안 읽어서다. 물론 오답이다. 나는 책을 많이 읽으면 글
을 잘 쓴다는 허황한 소리는 대체 어디서 들었느냐고 다시 묻는다.
예상했던 침묵이 흐른다. 나는 대략 5분 정도, 많이 읽으면 잘 쓰게
된다는 헛소리를 논파하는 데 사용한다. 그러면 학생들의 분위기는
한껏 고조되는데, 나는 이쯤 찬물을 끼얹는다. "안 읽어도 된다는 소
리는 아닙니다."

문제를 해결하려면 문제의 원인을 정확히 파악해야 한다. 나는 학
생들에게 재능 부족, 글쓰기 방법 부족, 연습 부족이 글쓰기를 못하
는 원인이라고 간략히 정리해준다.

특히 첫 번째 이유를 댈 때 학생들 표정은 어두워지고 술렁인다. 사실은 사실이다. 모든 능력이 그렇듯 언어 능력 역시 어느 정도는 타고난다. 나는 누구나 노력하면 원하는 건 뭐든 이룰 수 있다는 거짓말을 가장 싫어한다. 차라리 "너는 재능이 부족하지만 노력하면 웬만한 수준까지는 될 수 있어. 그 정도면 충분해"라고 말하는 게 낫다.

문제의 원인을 제거하면 문제가 해결된다. 그런데 타고난 재능을 어쩔 것인가. 유전자를 바꿀 수도 없고 뇌수술을 할 수도 없다. 아쉽지만 모든 원인을 제거할 수 있는 것은 아니며, 제거할 수 없는 원인이 가장 근본적 원인일 때가 많으므로 문제 대부분은 근본적으로 해결되지 못한다. 문제를 해결할 때는 제거 가능한 원인에 집중해야 한다. 글쓰기 방법론 부족과 시간 투자 부족은 충분히 제거할 수 있다. 원인 분석을 포함해 처음에 썼던 글을 좀 더 확장하면 다음과 같다.

① 고3 수험생들은 논술을 못한다는 문제를 겪고 있다. ② 이 문제의 첫 번째 원인은 타고난 재능 부족이다. ③ 두 번째 원인은 체계적 글쓰기 방법론 부족이다. ④ 세 번째 원인은 충분한 글쓰기 연습 부족이다. ⑤ 그 결과, 수험생 대부분은 논술로 원하는 대학에 갈 가능성이 낮다. ⑥ 이 문제를 해결하려면 논술로 대학에 가는 것을 포기하면 되겠지만, 수험생들은 어떻게든 좋은 대학에 진학하고 싶은 욕심을 버리지 못한다.

①은 문제를 규정했고, ②~④는 문제의 원인을 분석했다. ⑤는 문제로 인한 부정적 결과를 썼다. ⑥은 부정적 결과를 제거하는 방법을 언급하지만, 그 방법을 선택할 수 없는 이유를 썼다. 이렇게 여섯 문장을 쓸 수 있게 되었다. 여기에 ②~④를 뒷받침하는 설명을 추가하면 더 긴 글도 쓸 수 있다.

문제의 원인을 분석했으므로 이제 원인을 제거하면 문제를 해결할 수 있다. 결국 문제 해결이란 문제의 원인과 부정적 결과를 분석하고 이를 제거하는 과정이다. 해결 방안을 제시할 때는 일반적 방향과 구체적 방법으로 구분하고, 해결 방안이 구체적으로 어떻게 문제를 해결할 수 있는지 충분히 설명해야 한다. 예를 들어 '서울로 갑시다'가 일반적 방향이고, 'KTX로 갑시다'가 구체적 방법이며, 'KTX가 버스보다 빠릅니다'가 어떻게 KTX가 문제를 해결해주는지에 관한 설명이다.

첫 번째 원인인 타고난 재능 부족은 어떻게 할 수 없다. 유전자의 조합은 우연에 의한 것일 뿐 엄밀히 말해 부모 탓도 아니고, 그냥 운의 결과이므로 운명의 여신을 탓하려거든 그렇게 하라. 두 번째 원인은 체계적 글쓰기 방법론을 배우면 해결할 수 있고, 세 번째 원인은 글쓰기 연습 시간을 확보해 해결하면 된다.

뭔가 싱겁다. 모든 문제는 원인만 제거하면 해결되기 때문이다. 말로는 뭘 못하겠는가. 아무리 좋은 해결 방안도 실행하지 않으면 무용지물이다. 그러나 우리는 의지의 문제를 다루지 않을 것이므로 여기서는 해결 방안을 제시할 때 반드시 생각해야 할 점만 몇 가지 언급하겠다.

　모든 해결 방안은 또 다른 부정적 결과를 낳을 수 있다. 예를 들어 '고려장'이 노인 인구 증가 문제의 해결 방안이 될 수 있을까? 확실히 효과적이긴 하겠지만 확실히 미친 주장이기도 하다. 국가 전체의 복리를 위해 노인을 집단으로 살해하겠다는 발상 자체가 헌법에 어긋날 뿐만 아니라 패륜적이기 때문이다.

　출산율을 높이기 위해 여성에게 출산을 강제해야 한다는 주장도 미친 소리이긴 매한가지다. 눈앞의 문제만 해결하면 그만이라는 태도로는 혹 떼려다가 혹 붙이는 수가 있다. 개인적 문제든 사회적 문제든 문제 해결 과정에서 예상치 않은 또 다른 문제들이 발생할 가능성이 없는지 따져야 한다.

　수험생 입장에서 논술 공부를 위해 하루 한 시간씩 투자하는 것은 부담일 수 있다. 다른 공부도 해야 하기 때문이다. 결국 논술 공부 시간을 늘리다가 다른 공부에 소홀해지는 문제가 생길 수 있다. 그 대안으로 수면 시간을 줄이는 방법을 생각해볼 수 있다. 하루에 30분 정도 수면 시간을 줄이고 그 시간을 활용하면 다른 공부에 큰 지장을 주지 않고도 논술 공부 시간을 늘릴 수 있을 것이다.

　그러나 새로운 해결 방안 역시 또 다른 문제를 낳을 수 있다. 수면 시간을 줄이면 그만큼 충분한 휴식을 취할 수 없으므로 전반적인 학업 능률이 떨어질 수 있기 때문이다. 결국 문제 해결이란 더 작은 부정적 결과를 감수하고 더 큰 부정적 결과를 없애는 과정이다. 아래는 지금까지 설명한 내용을 재구성한 글이다. 수업 시간에는 학생들에게 나눠주고 구조를 외우도록 한다. 아마 일반인 독자들에게도 충분히 도움이 될 것이다.

① 대입을 준비하는 수험생들은 논술을 잘하지 못한다는 문제를 겪고 있다. ② 이러한 문제는 논술 문제를 해결하기 위한 체계적 방법론을 모르고, 다른 과목에 비해 시간도 투자하지 않기 때문에 발생한다. ③ 그 결과 수시에서 자신이 원하는 대학에 진학할 기회를 잃는다.

④ 문제를 해결하기 위해서는 첫째, 논술 문제를 해결하는 체계적 방법론을 배워야 한다. ⑤ 체계적 방법론을 배우면 다른 학생들에 비해 더 효과적으로 논술 실력을 향상할 수 있고, 출제 의도에 부합하는 답안을 쓸 가능성이 커지기 때문이다.

⑥ 둘째, 논술에 충분한 시간을 투자해야 한다. ⑦ 논술에서 요구하는 글쓰기 능력은 인간의 모든 지적 능력 중에서 가장 높은 수준의 지성을 요구한다. ⑧ 충분한 시간을 투자하지 않으면 논술을 잘하기 어렵다.

⑨ 그러나 논술에 충분한 시간을 투자하면 상대적으로 수능 공부를 할 시간이 부족해질 수 있다. ⑩ 논술 공부와 수능 공부를 함께 준비하기 위해서는 수면 시간을 줄일 수밖에 없다. ⑪ 그러나 수면 시간을 줄이면 피곤과 스트레스가 누적돼 길게 보면 건강을 해칠 수 있다. ⑫ 따라서 수면 시간을 최소한으로 줄이면서 공부할 때 집중력과 효율성을 높일 방안을 마련해야 한다.

① 문제 ② 원인 1, 2 ③ 부정적 결과

글쓰기의 한 방식으로 문제와 해결을 다루긴 했지만, 나는 문제를 해결한다는 말을 믿지 않는다. 문제는 해결되는 게 아니라 연기되고 유통기한이 늘어날 뿐이다. 해결이 지연된 문제는 다른 방식으로 반복된다. 어차피 인생은 태어날 때부터 죽을 때까지 문제투성이며, 우리는 문제를 해결하느라 골머리를 앓다가 대부분의 문제를 해결하지 못한 채 골로 간다. 그러므로 우리에겐 문제가 나타날 때마다 물러서지 않고 맞서는 태도를 유지하는 정도가 최선이다. 글쓰기는 그런 태도를 유지하는 데 조금이나마 도움을 줄 수 있을 것이다.

- 여자 친구랑 싸웠는데 고민이 있습니다. 여자 친구가 여초 사이트를 하는데, 뭐 마음에 안 들긴 하지만 여기까지는 괜찮습니다. 여자 친구가 단순히 옷, 화장품 후기, 세일 같은 정보 획득용으로만 사용한다고 해서 제 폰에서도 로그인해두는 걸로 했고, 페미 관련 글도 안 보기로 합의하고 넘어갔습니다. 아이디가 두 개일까 봐 확인도 했습니다. 그런데 며칠 전, 쿠보탄이라는 호신용품을 산다고 해서 한국이 치안 1위인데 너 너무 오버하지 말라고, 걱정이 지나친 거 아니냐고 했다가 싸웠습니다. 제 생각에는 저런 걸 들고 다니는 건 좀 아닌 것 같고, 실제로 들고 다니는 사람도 못 봤고요. 게다가 위험한 상황이 되도 쓸 수도 없을 것 같아요. 그래서 하루 넘게 서로 연

락 안 하고 있는데, 전 이런 게 다 저 여초 사이트 영향 같은데, 제가 사과해야 할까요?

한 SNS 계정에 올라온 남자 대학생(A 씨)의 글이다. 독자들도 가끔 주변 사람들의 고민 상담을 해줄 때가 있을 테니 상담자의 관점에서 A 씨의 고민을 해결해보자.

A 씨는 여자 친구와 다툰 후 자신이 먼저 사과해야 하는지 묻고 있다. 남녀 사이의 다툼은 아무것도 아닌 일에서 시작해 아무렇지 않게 끝나기도 하고, 때로는 파국으로 치닫기도 한다. 이번 일도 "화 풀어. 내가 심했어"라는 사과 한마디면 끝날지도 모른다. 그러나 아무것도 아닌 일의 바탕에는 좀처럼 움직이지 않는 거대한 '어떤 것'이 존재하고, 그것이 바뀌지 않는다면 아무것도 아닌 일은 모습을 바꾸어 다시 돌아온다. 그러다가 결국, 아무것도 아닌 일 때문에 봄날은 간다. 뭘 어떻게 해도 좋은 시절은 지나가겠지만, 그래도 속도는 늦출 수 있지 않을까 하는 마음에 우리는 뭔가 시도한다. 그래서 A 씨도 저렇게 도움을 청하고 있는 거 아니겠는가.

먼저 A 씨가 자신의 상황을 어떻게 이해하고 있는지 살펴보자. 윗글을 잘 읽어보면 A 씨는 자신이 뭔가 잘못했다고 생각하지만, 문제의 **원인**을 여초 사이트 탓으로 돌리며 억울해한다. A 씨는 여자 친구가 여초 사이트의 영향을 받아 현실을 왜곡해 인식하기 때문에 쓸데없는 호신용품을 '오버해서' 샀다고 생각한다. A 씨의 생각이 완전히 틀렸다고 보기는 어렵다. 분명히 모든 매체는 현실을 다소 과장하고 왜곡하는 특성이 있다. 그러나 남성에게 안전하게 느껴지는 사회가 여성에게도 안전하게 느껴지리라는 보장은 없다. 남성인 A 씨는 살면서 한 번도 성폭행 피해자가 될 수 있다거나, 화장실에서 똥오줌 싸는 모습이 찍힐 거라고 생각해본 적 없을 것이므로 당연히 호신용품을 사야겠다는 생각도 해보지 않았을 것이다. 한국은 분명히 남성에게는 안전한 국가다. 그러나 여성에게도 그럴까?

여성가족부의 발표에 따르면, 한국 여성 다섯 명 중 한 명은 평생한 번 이상의 신체적 성폭력을 경험한다. A 씨의 어머니, 누나, 여동생을 포함하여 A 씨가 알고 있는 여성의 20퍼센트가 성폭력, 그것도 신체적 성폭력을 경험한다는 뜻이다. 여성들은 자신이 직접 성폭력을 경험하기도 하고, 지인들의 경험을 전해들을 기회도 많다. 따라서 여성들이 느끼는 성폭력에 관한 두려움은 남성과는 비교할 수 없을 만큼 클 것이다. 이런 상황에서 호신용품을 구입한 여성에게 "오버하지 말라"고 말해도 될까?

결국 A 씨와 여자 친구가 다툰 원인은 여초 사이트가 아니라 A 씨자신의 부정확한 현실 인식이다. A 씨는 남성의 관점에서 현실을 바라보고 있으므로 한국 여성이 느끼는 위험과 두려움에 공감하지 못했고, 이런 태도가 여자 친구를 화나게 한 것이다. 만약 A 씨가 호신용품을 구입한 여자 친구의 행동을 좀 더 신중하게 받아들였다면, "내가 항상 곁에 있을 수 없으니까. 이거라도 가지고 다녀"라고 말하면서 자신이 먼저 호신용품을 선물해줄 수도 있었을 것이다. 그랬다면 갈등이 아니라 사랑과 평화를 경험했을 것이다.

A 씨에게 여자 친구는 보호의 대상이자 지배의 대상이며 교육의 대상이다. 예를 들어 A 씨는 자신을 보호하려고 호신용품을 구입한 여자 친구의 행동은 '오버'라고 생각하면서도, 여자 친구의 인터넷 사이트 활동 내용을 감시하고 검열하는 자신의 행동은 아무 문제가 없다고 여긴다.

| 여성 | 나 이 사이트에 올라온 글 읽어봐도 돼?

| 남성 | 어디 내가 먼저 볼게. (글을 읽어본다) 이건 읽으면 안 되겠는데?

| 여성 | 왜?

| 남성 | 너한테는 좀 위험하겠어.

위 대화에서 '여성'을 '자녀'로, '남성'을 '부모'로 바꿔도 다를 게 없다. 여성이 읽을 수 있는 글을 남성이 허락한다는 것 자체가 이 관계의 비정상성을 보여준다. 입장을 바꿔서 남초 사이트를 이용하는 A 씨에게, 여자 친구가 '한남'의 글은 읽지 말고, 상품 후기나 세일 정보만 이용하는 것에 합의하라고 하면 A 씨는 받아들일 수 있겠는가? 받아들여도, 받아들이지 않아도 문제다. 애인의 인터넷 사용을 감시하겠다는 생각 자체가 문제이기 때문이다. 이런 태도는 상대방을 자신보다 열등한 존재로 생각할 때만 가능하다.

A 씨는 그게 무슨 문제냐고 되물을지도 모른다. A 씨가 보기에 여초 사이트는 페미니스트가 득시글대는 위험한 곳이므로 여자 친구가 그런 무리에 물들지 않을까 걱정스러울 것이다. A 씨는 아마도 자

신의 보호와 감독이 없다면 여자 친구도 언젠가 '페미'가 될지 모른다고 생각하고, 여자 친구를 페미들로부터 보호하기 위해 어쩔 수 없이 그렇게 했다고 말할 것이다. A 씨 같은 사람들은 항상 이렇게 말한다. "너는 아직 세상을 몰라. 이게 모두 너를 위한 일이야. 너도 나중에 나에게 고마워할 거야."

A 씨의 행동은 정말로 여자 친구를 위한 것일까? 내가 보기에 A 씨가 지키고자 한 것은 여자 친구가 아니라 자기 자신에게 안전한 세계다. A 씨는 여자 친구가 느끼는 두려움은 이해하지 못하고, 남성의 관점에서 이 세계는 안전하다고 선언한다. 즉, A 씨는 남성의 폭력으로부터 여자 친구를 지킬 필요는 없다고 생각한다. 반면 A 씨는 여자 친구를 페미로부터 지켜야 한다고 생각하기 때문에 여자 친구의 인터넷 사용을 감시·감독한다.

A 씨에게는 남성의 폭력보다 페미의 영향이 더 위험하다. 왜냐하면 페미에 물든 여자 친구는 감당할 수도 없고, 견딜 수도 없기 때문이다. A씨는 아마도 자신에게 고분고분하고 알콩달콩한 사랑만 꿈꾸며, 페미니즘의 '페'자도 모르는 여자 친구를 원할 것이다. 그런 여자 친구라면 여초 사이트 근처에도 가지 않을 것이고, 당연히 호신용품 같은 걸로 불편한 상황을 만들지도 않을 것이다. 그런데 지금 여자 친구의 행동은 페미를 닮아가고 있다. 그래서 A 씨는 기분이 나빠지고 일종의 두려움을 느낀 것이다. 자신이 통제할 수 없는 여자들로 가득 찬 세상은 위험하다. 그리고 그 위험의 원천은 여초 사이트에서 활동하는 정체 모를 '페미'가 된 것이다. 아니 그래야만 한다.

우리는 여기서 또 한 명의 오콜로마를 만난다. 오콜로마가 자기주장이 강한 여성을 비난하기 위해 '페미니스트'라는 단어를 사용했다면, A 씨는 그 대신 '페미'를 사용했을 뿐이다. 오콜로마가 자신의 말에 고분고분하지 않은 여자애를 '페미니스트'라고 부르며 조롱하듯 A 씨는 자신의 말을 따르지 않는 여자 친구가 페미의 영향을 받았다고 분통을 터뜨린다. 이런 점에서 열네 살 오콜로마와 성인 A 씨의 정신세계는 크게 다르지 않다. 결국 A 씨가 지키고자 한 것은 여자 친구가 아니라 페미들로부터 안전한 세계, 자신을 포함한 남성에게만 안전한 세계일 뿐이다. 이 거대하고 견고한 자기중심성이 A 씨가 겪는 문제의 근본 원인이다.

문제를 해결하려면 먼저 문제의 원인을 정확히 파악해야 한다. 그리고 그 원인을 제거할 수 있는 구체적인 방법을 찾아야 한다. 물론 원인을 제거하지 않고도 당장 불편함을 모면할 수 있는 길은 있다. 예컨대, A 씨는 여자 친구의 화난 마음을 달래기 위해 사과를 할 수도 있을 것이다. 그리고 적당히 화가 풀렸다면 "같이 호신용품 사러 가자"라고 말할 수도 있을 것이다. 여자 친구가 이 사과를 받아들인다면 두 사람 사이에는 당분간 별문제 없을지도 모른다. 그러나 A 씨가 남성 중심적 태도를 근본적으로 고치려고 노력하지 않는다면 이와 비슷한 일은 또 일어날 수밖에 없다. 이번에는 호신용품 때문에 갈등이 불거졌지만, 다음에는 또 다른 것들이 갈등의 불씨가 될 것이고, 그러다가 우연한 계기로 시작한 다툼이 관계 전체를 불태울 것이다.

A 씨가 여자 친구와의 관계에서 생기는 갈등을 근본적으로 해결하려면, 자기중심성, 구체적으로 남성 중심적 태도에서 벗어나야 한다. 그러나 이러한 분석은 매우 공허하고 뻔한 소리로 들릴 수밖에 없다. 이 세상 거의 모든 문제가 자기중심성 때문에 일어나기 때문이다. 해결 방안은 "원인을 제거합시다" 정도의 선언으로 끝나서는 안 된다. 구체적이고 실현 가능해야 한다. 항상 이게 문제다. 우리는 해결 방안을 몰라서가 아니라 의지, 태도, 습관, 능력 등의 한계 때문에 해결 방안을 제대로 실행하지 않아서 문제를 해결하지 못한다.

솔직히 말하자면, 나는 여자 친구의 사이트 이용까지 감시하고, 이런 행동 자체가 문제가 된다는 사실조차 인지하지 못한 채 남들에게 털어놓는 사람이 쉽게 바뀔 거라 생각하지 않는다. 더 나아가, 나는 A 씨가 자기 사연을 인터넷에 올린 이유는 정말 문제를 해결하고 싶어서가 아니라 자신의 무고함을 인정해줄 누군가가 필요했기 때문이라고 생각한다. 그는 위로가 필요했던 것이다. 내 생각이 맞다면, 그는 아마도 자신의 남성 중심적 태도를 문제의 원인으로 받아들이지 않을 것이다. 자신이 문제의 원인이라는 것을 받아들이지 않는 사람에게 해결 방안을 알려주는 것은 시간 낭비다.

내가 이 이야기를 수업 시간에 했을 때, 거의 모든 여학생은 눈이 휘둥그레져서 놀랐고, 일부는 "미친 거 아니야?"라고 말하기도 했다. 한 여학생은 빨리 헤어지는 게 좋을 것 같지만, 안전 이별을 할 수 있을지 걱정이라고 했다. 슬픈 이별도 아니고 아름다운 이별도 아닌 안전 이별이다. 제대로 된 연애를 하기도 전에 안전한 이별을 고민할 만큼 한국은 여성에게 위험한 나라다. 이별의 슬픔이 아니라 안전을 말하는 여학생들과 그 사이에 잡초처럼 듬성듬성 앉아 아무 말 없이 내 시선을 피하는 남학생들을 보며 짠했다.

가장 비극적이면서도 아이러니한 결말은 아마도 A 씨의 여자 친구가 자신이 산 호신용품을 A 씨에게 사용하는 상황일 것이다. A 씨 여자 친구의 선택이 틀리지 않았음을 A 씨가 증명하는 상황. 그런 비극이 일어나지 않도록 두 사람이 이 상황을 잘 해결하길 바랄 뿐이다.

 쓰기 연습

최근 자신이 처한 문제 상황을 원인-문제-부정적 결과의 구조로 분석한 후, 앞에서 설명한 내용을 바탕으로 해결 방안을 제시하는 글을 써보자.

24장

고치고 또 고치면
아니 고친만 못할 리 없으니
: 초고와 퇴고

    윤동주는 "시가 이렇게 쉽게 쓰여지는 것은 부끄러운 일"이라고 고백한 바 있는데, 천재 시인이라도 저 문장을 그 자리에 두기 위해 여러 번 고쳐 썼을 것이다. 글쓰기는 결국 글 고치기다.

    모든 초고는 망고다. 망한 원고. 글쓰기 초보든 베스트셀러 작가든 마찬가지다. 독자들이 손에 들고 있는 초고 역시 내용은 평범하고 문장도 어색할 것이다. 이런 걸 글이라고 썼나 싶을지도 모른다. 나도 누가 읽어볼까 두려운 허접한 초고를 쌓아두고 산다. 때로는 다른 사람이 쓴 글 같기도 하고, 도무지 무슨 소린지 알아들을 수 없는 문장에 얼굴이 화끈거리기도 한다. 그러나 어쩌겠는가. 누구도 그저 그런 글을 쓰고 싶지 않겠지만, 쓸 수 있는 글이 그런 글뿐이라면 결국 써내는 글은 그저 그런 글뿐이며, 그런 글이라도 계속 쓰지 않으면 아무것도 쓸 수 없다.

초고를 썼다면 그다음은 초고를 붙들고 어떻게든 고쳐야 한다. 글 고치기는 시시포스의 노동과 비슷한데, 절대로 끝나지 않을뿐더러 오래 붙잡고 있다고 더 쉬워지는 것도 아니다. 글쓰기 초보들은 글을 못 써서가 아니라 글을 못 고치기 때문에 글쓰기를 포기한다. 뭔가 쓰긴 했는데 어떻게 고쳐야 할지 몰라서 조몰락거리다가 제풀에 지쳐 포기하거나, 될 대로 되라는 식으로 '발행하기' 버튼을 누르고 자폭한다.

글을 고칠 때는 크게 문장과 구성을 손본다. 사람들은 글 고치기라고 하면 맞춤법이나 띄어쓰기 오류를 잡아내는 것쯤으로 생각한다. 글쓰기 초보라면 그것도 큰일이긴 하다. 그러나 인공지능의 힘을 빌린 맞춤법 검사기가 나온 지 오래다. 한 문장을 정확하게 쓰는 거로 따지자면 인공지능이 인간보다 낫다. 그러나 글을 건물에 비유하자면, 맞춤법·띄어쓰기 검사는 벽돌 한 장 한 장을 검사하는 것과 비슷하다. 벽돌이 튼튼해도 설계가 엉망이면 그 건물은 위험하다. 맞춤법과 띄어쓰기가 정확한 '핵똥망' 글은 셀 수 없이 많다. 문장이 중요하지 않다는 게 아니라, 맞춤법에 맞는 문장을 쓴다고 해서 자동으로 좋은 글이 되는 게 아니란 뜻이다.

정확한 한 문장을 쓰는 방법은 그 자체로 책 한 권 분량은 족히 되고도 남을 정도로 설명할 게 많아서, 이 책에서는 제대로 다룰 수 없다. 언제가 될지는 모르겠지만 문장 고치는 기술은 다음 책에서 반드시 제대로 살피겠다. 대신 여기서는 구성의 중요함에 관해 간략히 살펴보고 구체적인 사례로 이를 설명하겠다.

구성은 문단과 문장이 **배치**되는 방식이다. 모든 배치는 각기 다른 효과를 낳는다.

(ㄱ) 밥 먹자. 배고프다.

(ㄴ) 배고프다. 밥 먹자.

(ㄱ)과 (ㄴ)은 문장 순서만 바꾸었을 뿐 내용은 같다. (ㄱ)으로 쓸 것인가, (ㄴ)으로 쓸 것인가. 이런 걸 고민하는 게 쓸데없는 짓처럼 보일지도 모른다. 같은 내용인데 아무렇게나 써도 상관없지 않은가? 이는 '배치'의 효과를 무시하는 태도다.

배치의 차이는 효과의 차이를 만든다. (ㄱ)과 (ㄴ)은 문장 순서를 바꿔 배치했으므로 다른 효과를 낸다. 전후 맥락에 따라 그 효과는 달라지겠지만 배치에 따른 효과의 차이를 확인하고, 그것을 의식적으로 사용할 수 있어야 글을 장악할 수 있다. 예를 들어 저녁 약속에 늦게 나온 연인에게 불만은 있지만 직접 드러내고 싶지는 않다면, (ㄱ)과 (ㄴ) 중 어느 쪽이 더 나을까. 어느 쪽이든 상관없을 리 없다.

글을 장악한다는 말은 어떤 문장이 그 자리에 있어야 하는 이유를 글쓴이 스스로 설명할 수 있다는 의미다. (ㄱ)으로 쓰든 (ㄴ)으로 쓰든 독자에게는 큰 의미가 없겠지만, 적어도 쓰는 사람은 왜 (ㄱ)이 아니고 (ㄴ)이어야 하는지(혹은 그 반대인지) 알고 있어야 한다. 좋은 독자라면 귀신같이 이 차이를 알아챈다.

모든 문장의 배치 상태를 확인하는 일은 고되다. 그러므로 글 고치기는 고통스러운 과정이다. 왜 꼭 그 자리에 있어야 하는지 분명치 않은 문장은 고쳐도 고쳐도 줄지 않는다. 뭉개고 넘어갈 수도 있지만 찜찜하다. 남들 보기에는 별 차이 없어 보이는 몇 개의 문장을 잡고 끙끙대는 게 글 쓰는 이의 숙명이다.

초고를 고칠 때는 문장이 아니라 문단 배치부터 신경 써야 한다. 문장은 여기를 고치면 저기가 문제고, 저기를 고치면 여기가 문제다. 반면 문단 배치는 더 쉽다. 문단은 결국 하나의 결론만 담고 있으므로 각 문단에서 가장 중요한 문장을 뽑아 자연스럽게 연결해두고, 그다음에 문장을 검토하면 된다. 그러므로 글 고치기의 효율을 높이려면 문장의 배치보다는 문단 배치를 먼저 하는 게 낫다. 여기서는 사실-견해라는 단순한 배치를 중심으로 설명하겠다. 독자들이 좀 더 생생하게 이해할 수 있도록 내가 썼던 짧은 글을 살펴볼 것이다.

- 추석 연휴 마지막 날, 가족과 함께 놀이공원에 갔다. 회전목마를 타려고 기다리다가 문득, 롤러코스터를 타본 지 오래되었다는 것을 깨달았다. 놀이 공원은 그간 여러 번 왔지만, 아이가 아직 어려서 몇 년째 롤러코스터는 근처에도 못 가봤다. "마지막으로 롤러코스터를 탔던 게 언제였지?" 아내에게 물었지만 기억해내지 못했다.
  어쩌면 부모가 된다는 것은 롤러코스터를 포기하고 회전목마를 타는 것일지도 모른다. 중력에 몸을 맡긴 채 땅바닥으로 곤두박질치는 스릴 대신, 천천히 그리고 확실히 같은 자리를 빙글빙글 도는 것에 만족하는 삶.

첫 문단은 연휴에 가족과 함께 놀이공원에 갔던 사건을 소개하는 것으로 시작한다. 누차 강조했듯, 첫 문단을 사건으로 시작하는 이유는 사건에서 견해로 도약하기 위해서다. 첫 문단의 내용은 한없이 길어질 수도 있었다. 놀이공원에서는 대개 많은 일이 일어나기 때문이다. 그러나 나는 사소한 일들은 모두 지우고, 놀이공원에 갔다는 사실과 회전목마 앞에서 아내와 롤러코스터에 관해 나눈 대화만 남겼다. 특히 아내와 나눈 대화가 중요했는데, 언제인지 기억할 수 없을 만큼 롤러코스터를 타본 지 오래되었다는 정보를 제공하기 때문이다.

첫 문단만으로는 좋은 글이 되기 어렵다. 어린 자녀와 놀이공원에 가서 회전목마를 타는 부모가 어디 나 하나뿐이겠는가. 이런 경험은 누구나 한다. 사실에서 견해로 도약하려면 사건에서 의미를 건져내야 한다. 달리 말해 화제를 찾아야 한다. 첫 문단은 견해로 도약하기 위한 화제를 찾는 지렛대 역할을 한다.

가장 단순한 질문은 '롤러코스터를 오랫동안 못 탔다는 사실이 무슨 대단한 일인가?' 혹은 더 줄이면 '그래서 뭐 어쩌라고?'다. 이 과정에서 나는 '부모가 된다는 것은 무엇을 의미하는가?'라는 질문을 찾았고, 두 번째 문장을 "어쩌면 부모가 된다는 것은 롤러코스터를 포기하고 회전목마를 타는 것일지도 모른다"로 시작했다. 화제에 대응하는 이 문장이 글 전체의 결론이다. 두 문단의 배치를 간단히 표현하면 아래와 같다.

| 1문단 | 아이가 생긴 후 롤러코스터를 못 타봤다.

| 화제 | 부모가 된다는 것은 무엇을 의미하는가?

| 2문단 | 부모가 된다는 것은 롤러코스터를 포기하고 회전목마를 타는 것이다.

화제를 직접 쓸 것인지도 결정해야 하는 문제다. "부모가 된다는 건 무엇을 의미하는가"라고 화제를 그대로 썼다면 독자는 글의 목적을 좀 더 분명히 이해할 수 있겠지만, 모든 것을 다 드러내는 글이 항상 좋다고 말하긴 어렵다. 그러나 이 역시 글 쓰는 사람이 선택할 문제다. 나는 과도하게 친절한 글은 약간 촌스럽다고 생각하기 때문에 화제를 직접 드러내지는 않았다.

나는 결론 문장을 쓸 때 일부러 대립 개념을 사용했다. 롤러코스터와 회전목마는 대립한다. 두 놀이 기구는 느림과 빠름, 안정과 긴장, 회전(반복)과 돌진 등 전혀 다른 특징을 지니고 있다. 이는 양육 이전과 이후, 부모의 삶을 대비하기에 효과적이다. 어쩌면 회전목마 앞에서 롤러코스터를 떠올린 것도 무의식적으로 이런 대비를 깨달았기 때문일 것이다. 나는 독자들이 빠르고 스릴 있고 저돌적인 롤러코스터를 부모가 되기 이전 누리던 자유로운 삶의 상징으로 읽길 바랐다. 반대로, 느리고 안전하고 안정적인 회전목마는 자녀의 행복을 위해 젊은 날의 자유를 포기하거나 희생하고 안정을 추구하는 삶의 상징으로 읽었으면 했다.

처음 쓴 초고는 여기서 끝났다. 짧지만 분명한 메시지가 있는 글이라 마음에 들었다. '롤러코스터와 회전목마에서 이런 의미를 생각해내다니 훌륭하다'라고 스스로 뿌듯해했다. 그러나 며칠 지난 후 다시 읽어보니 심심했다. 너무 뻔한 소리였고, 어찌 보면 어린아이들 때문에 롤러코스터 한 번 못 탄다고 징징거리는 철없는 부모의 신세 한탄처럼 읽히기도 했다. 지금이야 아이들이 어려서 못 타지만 나중에는 롤러코스터 타려고 안달 난 아이들 덕분에 질리도록 탈 것 아닌가. 써놓은 글이 갑자기 허접해 보이기 시작했다.

글을 쓰다 보면 이런 상황을 지겹도록 만난다. 어제의 명작은 반드시 오늘의 졸작이 된다. 며칠 지나지 않았는데 같은 글이 왜 이렇게 달리 보이는지 알다가도 모를 일이다. 그러나 나는 롤러코스터와 회전목마의 차이를 대비한 견해를 포기하기 싫었다. 결론을 포기할 수 없다면 글을 고쳐야 했다. 진짜 글쓰기가 시작된 것이다.

어떤 사람들은 글을 쓰면 행복해진다고 하는데, 나는 이 말이 선한 거짓말이라고 생각한다. 세상에 행복하기만 한 일은 없다. 한 편의 글을 마쳤을 때의 성취감과 행복감은 크지만, 그 과정의 괴로움과 고통 역시 크다.

글쓰기의 괴로움은 쓰기가 아니라 고치기 과정에 있다. 자유롭게 생각나는 대로 부담 없이 마음대로 쓰는 게 전부라면, 누구나 글쓰기로 행복해지고 세상은 오래전에 평화롭고 아름다운 곳이 되었을 것이다. 그러나 글쓰기의 본령은 규칙에 따라 엄격하게, 엄청난 부담을 느끼고 지겨울 정도로 고치고 또 고치는 것이다. 대부분의 사람이 몇 자 끄적이다가 글쓰기를 포기하는 이유도 여기에 있다.

고치기 전의 글은 아무렇게나 뭉쳐진 진흙 반죽과 같다. 도예가가 오랜 시간 공 들여 반죽을 다루고, 유약을 바르고, 굽기를 반복하는 것처럼 작가 역시 아무렇게나 쓴 문장 반죽을 다루는 데 능숙해져야 한다. 필요 없는 부분은 과감히 잘라내고 덧붙일 부분은 충분히 뒷받침해야 한다.

첫 두 문단의 연결은 크게 문제될 게 없었다. 사건-견해의 연결도 자연스러웠고 완결성도 있었다. 그러나 나는 롤러코스터를 탈 수 없는 상황은 잠시뿐이라는 반론에 대응해야 했다. 독자들은 '나중에는 롤러코스터를 탈 수 있는 거 아닌가? 애들 때문에 롤러코스터 못 탄다고 호들갑인가?'라는 생각을 할지도 모를 일이었다. 독자가 어떻게 생각하든 나는 내 이야기를 하겠다는 태도로 쓸 수도 있지만, 이번에는 나도 수긍할 수 없는 부분이 있었다. 나도 만족하지 못하는데 남들이 좋아하겠는가.

나는 일단 롤러코스터를 못 타는 게 중요한 문제가 아니라는 점을 강조해야 했다. 롤러코스터는 삶의 방식을 은유적으로 표현하는 대상이므로, 설령 나중에 롤러코스터를 타더라도 부모가 되기 전의 삶의 방식으로 돌아갈 수 없을 거라는 아쉬움을 드러내야 했다. 그래서 두 번째 문단에 다음과 같이 덧붙였다.

- 어쩌면 부모가 된다는 것은 롤러코스터를 포기하고 회전목마를 타는 것일지도 모른다. 중력에 몸을 맡긴 채 땅바닥으로 곤두박질치는 스릴 대신, 천천히 그리고 확실히 같은 자리를 빙글빙글 도는 것에 만족하는 삶. **아이들**

이 자라서 함께 롤러코스터를 탈 수 있더라도, 그것은 이전에 알던 롤러코스터는 아닐 것이다.

아무리 봐도 사족이다. 쓰면서도 구차하다는 생각이 떠나지 않았다. 차라리 찜찜하더라도 초고대로 끝내는 게 낫겠다는 생각도 들었다. 이 부분을 붙들고 반나절을 낑낑거렸다. 도무지 마음에 드는 방식으로 글을 마무리할 수 없었다. 시간은 시간대로 가고, 스트레스는 스트레스대로 받고, 사서 고생이란 이럴 때 두고 하는 말이다. 마지막으로 한 번만 더 고쳐보기로 했다. 나는 기본 원칙으로 돌아가 놀이공원에서 있었던 일들을 다시 되짚어보기로 했다.

5분 남짓 운행하는 회전목마를 타겠다고 50분 가까이 기다려야 했던 딸은 대기열이 줄어들 때마다 "이번에는 탈 수 있어?"라고 물었다. 그리고 마침내 우리 차례가 되었을 때 팔짝 뛰면서 좋아했다. 그런 모습을 보면서 뿌듯함과 흐뭇함을 느끼지 않는 부모는 드물 것이다. 자녀의 행복을 바라보는 그 순간만큼은 롤러코스터 따위는 전혀 생각나지 않았고, 자유, 희생과 같은 관념들도 아무 소용없었다.

여기까지 생각한 후, 나는 초고에 딸의 자리가 없다는 것을 깨달았다. 부모의 처지에서 회전목마 인생이 되어버린 것은 안타까운 일이지만, 자신의 의지와 무관한 부모의 선택 때문에 험한 세상에 불쑥 던져진 딸은 어떠한가. 그런 딸을 두고 롤러코스터 운운하는 것은 무책임한 태도 아닌가. 오히려 딸이 있어서 롤러코스터 없이도 행복할 수 있는 게 아닌가. 나는 구차한 사족을 붙이는 대신 딸의 목소리가 내 생각의 흐름을 끊어버리는 방식을 택했다.

- 어쩌면 부모가 된다는 것은 롤러코스터를 포기하고 회전목마를 타는 것일지도 모른다. 중력에 몸을 맡긴 채 땅바닥으로 곤두박질치는 스릴 대신, 천천히 그리고 확실히 같은 자리를 빙글빙글 도는 것에 만족하는 삶. 언젠가 아이들이 더 자라면, 분명 함께 롤러코스터를 탈 수 있겠지만, 그것은 내가 알던 롤러코······

"아빠! 우리 차례야. 빨리 타자."

이런 수법은 광고에서 흔히 사용한다. 심각하게 혼잣말을 하고 있는데 갑자기 뜬금없는 대사나 상황이 전개되는 방식이다. 써놓고 보니 나쁘지 않았다. 특히 부모가 되는 것에 관한 그럴듯한 소리를 자못 진지하게 늘어놓다가 "아빠"라는 호명에 모든 것이 무력화되는 상황이 마음에 들었다. 전에는 거의 사용해본 적 없는 방식이라 새롭기도 했다.

이 부분은 글 속 시공간을 뒤트는 기능도 한다. 독자는 아마도 내가 놀이공원에서 부모가 되는 것에 관한 견해를 떠올렸을 거라고 생각할지 모르지만, 사실 그 내용은 놀이공원이 아니라 집에 돌아와 쓴 것이다. 딸의 목소리는 분리된 시공간을 연결한다. 모니터 앞에서 부모 노릇을 고민하던 나는 과거에서 날아온 딸의 목소리에 반응하고 생각을 멈춘 셈이다. 독자들이야 크게 신경 쓰지 않겠지만, 글을 쓸 때 이런 경험은 작은 즐거움을 준다.

문제는 역시 마무리였다. 딸의 목소리를 들여온 것까지는 좋았는데, 그러자 전반부의 메시지가 약해졌다. 아니, 정확히 말하자면 처음에 쓰려고 했던 결론은 이제 별 의미 없는 넋두리가 되어버렸다. 애써 고쳤는데 결론이 무너진 꼴이었다. 글 전반부의 생각들은 딸의 '즐거운 요구' 앞에 구차한 것이 되어버렸다. 내가 할 수 있는 일이란 딸의 손에 이끌려 회전목마에 오르는 것뿐이다.

글을 쓰다 보면 처음에 생각했던 결론이 바뀔 때가 있다. 글쓰기 과정에서 더 많은 것을 생각해야 하고, 글을 고치는 과정에서는 더욱더 많은 것을 생각해야 하므로 결론이 바뀌는 것은 좋은 일이다.

"부모가 된다는 것은 롤러코스터를 포기하고 회전목마를 타는 것일지도 모른다"는 결론을 고집하려면 딸의 목소리를 포기해야 했다. 나는 결론을 바꾸기로 했다. 처음에 생각했던 결론보다 더 나은 결론을 찾았기 때문이다.

- 추석 연휴 마지막 날, 가족과 함께 놀이공원에 갔다. 회전목마를 타려고 기다리다가 문득, 롤러코스터를 타본 지 오래되었다는 것을 깨달았다. 놀이공원은 그간 여러 번 왔지만, 아이가 아직 어려서 몇 년째 롤러코스터는 근처에도 못 가봤다. "마지막으로 롤러코스터를 탔던 게 언제였지?" 아내에게 물었지만 기억해내지 못했다.

  어쩌면 부모가 된다는 것은 롤러코스터를 포기하고 회전목마를 타는 것일지도 모른다. 중력에 몸을 맡긴 채 땅바닥으로 곤두박질치는 스릴 대신, 천천히 그리고 확실히 같은 자리를 빙글빙글 도는 것에 만족하는 삶. 언젠가 아이들이 더 자라면 분명 함께 롤러코스터를 탈 수 있겠지만, 그것은 내가 알던 롤러코……

"아빠! 우리 차례야. 빨리 타자."

딸의 손에 이끌려 회전목마에 오른 나는 회전목마가 오르락내리락할 때마다 딸과 함께 열심히 "야호 야호" 소리를 질렀다. **어쩌면 부모가 된다는 것은 회전목마를 롤러코스터처럼 타는 요령을 터득하는 것일지도 모른다.**

　마지막 문장이 새로운 결론이다. 아이들과 함께 놀이기구를 타면 즐겁다. 아이가 즐거워하니 나도 즐겁고, 내가 즐거워하면 아이도 더 즐거워한다. 그래서 가끔은 평소와 달리 오버할 때도 있다. 천천히 도는 회전목마를 타면서 아이와 함께 소리 지르는 행동도 그렇다. 그러므로 부모가 된다는 것은 롤러코스터를 포기하는 게 아니라 어떤 놀이기구도 롤러코스터처럼 즐겁게 타는 요령을 터득하는 것일지도 모른다. 이 즐거움은 오직 부모에게만 주어진 즐거움일 것이다.
　"부모가 된다는 것은 롤러코스터를 포기하고 회전목마를 타는 것일지도 모른다"라는 결론이 "부모가 된다는 것은 회전목마를 롤러코스터처럼 타는 요령을 터득하는 것일지도 모른다"로 바뀌었다. 달라진 것은 롤러코스터와 회전목마의 관계. 전자에서 롤러코스터는 회전목마와 대립하지만, 후자에서 회전목마는 곧 롤러코스터다. 상식에 따른다면 전자가 더 자연스럽지만, 그래서 진부하다. 의도한 바는 아니지만, 결과적으로 나는 상식적인 생각에서 벗어나 좀 더 창의적인 생각을 하게 되었다고 볼 수도 있다. 그러나 나는 '같은 것을 다르게 보고, 다른 것을 같게 보라'는 원칙 같은 것을 정해두고 그렇게 생각하지는 않았다. 다만 처음에 쓴 결론이 마음에 들지 않아 글쓰기 원칙에 따라 고치는 과정에서 자연스럽게 새로운 결론에 도달했을 뿐이다. 나는 좀 더 정확하게 쓰려 했고, 그러다 보니 좀 더 그럴듯한 결론에 도달할 수 있었다.

우여곡절 끝에 한 편의 글을 마무리하긴 했지만 내일 아침에 다시 읽어보면 분명히 또 고칠 곳이 보일 것이다. 작가는 공을 들여 고치기를 반복하다가 '아, 이제 더는 못 고치겠다' 싶을 때 한 번 더 고친다. 글 고치기는 끝나지 않는다. 다만 멈출 뿐이다. 더 나은 글을 쓰고 싶은 욕심이 있다면 그렇게 할 수밖에 없다. 고치고 고치면 아니 고친만 못할 리 없으니 고치고 고치라. 그리고 또 고치라.

📝 **쓰기 연습**

초고를 앞에서 설명한 원칙들에 따라 고치고 고치라. 만약 글 고치기가 어렵다면, 다음 장의 조언에 따라 연습한 후 다시 고치기에 도전하라.

25장

맨땅에 헤딩하지 말고
베껴 쓰고, 바꿔 쓰세요
: 모방과 창조

글을 고치려면 고칠 글이 있어야 하고 글을 고치는 요령을 어느 정도 익히고 있어야 한다. 그러나 독자 대부분은 아직 글쓰기와 글 고치기 방식에 익숙하지 않을 것이다. 그렇다면 다른 사람의 글을 분해하고 재조립하면서 글쓰기와 글 고치기를 연습하자.

먼저 자기 수준에 맞는 글을 골라 필사를 시작하라. 가능하면 가벼운 에세이가 좋고 검증받은 작가의 글이라면 더 좋다. 당연히 번역서는 피하고 쉬운 문장을 쓰는 작가의 글을 택해야 한다. 어떤 사람들은 박경리나 조정래 같은 대가의 작품을 무작정 필사하던데, 소설을 쓰려는 게 아니라면 에세이가 낫다. 시간과 노력을 훨씬 덜 들이고 많은 것을 배울 수 있을 것이다.

나는 문장 기본이 부족한 학생에게 필사 과제를 내주는데, 간혹

학교 선생님이나 다른 학생들에게 왜 그런 쓸데없는 짓을 하느냐는 소리를 들었다며 불평하는 학생도 있다. 글쓰기 공부를 제대로 해보지 않은 사람들이 보기엔 다른 사람의 글을 그대로 베껴 쓰는 게 시간 낭비로 보일 수도 있다. 그러나 모든 공부의 기본은 모방이며 글쓰기도 예외는 아니다.

모범이 되는 글을 반복해 읽거나 쓰다 보면, 스펀지에 물이 스며들듯 그 글의 논리와 구조를 자연스레 터득할 수 있다. 이런 이유에서 옛 선비들도 경전을 통째로 암송했다. 좋은 글은 내용과 구성 모두 훌륭할 것이므로 필사 노트를 채워나가는 것만으로도 글쓰기에 관한 통찰을 얻을 수 있다.

필사는 글쓰기 행위 자체를 익숙하게 만드는 방법이기도 하다. 자기 힘으로 글을 쓰려면 힘들지만 필사는 누구나 할 수 있다. 글쓰기를 연습하는 초반에는 글 쓰는 습관을 기르는 게 가장 중요하다. 대단한 글을 쓰겠다고 마음먹어봐야 자괴감만 느낄 게 뻔하므로, 그럴 바에야 부담 없이 필사를 하거나 좋은 글을 반복해 읽는 게 낫다. 나도 예전에는 글을 읽다가 마음에 드는 구절이 있으면 노트에 옮겨 적었지만, 요새는 일단 휴대폰으로 찍고 본다. 인터넷에서 읽은 글이라면 캡처해둔다. 셀카나 음식 사진도 좋지만, 문장을 찍고 시간 날 때마다 그것을 곱씹어보는 것도 좋지 않겠는가.

베껴 쓰다 보면 그 글을 고치고 싶은 순간이 찾아온다. 그럴 때는 필사를 멈추고 자기 마음대로 글을 고쳐보라. 단어도 바꿔보고, 문장의 순서도 재배치하고, 문장을 빼버리거나 새로운 문장을 써넣어도 된다. 물론 처음에는 '내가 이렇게 해도 되는 걸까?' 하는 두려움이 생길 수도 있다. 좋아하는 작가의 글이라면 더욱 문장에 손대는 것이 껄끄러울지도 모른다. 이는 누군가 잘 만들어놓은 레고 작품에 손댔다가 망쳐버리는 게 아닐까 하는 두려움과 비슷하다.

이런 두려움이나 주저함은 완전함이나 순수함에 관한 집착에서 나온다. 원전숭배原典崇拜는 역사가 깊다. 책 따위가 뭐라고 그걸 숭배할까 싶지만, 동서양의 역사를 살펴보면 숭배받는 원전을 달리 해석했다는 이유로 많은 사람이 죽었다. 그들을 죽인 것은 책이 아니라 절대로 변하지 않는 진리를 담은 완벽한 가르침이 존재한다는 믿음이었다.

다른 사람의 글을 자기식으로 고쳐보는 것은 원글을 모독하거나 훼손하는 행위가 아니라 새롭게 창조하고 재해석하는 지적 유희에 가깝다. 설령 그런 과정에서 작가의 의도가 왜곡되더라도 그건 작가의 문제가 아니라 독자의 문제다. 제대로 된 작가라면 독자들이 자기 글을 수동적으로 받아들이지 않고, 그것을 따라 써보고 이리저리 바꿔보면서 글쓰기 자양분으로 삼는 것을 기꺼워할 것이다. 그러므로 우리는 자신이 좋아하는 작가의 글일수록 열심히 파괴해야 한다. 그 과정이 철저할수록 글쓰기에 관해 더 많은 것을 배울 수 있다.

다른 사람이 쓴 글을 자기식으로 고치는 방법은 간단하다. 고치려는 글을 자기가 쓴 초고라 생각하고, 앞에서 살펴본 기본 원칙을 적용하면 된다.

대학을 갓 졸업했을 무렵, 나는 한 회사에서 인턴을 했다. 내가 처음으로 배정된 팀에서 만난 주임은 나를 하인처럼 대했다고 할까? 갑질이 적당할 듯. 자기 앞에 있는 모니터를 10센티 옮기는 것도 나를 시켰고, 사소한 실수만 해도 "나 엿 먹여?"라며 면박을 줬다. 사회생활이 처음이었고, 모든 게 평가 대상이었던 인턴 신분의 나는 어찌할 바를 몰랐다. 그저 이 집단의 가장 아래 놓여 있다는 사실을 실감하며 호모인턴스 시절을 보냈다.

김수현의 《나는 나로 살기로 했다》 중 '내게 친절하지 않은 사람에게 친절하지 않을 것'의 첫 문단이다. 인턴 신분이었던 저자가 '갑질' 주임에게 당하기만 했던 경험이 잘 드러난다. 특히 자신을 하인 취급하던 주임의 말과 행동을 구체적으로 기록했기 때문에 독자는 당시 상황을 생생하게 느낄 수 있다. 예를 들어 "주임은 갑질을 했다"보다는 윗글처럼 "주임은 모니터를 10센티 옮기는 것도 나를 시켰고"라고 쓰는 게 낫고, "주임은 나에게 자주 면박을 줬다"보다는 "주임은 '나 엿 먹여?'라며 면박을 줬다"가 낫다.

윗글은 글쓰기에 미숙한 독자들이 글의 구조를 그대로 따라서 짧은 글을 써봐도 좋을 만큼 모범적이다. 일종의 직업병일 텐데, 나는 마음에 드는 글을 발견하면 '어떻게 이렇게 썼지?' 혹은 '나라면 어떻게 썼을까?' 하고 생각하고 아래와 같이 내 마음대로 고쳐본다.

- 그녀는 나를 하인처럼 대했다. 자기 앞에 있는 모니터를 10센티 옮기는 것

도 나를 시켰고, 사소한 실수만 해도 "나 엿 먹여?"라며 면박을 줬다. 그녀는 정규직 주임이었고, 나는 대학을 갓 졸업한 비정규직 인턴이었다. 모든 것을 평가받는 말단 인턴 신분이던 나는, 어찌할 바를 모른 채 갑질을 당할 수밖에 없었다. 그렇게 나는 '호모 인턴스' 시절을 보냈다.

나는 원문에서 '하인'이라는 단어가 주임과 '나'의 관계를 가장 잘 드러낸다고 생각했다. 원문은 첫 문장에서 대학을 졸업하고 인턴을 했다는 정보를 제공했지만, 나는 언제나 말하고자 하는 바를 곧바로 드러내는 방식을 선호하기 때문에 "그녀는 나를 하인처럼 대했다"라고 썼다. 이제 독자들은 도대체 그녀가 누구인지 궁금할 것이고, 서둘러 다음 문장을 읽고 싶을 것이다.

두 번째 문장은 그녀가 나를 하인처럼 대했던 구체적인 사례들을 말과 행동을 중심으로 제시했다. 첫 번째 문장과 두 번째 문장을 연결하는 질문은 '어떻게?' 혹은 '뭘 보면?'이다. 즉, 두 번째 문장은 '그녀는 구체적으로 **어떻게** 나를 하인처럼 대했는가?' 혹은 '**뭘 보면** 그녀가 나를 하인처럼 대했는가?'라는 질문에 답한다.

세 번째 문장은 '그녀는 **왜** 나를 하인처럼 대했는가?'라는 질문에 답한다. 이 질문에 답하기 위해서 원문에는 없는 문장('그녀는 정규직 주임이었고 나는 비정규직 인턴이었다')을 새로 써넣었다. 이 문장에서 나는 의도적으로 정규직 대 비정규직, 주임 대 인턴이라는 대립을 강조하는데, '비정규직인 나의 처지'와 '갑질 주임'의 행동을 대비하기 위해서였다.

나는 위와 같이 고쳐 써보는 데 30분 정도 걸렸다. 같은 시간에 새로운 글을 쓰고자 했다면 커피 마시고 고민하는 데 모든 시간을 다 써버렸을 것이다. 아무것도 쓰지 못하는 시간을 견뎌야만 뭔가 쓸 수 있지만, 도무지 쓸 수 없다는 생각이 들어서 글쓰기를 포기하고 싶어진다면 다른 사람이 쓴 좋은 글을 필사하거나 재구성하는 연습을 해보라. 그러다 보면 어느 순간, 이제 뭔가 쓸 수 있겠다는 생각이 들 것이고, 아쉽게도 그런 순간이 당장 찾아오지 않더라도 글쓰기 훈련을 하고 있다는 만족감은 느낄 수 있을 것이다.

단, 모방은 창조의 어머니이지만 표절의 아버지이기도 하다는 점을 잊지 말자. 다른 사람의 글을 베껴 쓰고 고쳐썼다면 그걸로 만족해야지 절대로 자기 글인 양 발표해서는 안 된다. 표절은 똥통 속으로 목욕하러 들어가는 행위다. 더 나은 삶을 위한 글쓰기가 자신을 더럽혀서는 안 된다. 《작가가 작가에게》에서 제임스 스콧 벨은 표절을 피하면서도 자기 글을 쓸 수 있는 기막힌 방법을 제안했는데, 소설을 쓰려거나 글쓰기 자체를 연습하려는 독자들은 한번 따라해보기 바란다.

소설책의 아무 페이지나 펼쳐서 왼쪽 페이지의 첫 문장을 읽어라. 그 문장을 당신의 노트에 옮겨 적어라. 그리고 그 문장에서 첫 장면을 만들어내기 시작하라. 그 장면을 다 쓰고 나면 옮겨 적은 첫 문장을 지우고 당신만의 첫 문장을 다시 써 넣어라.

Movēre animo!

10년 넘게 글쓰기를 가르치면서 실천하고 깨달은 내용을 정확하고 쉽고 간결하게 설명하려고 노력했다. 다음 책은 아마도 독자들이 쓴 글을 고치는 과정을 추적하는 르포르타주 형태의 글쓰기 호러물이 될 거로 예상한다. 무서운 문장들이 마구마구 등장할 것이고, 그 문장을 고치느라 영혼이 털리는 글쓰기 강사의 고군분투를 생생히 체험하게 될 것이다. 이 작업을 위해 '쓰다ssda.kr'라는 사이트를 열었다. 글쓰기에 관해서든 이 책의 내용에 관해서든 질문이 있다면 묻고 해답을 얻기 바란다. 어렵다는 평가보다는 쉽다는 평가를 원하지만, 그건 내 몫이 아니므로 나는 작품을 마친 작가가 외울 수 있는 유일한 주문을 외울 뿐이다.

Movēre animo!

독자들의 마음이 움직였길 바란다.

신이 내린 필력은 없지만 잘 쓰고 싶습니다

1판 1쇄 발행 2019년 3월 26일
1판 2쇄 발행 2020년 3월 25일

지은이 · 심원
펴낸이 · 주연선

총괄이사 · 이진희
책임편집 · 하선정
디자인 · 손주영 이다은 김지수
책임마케팅 · 이한솔
마케팅 · 장병수 김진겸 이선행 강원모
관리 · 김두만 유효정 박초희

(주)은행나무
04035 서울특별시 마포구 양화로11길 54
전화 · 02)3143-0651~3 | 팩스 · 02)3143-0654
신고번호 · 제 1997-000168호(1997. 12. 12)
www.ehbook.co.kr
ehbook@ehbook.co.kr

잘못된 책은 바꿔드립니다.

ISBN 979-11-88810-99-4 03800